文春文庫

ランニング・ワイルド

堂場瞬一

文藝春秋

ランニング・ワイルド

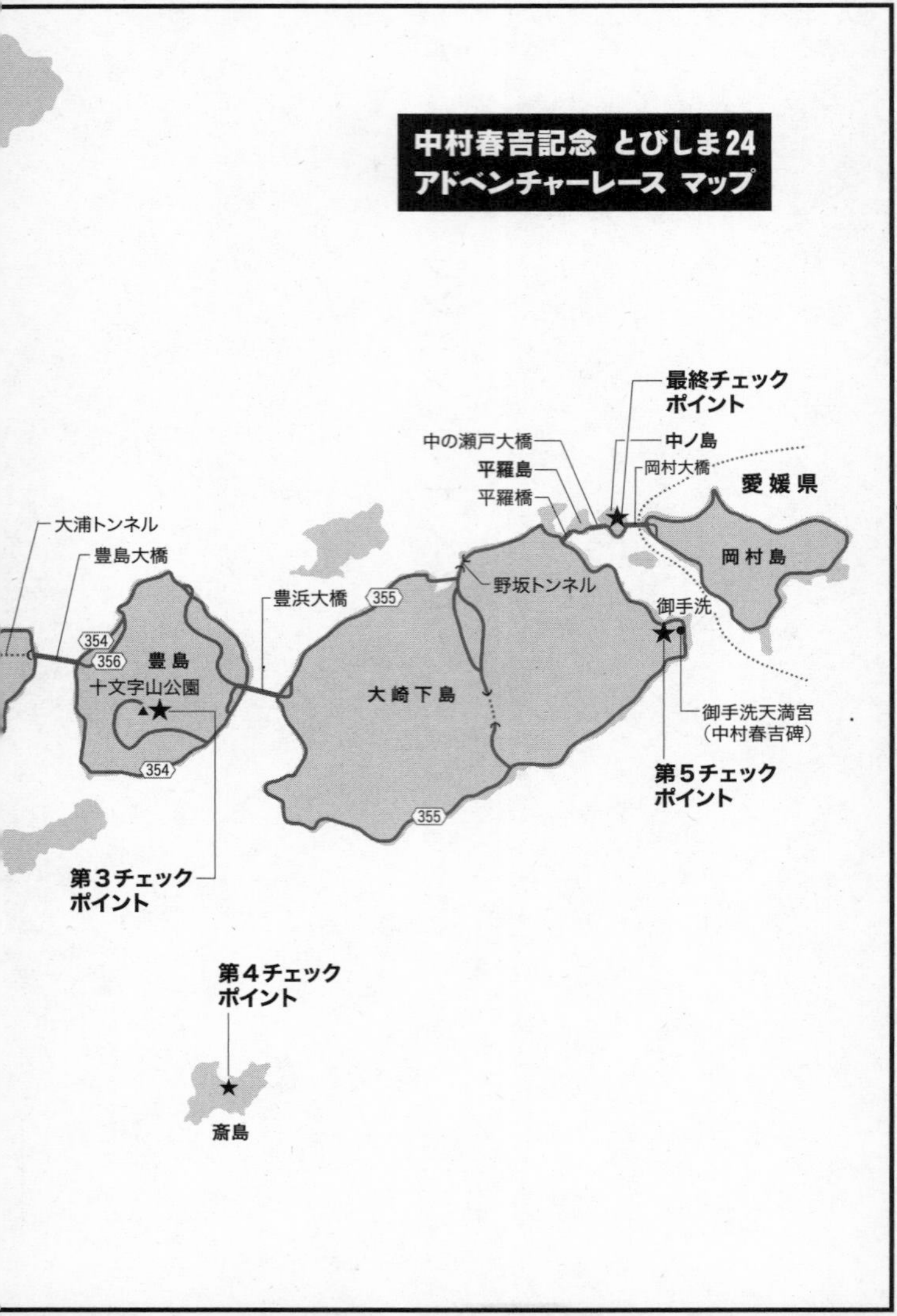
中村春吉記念 とびしま24
アドベンチャーレース マップ
最終チェック
ポイント
中の瀬戸大橋
中ノ島
平羅島
岡村大橋
平羅橋
愛媛県
大浦トンネル
岡村島
豊島大橋
野坂トンネル
豊浜大橋
355
御手洗
354
356
豊島
十文字山公園
大崎下島
御手洗天満宮
（中村春吉碑）
354
第５チェック
ポイント
355
第３チェック
ポイント
第４チェック
ポイント
斎島

スタート・ゴール地点
広公園
広駅
JR呉線
185
仁方駅
安芸灘大橋料金所
安芸灘大橋
白崎園
見戸代港
第1チェックポイント
三之瀬
下蒲刈島
74
288
蒲刈大橋
287
大浦
上蒲刈島
七国見山
平成みちびき観音
第2チェックポイント
恋ヶ浜
県民の浜
広島県呉市

24

さて……少しばかり手こずらされたが、これで何とかなる。何としてもこの計画は成功させねばならない。そのための絶対的な決め手を、ようやく手中に収めた。

額《ひたい》の汗を拭《ぬぐ》い、ジーンズの腿《もも》に掌《てのひら》を擦《こす》りつける。危ない、危ない……ここに汗や血を残してはいけない。DNA型が、絶対的な証拠になってしまう可能性もある。

部屋のドアを閉め、施錠を確認する。隣接するこの部屋には九月の光が溢《あふ》れていて、さらに汗が滲《にじ》み出てきた。落ち着け。これは第一歩にして、最大のポイントだ。一番大きな壁は乗り越えたのだから、後は向こうの反応を待つだけ——そして反応は読めている。

短時間に立てた計画にしては、完璧だろう。向こうの性格を読み切っているからこそできた計画だ。

百パーセント安全なはず。絶対に大丈夫——自分に言い聞かせ、椅子に腰を下ろす。

ノートパソコンを起動して、中継画面を呼び出した。「この番組は放送前です」のメッセージが、黒い画面に流れる。

電話を取り上げた。ぎりぎりのタイミング。この計画で二番目に大きな壁が、目の前に迫っている。ここを外すと、計画は全て破綻《はたん》してしまう。

和倉賢治《わくらけんじ》は、入念にストレッチを繰り返した。普段よりもずっと時間をかけ、全身の筋肉を解《ほぐ》していく。今回は、それだけ大事なレースなのだ。

ようやく納得いくまでストレッチを終え、立ち上がる。水陸で競うアドベンチャーレース「とびしま24」のスタート・ゴール地点になる呉《くれ》市の広《ひろ》公園に隣接する体育館「オークアリーナ」の武道場。ここが、レースに参加する各チームの控室《ひかえしつ》になっており、二十四チーム九十六人の選手と大会運営スタッフでごった返している。午後零時のスタートまであと二十分、いよいよ緊張が高まってくる時間帯である。レースは六つのチェックポイントを回る七ステージ制で行われ、最終的に総合タイムで優勝が決まる。

「和倉キャップ、調子は？」

声をかけられ、ゆっくりと振り向く。こいつか、と思わず苦笑した。

「もちろん、絶好調」和倉は相手の胸を狙って軽くジャブを繰り出した。

「そいつは怖いな」相手——宮井光《みやいひかる》がニヤニヤ笑う。「お手柔らかに、な」

「いや、全力で叩き潰《つぶ》しにいくよ」

和倉がもう一度拳《こぶし》を突き出すと、宮井が自分の拳を合わせる。

「今日も有給休暇で？」宮井が唐突に言った。

「ああ」嫌なことを思い出させる……有給休暇はトレーニングとレースに費やしてしまい、家族のためにはほとんど使っていないのだ。妻の理解がなかったら、とても続けていられないだろう。理解だけでなく、東京近郊でレースがある時には応援にも来てくれるのがありがたい。妻と幼い娘にすれば、それが「旅行」のようなものらしいが、いつも申し訳ない気持ちで一杯だった。ただし、こんなことはいつまでも続かない。数年の内には体力の限界がきて、アドベンチャーレースからは引退せざるを得ないだろう。それからは本格的に家族サービスだ。

和倉は、首から吊るしたカードホルダーをウエアの上から平手で触った。本当は携帯を持っていたい——そこには、娘の写真が何百枚も入っているのだ。しかしアドベンチャーレースの試合中は携帯を持つことが許されないので、こうやってカードホルダーに入れて肌身離さず持っている。本当に苦しい時、そこに手をやると力をもらえるのだ。まだ幼い娘は、アドベンチャーレースの意味も分かっていないだろうが、自分にとっては最高のお守りだ。

「上に渋い顔でもされたか？」宮井が訊《たず》ねる。

「まあな。そっちは？」

「うちは全面的なバックアップを受けてるからな」宮井がニヤリと笑う。

なるほど、いかにもありそうな話だ。宮井は、東京消防庁の職員で作るチームのリーダーである。消防といえば何より体力優先、力が衰えたものはどんどん現場から外れていく。彼らにすれば、体を鍛えておくのも仕事のうちなわけで、様々なスポーツへの取り組みは奨励されている、と聞いたことがあった。和倉が所属する警視庁機動隊でも、通常の訓練がトレーニングにもなるのだが、アドベンチャーレースに特化した練習というわけではない。

このレースでは、宮井たちのチームが最大のライバルになるのは間違いない。各チームの戦力を詳しく分析しているわけではないし、そんなことをしてもアドベンチャーレースではあまり意味がないのだが、宮井たちの実力はよく分かっている。各地のレースに出場し、抜群の戦績を誇る——さすが東京消防庁だと、感じ入る気持ち半分、やっかみ半分。

「キャップ、最後のミーティングはどうしますか?」宮井が離れるタイミングを狙ったように、同じチームの星名《ほしな》安奈《あんな》が近づいて来た。

「この後……最終チェックが終わってからにしよう。ばたばたするから」

「了解」

和倉は苦笑してしまった。この「了解」はいかにも警察官的な「了解」である。和倉たちの登録名「チームP」は、まさに「Ｐｏｌｉｃｅ」のPなのだが……警視庁に勤務する四人で作ったチーム。

「今回は、勝ちにいくぞ」和倉は独《ひと》り言《ごと》のように言った。

「これを契機に、本格的に世界進出ですね」

「それはどうかな」

和倉はまた苦笑した。確かに自分の当面の夢は、世界各地で行われている、もっとハードなアドベンチャーレースに本格的に参加することだ。五日間で五百キロ踏破とか、真冬のアラスカで一週間、雪上のレースとか……チームPのメンバーにも、常々そう話している。しかしそれはあくまで「夢」であって、「目標」にならないことは全員が分かっていた。何しろ公務員――警察官の身である。週末や有給休暇を利用して国内のレースに出場することは可能だが、海外のレースへの参加となるとあまりにもハードルが高い。レースの形式にもよるが、一週間から十日の休みが必要になるのだ。そんな長い休みは、滅多なことでは取れない。これまで、海外のレースに参加したことは一度しかなかった。

「これが第一回のレースだっていうことも重要だ。最初の優勝者は歴史に名前が残るからな」

「歴史は大袈裟《おおげさ》ですけどね」安奈がにやりと笑う。可愛げはない――百七十センチもあって、和倉とさほど身長が変わらないのだ――が、人を鼓舞《こぶ》し、自信を抱かせてくれる笑顔である。

「それに、シゲさんには有終の美を飾ってもらわないと」シゲさんこと重盛康太《しげもりこうた》は、チームPで最年長の三十八歳――和倉よりも二歳年上なだけだが、このレースを最後に引退を表明していた。仕事や家庭の事情もあるのだが、重盛本人の言い分は「体力、気力の限界」。本人がそう言うならそういうことにしておこう、と和倉は引き止めなかった。一番古い仲間――そもそも和倉をアドベンチャーレースに引きこんだのが重盛なのだが、スポーツの常で、いつかは別れの時が来る。

「シゲさん……そうですね」安奈がうなずく。

「作戦的にはとにかく慎重に、かつスピードを上げて、でいくしかないな」

「矛盾してますけど、当然ですよね」

立ったまま、安奈が地図を広げた。呉市が主催するこのアドベンチャーレースは、本土をスタートして「とびしま海道」を伝い、七つの島を渡るレースである。途中、橋のない島がポイントの一つになっており、そこへはシーカヤックで渡ることになっている。基本はラン、六つ目の最終チェックポイントをクリアした後は、自転車で一気にゴールまで戻って来るコース設定だ。つまり、チェックポイントをすべてクリアしても、まだ勝敗は決まらない。最後の最後でスピード勝負になる厄介なレースだ。

七つの島は、基本的にどこも中央部が小高い山になっており、平坦なのは海辺の道路部分だけだ。全体にはかなりアップダウンのきついコースになるのは予想できている。

「そろそろ携帯も没収ですね」

安奈が自分の携帯を取り出し、チェックした。電源を落として、和倉の顔を見る。

「ああ、そうだな」和倉は畳の上に置いた自分のバッグに向かった。その瞬間、携帯が鳴っているのに気づく。電話ではなく、メールの着信。こんなタイミングで？　家族からだろうか？

「どうかしました？」

「いや」安奈の問いかけに答えてから、和倉はメールをチェックした。

怪しい……見たこともないフリーメールのアドレスからだった。こういうのはウィルスの可能性があるから、さっさと削除……と思った瞬間、今度は電話の着信があった。「非通知設定」。これもいかにも怪しい。無視してしまおうかと思ったが、警察官は鳴った電話に必ず出るよう教育されている。

「はい」念のため、名乗らずに低い声で応答した。

「家族を預かった」

「は？」

抑えた口調。聞き取りやすいのだが、どこか人工的な感じがした。ボイスチェンジャーでも使っているような……和倉は相手の次の一言を待った。

「家族を預かった」録音を繰り返すような同じ台詞《せりふ》、同じ調子だった。

「何を言ってるんだ」

「家族を無事に返して欲しければ、こちらの要求を聞け」

「おい、何を……」和倉は、張り上げた声を一瞬で呑みこんだ。周囲の視線が気になる。

特に安奈は、露骨に怪訝《けげん》そうな表情を浮かべている。

和倉は慌てて、武道場の外に出た。ロビーにも大会役員やボランティアが大勢集まって準備を進めているのだが、彼らの存在は目に入らない。いったい何が起きているのか、頭の中は疑問で埋め尽くされていた。

「メールを見たか？」電話の相手が訊ねる。

「メール？」

「先ほど送った」

「待て」

あの、差出人不明のメールか。危険な感じはするが、こんな電話がかかってきたとなったら、無視しているわけにもいかない。和倉は通話状態を保持したまま、メールを確認した。添付ファイルが重い……苛々《いらいら》しながら待ったが、ようやく表示された画像は、和倉を打ちのめした。

妻の理沙《りさ》だ。目隠しとさるぐつわをされていても、間違いない。そして娘の彩《あや》。理沙は椅子に座らされている。拘束されているわけではないが、誰かが監視しているのが分かっているようで、顔はほとんど見えなくても、強張《こわば》っているのは分かる。まだ二歳の彩は、理沙の足元。

場所はどこだ？　しかしこの写真だけでは、はっきりとは分からない——しかし、こんなことはあり得ない。理沙は基本的に用心深い性格である。誰かに拉致《らち》されるなど、考えられなかった。

慌てて電話に戻る。

「どういうことなんだ！」叫びたいが、何とか声を抑える。

「見ての通りだ」相手の声は冷静だった。「家族は無事だ。しかし、こちらの要求を聞き入れなければ、命はない」

「お前……俺が誰だか分かってるのか？　警察官だぞ」

「だからどうした？」

何を言ってるんだ……和倉は混乱した。これは明らかに誘拐事件である。警察が総力を挙げて調べれば、すぐに妻子の居場所は見つかって犯人は逮捕されるはず――だが、どうにも様子がおかしい。

「チームPのリーダーであるお前に話がある」

「何だって？」ますます意味が分からなくなった。

「あるものを回収して欲しい。レースの最終チェックポイント近くで……やってくれれば、家族は無事に解放する。金を払ってやってもいい」

「ふざけるな！」

自分でも予想していなかった大声を出してしまい、慌てて口をつぐむ。いつの間にか外へ出ていたので周囲に人はおらず、今の叫びを聞かれた恐れはないのだが……。

「どういうつもりなんだ」

「今言った通りだ」相手の声に揺らぎはない。「あるものを回収して欲しい。我々にはできないが、あんたならできる。それに、回収しても、レースの展開に大きな影響はないだろう」

「そんなことがどうして分かる?」

「やるかやらないか、二つに一つだ」相手は和倉の質問に答えなかった。

「何のつもりなんだ?」和倉は顔が強張るのを感じた。今すぐにでも、東京へ戻らなければ――いや、まず警視庁の同僚に連絡して、誘拐事件として捜査を進めてもらわないと。

「警察に届けるのも駄目だ。あんたがやるべきなのは、レースの途中でこちらの要求するものを回収して、無事に完走することだ。最後に、バイクで走る時には、ショックを与えないように慎重に扱ってくれ」

「ブツは何なんだ?」

「精密機器、と言っておこう。ゴール後に受け渡してもらう」

男が、回収すべき「ブツ」の特徴を説明し始めた。ブツそのものを持ってくることは不可能だが、必要なのはその中身だ。ブツから抜いて回収しろ――。

「以上だ。分かったな?」

「おい、まて――」

「そろそろ電話が没収される時間だろう?」

和倉は歯嚙《はが》みした。相手は、アドベンチャーレースのルールも熟知しているようだ。参加者の携帯は、レース直前に主催者預かりになる。代わりに、非常用の衛星携帯電話がチームに一台貸与されるのだが、これは本当に非常用である。遭難の危険があるとか、メンバーがレース続行が無理なほどの怪我《けが》を負ったとか——要するに、途中棄権《きけん》になるケース。衛星携帯電話で主催者に助けを求めた瞬間、失格になる。

「疑っているなら、どこへでも電話してみればいい。あんたは、俺たちに従うしかないんだ」

「ちょっと待て——」

「回収して欲しいものは、中ノ島《なかのしま》にある。中の瀬戸大橋の下付近の海岸だ。そこまで行けばすぐに分かる」

レースの第六——最終チェックポイントだ。正確な場所がどこなのかは、現段階ではまったく分かっていない。基本的には、現場に行って自分で探すことになるのだ。そういうことを知ってか知らずか、相手が詳細に回収ポイントの説明を始めた。和倉は当然、ルートを完全に頭に入れているので、どの辺りかはすぐにピンときた。ただし、その場所がチェックポイントに近いかどうかは判然としない。場合によっては、大きく時間をロスして、勝ち目がなくなる——いや、今はそんなことを考えている場合ではない。レースより大事なのは家族だろう？　妻と娘を助けださなければ。

しかし次の瞬間、棄権するわけにはいかないと思い直す。犯人の要求は、レースを最後まで走って目的の物を回収することだ。レースを放棄してそれを怠《おこた》れば、妻子の命が危なくなる。どうせ回収しなければならないなら、レースの途中で……今から二十四時間後には、全てが終わっているはずだ。いや、全力で一位を目指せば、もっと早く終わるかもしれない。それに何より、ここまで一緒に頑張ってきた仲間は裏切れない。相手の要求を呑みつつ、トラブルを避けるためには、何としてもレースを最初から最後までリードしなければならない。

だが、妻と娘を二十四時間も苦しめていいわけもない。走っていいのか？　裏にはもっと複雑な事情があるのではないか？

「どうして俺に目をつけた？」

「そんなことはどうでもいい」相手の声に苛立ちが混じる。「とにかく、レースが終わったら、ゴール地点で、三十歳ぐらいのスーツ姿の男が待機している。向こうですぐにそちらを見つけるから、受け渡して終了だ。中継をずっと見ているから、おかしな真似《まね》をすればすぐに分かる」

「ふざけるな――」

「受け渡しの方法を説明する。ちゃんと聞け」

そう言われると黙らざるを得ない。相手の言うことを頭に叩きこみ、「何故《なぜ》」という疑問をまたぶつけようとしたが、電話は既《すで》に切れてしまった。和倉は思わず大声で呼びかけたが、無駄だと気づく。反応はない。

誰かに――警視庁の同僚に話して何とかしてもらうか？　この件が全て本当だったら……迂闊《うかつ》に話を広めると、危なくなるばかりだ。

どうする？　今すぐ東京へ飛んで帰るべきか？　それでは、犯人の要求を無視することになる。このままレースに参加して、向こうの要求通り、あるものを回収してくるか……それが一番安全な気もするが、これから二十四時間も家族を危険な状況に置いておくわけにはいかない。

判断できない。

通称「キャップ」、過去のレースでは一度たりとも判断を誤ったことがない。独特の勘に、最近は経験も加味されてきた。しかし今回は……和倉の勘は働かない。当然、家族が犯罪に巻きこまれたことなどないから、経験があるわけもない。

どうすればいい？

和倉は思わず天を仰《あお》いだ。何という、馬鹿げたほどに青い空。数日前には台風が通過して、開催が危ぶまれたのが嘘《うそ》のようだった。何もなければ、初めてチャレンジするコースに胸をときめかせ、あれこれ作戦を練っている時間帯である。

だが今、どうすればいいのか全く判断できない。棄権か、参加か。いや、まず電話しなければ。今の脅迫が本当なのかどうか――妻に電話して、出なければ、対策を考えねばならない。

電話が鳴る。慌てて、相手の確認もせずに出て、「はい！」と怒鳴ってしまう。

「どうしたんですか、キャップ?」安奈が怪訝そうな声で訊ねる。

「ああ、いや……何でもない」

「携帯没収の時間ですよ。戻って下さい」

「分かった」

分かっていない。俺は何も分かっていない。頭の中は滅茶苦茶だ。妻に電話する機会が失われることだけは分かった。

大会本部によるチェックポイントの最終説明も終了し、あとはレース本番を待つだけになった。

「キャップ、どうかしましたか?」チーム最年少、二十七歳の牧山藤吾《まきやまとうご》も、安奈と同じように和倉に訊ねた。

「何でもないよ、マキ」

和倉がさらりと答えたが、何かあったのは間違いない——安奈は嫌な予感に襲われていた。明らかにいつもとは態度が違う。レース直前の和倉は、何故か妙に落ち着いているのだ。安奈はそれを一種の「開き直り」と見ていたが、今日はやけにそわそわしている。家族に何かあったのだろうか、と安奈は懸念した。先ほど外へ出ていたのは、家族に電話していたからかもしれない。もしかしたら、娘さんが病気になったとか。まだ二歳だから、心配だろう。

「キャップ、ご家族に何か？」

心に秘めておけず、安奈は思わず訊ねた。

「いや、何もないけど」そう答える和倉の口調は、妙に淡々としていた。落ち着いている感じではなく、必死で自分を抑えている感じ……これもいつもの和倉らしくない。本番では常に自然体でいる——それが和倉の強さなのに。

「彩ちゃんが病気とか？」

「いや、大丈夫だ」

「おいおい、キャップ、あんたらしくないな」最年長の重盛が話に割って入った。

「いや、いつも通りですよ、シゲさん」

「そうか？　ならいいけど、もうすぐスタートだぜ？　平常心だよ、平常心」重盛が和倉の肩を叩いた。

「もちろん、大丈夫です。平常心ですよね、平常心」和倉が肩を上下させた。明らかに緊張している……。

気にはなったが、ここで話し合っている暇《ひま》はない。スタートまであと三分を切っているのだ。スタートダッシュに遅れるわけにはいかない。アドベンチャーレースは超長丁場のマラソンのようなものだが、やはり最初が肝心なのだ。百人近い選手が一斉にスタートするから、ここで出遅れると後々響く。今回のレースは、男女混成の四人で一チーム。一人でも脱落すると棄権扱いになるから、リズムを合わせ、互いの体調を気遣いながら、一定のペースをキープしていかなくてはならない。

　チームPの作戦はいつも通りだった。体力的に一番余裕のある牧山が他の三人をリードし、まず最初のポイントをトップで通過する。長距離、長時間のレースでも、第一ポイントぐらいまでは各チームにそれほど差がつかない。だからこそ、第一ポイントをトップで通過することで、他のチームにプレッシャーをかけられるのだ。今回のレースは、「とびしま24」という名前通り、制限時間は二十四時間。六つのポイントを回り、最終的にはチーム全員がゴールしたタイムで優勝を決める。一人だけ先にゴールしても、他のメンバーのタイムが悪ければ順位は上がらない。チームPの目標は、時間内にゴールすることだけではなく、あくまで勝つことだ。それも、全ステージで勝つ、完全優勝。そのために事前にミーティングを繰り返し、様々な作戦を立ててきた。当然、和倉の頭の中には全ての作戦が入っているはずだし、作戦が上手くいかなかった時に、どういう風に変更していくかもシミュレートしているだろう――普段通りなら。

　しかし今日の和倉は、明らかにおかしかった。集中していないというか、呆然《ぼうぜん》としているというか。こんなの、いつものキャップらしくないわ……急に心配になって、安奈は和倉の腕を引き、選手たちの輪から離れた。

「何だ？」訊ねる声も上の空だった。

「キャップ、本当に大丈夫なんですか？　何か心配事があるなら言って下さい」

「何もないよ」

「本当に……ご家族に何かあったんじゃないんですか？」

「何もない」和倉の顎《あご》に力が入った。「気にするな。予定通り走って、当然最後は勝つ」

「もちろん、勝ちに行きますけど、いつもの自然体や平常心はどうしたんですか？」

「俺はいつも通りだよ」

こんな風に言うこと自体、既に自然体ではない……安奈は思わず、和倉に詰め寄った。

「もしも何かあるなら、スタート前に棄権しても……」

「棄権はしない！」和倉が声を張り上げる。「絶対に出て、トップでゴールする。目標はそれだけだ」

ぷいと顔を背《そむ》け、和倉が安奈から離れる。ちょっと、これはどういうこと？　安奈は腰に両手を当てて、和倉の背中を見送った。広い背中が、今日はやけに小さく見える。

いったい何が？

確認する時間すらないのが悔しい。スタート地点へ誘導するホイッスルが鳴り、直後に拡声器の声が響いた。

「選手の皆さんは、スタート地点に集合して下さい。スタート一分前です」

一分で何ができるか——何もできないと諦め、安奈は溜息《ためいき》をついた。できることといえば、チームＰのメンバーを見失わないようにすることだけ。参加選手約百人というのは、大規模な市民マラソンなどに比べればささやかなものだが、広公園の道路側に面したスタート地点はそれほど広くない。しかも応援の人たちも集まって、結構ごった返していた。誰かがブブゼラを鳴らす。こういうレースにブブゼラは似合わないんじゃないかしら、と安奈は苦笑した。ついでに言えば、ずっと流れているハードロック系のBGMも気持ちをざわつかせる。スタートは静かにいきたい方なのだ。

ようやく他の三人と合流した。チームPはいつも通り――シゲさんは淡々として、マキは緊張で両肩が上がっている。キャップは――キャップだけが普段と様子が違う。背中しか見えていないが、硬い。いつもは適度にリラックスしているのに、今日は後ろから突いたら倒れてしまいそうに固まっている。

何かあったのは間違いない。しかし、それが何なのかが分からない。

安奈は唇《くちびる》を嚙んだ。同じ警視庁に奉職しているとはいえ、所属先は全然違う。キャップは機動隊、自分は地域総務課。普段仕事で顔を合わせることはほとんどなく、チームPの中だけでのつき合いだ。それだけに、プライベートについてはあまり知らない……ほとんど知らないと言っていいかもしれない。それで困ったことはないのだが、こうなると気になって仕方がなかった。シゲさんはキャップにとっては所轄《しょかつ》時代の先輩なので、自分よりはよほど深く、キャップの事を知っている。もっと早く相談しておくべきだったと悔いた。シゲさんなら、キャップの異変に気づいて、何か対策が取れたかもしれないのに……レースが始まってしまったら、確認している暇はないだろう。基本的に、常に四人一組で動くので、キャップに内緒で確かめるのは不可能だ。

「三十秒前」拡声器の声が響き渡る。

安奈は前に進み出て、和倉の背後にぴたりとつけた。やはりおかしい。緊張感が波のように伝わってくる――こんな事は今まで一度もなかった。

「今日は暑くなりそうだなあ」呑気《のんき》な声を出したのはシゲさんだった。

「最高気温、二十九度の予想でしたよ」マキが応じる。

「二十九度？　死んじまうじゃないか」シゲさんが文句を言った。「何でスイムがないのかね。こういう日は、泳いだ方が楽なのに」

「ルールはルールですから」

二人のいつものやり取り。シゲさんがことあるごとに愚痴《ぐち》を零《こぼ》すのは、一種のストレス解消法なのだ。言葉にすることで、心のわだかまりを消す。マキの方は、そういうシゲさんの相手をしながら、自分のペースを摑《つか》んでいく。キャップは基本的に何も言わない。トラブった時しか介入しないようにしているのだ。危機に際してだけ自分で判断し、そうでない時は他のメンバーに任せるのが彼のやり方なのだから。

私は――バランサーでいいと思う。状況を読んで、誰かの肩を持ったり、諫《いさ》めたり。

この四人は、それぞれの力の釣り合いもそうだが、精神的なバランスもいい。個性が上手く嚙み合い、勝利を引き寄せる。

でもそれも、和倉の冷静沈着な判断力があってこそだ。最後はキャップが決める――無言の了解があるからこそ、私たちは一つのチームにまとまれる。

今はどうだろう。

今回は、勝てるレースだと思う。モチベーションも十分だ。そう、ほんの数十分前までは、安奈は自信に溢《あふ》れていた。ところが今、胸にあるのは不安ばかりである。こんなスタートは初めてだ。大丈夫かしら……これまで感じたことのない不安が、安奈の胸を過《よぎ》る。

集中。

和倉は自分に言い聞かせた。普通なら、「集中」などと考えなくても集中できるが、今は頭の中を「集中」の文字で埋め尽くさなければならない。まずいな……勝ち負けより大きな問題が、どうしても頭の中に忍びこんでくる。

妻は、娘は無事なのか？

「十秒前！」

はっと気づき、目を開ける。目を閉じていた？　これも普段はないことだ。スタート直前には、ひたすら前を見据えているのに。今初めて、目の前に他のチームの選手が立ちはだかっていることに気づく。

「九、八、七、六、五……」

カウントダウンに、沿道に陣取る観客の声が重なる。今回のレースの参加人数は、百人弱。出だしは混乱するだろうが、スピードに乗って比較的早いタイミングでトップに立てば、後は自分たちのペースで走れるだろう。

「四、三、二、一」

号砲。

和倉はすぐに走り出したが、前の選手がのろのろと動き出してペースが合わない。ダッシュしようとしてブレーキがかかってしまい、いきなりペースを崩された気分になった。

「キャップ、ゆっくり、ゆっくり」重盛が横から声をかけてくる。

「さっさと前に出たいですよ」

「慌てるなよ。まだ先は長いんだから」

「それは分かってますけど」

「さあ、一斉にスタートです」

突然、拡声器から大声が響いて、和倉は驚いた。それに合わせて観客が声を上げる。それをかき消すように、ハードロックのＢＧＭ。確かに気持ちは盛り上がるけど、これも最初だけなんだよな……後はひたすら、孤独な戦いが続く。他の二十三チームが常に一緒に走っているわけではないし、基本は四人のユニットでひたすら早くポイントを回る事を目指すだけだ。

「呉を舞台に初めて行われるアドベンチャーレース、『とびしま24』、最初にゴールに飛びこむのはどのチームか！」

俺たちに決まっている。そう自分に言い聞かせたが、まったく自信はなかった。これだけ心がかき乱された状態でスタートするのは初めてである。これがレースにどんな影響を与えるか……。

余計なことを考えるな、と和倉は自分に言い聞かせる。まずは事前に立てた作戦通りに、第一チェックポイントを目指すことだ。下蒲刈島《しもかまがりじま》の中心部にある梅崎《うめさき》神社までの約十キロ。大した距離ではないし、アップダウンもあまりないので、ここはスピード重視で行ける。しかしその後は登りが多くなるはずだ。第二チェックポイントまでに、かなりのチームが遅れてしまうだろうと和倉は読んでいた。

アドベンチャーレースは、日本ではまだそれほど普及していない。国内の多くのレースに参加してきた和倉のイメージでは、このレースのレベルは「中の上」だ。ただし、他のチームにとってはかなりハードルの高いレースになるだろう。参加者にはトライアスロンやマラソンの経験者が多いはずだが、総距離はマラソンよりもはるかに長く、しかも明確にコースが設定されていないという特徴がある。チェックポイントを通過することだけがルールで、極端なことを言えば、道路を外れて最短コースの山の中を走っても構わない。しかし、その場合は本格的なトレイルランニングになってしまい、さらに時間がかかる可能性もある。今回、チェックポイントはスタートぎりぎりに発表されたから、事前にコースを詳細に検討する余裕はなかったのだ。ただ、島を回る道路は全て頭に叩きこんである。

直接のライバルは、宮井たちのチームぐらいだろう。体力的、経験的にもチームPに匹敵《ひってき》する選手が揃っている。要注意……まだ今は、宮井たちの姿は見えない。派手な紫色のウエアをユニフォームにしているから目立つのだが、これだけ混雑している状況だと、見つけ出すのも難しい。前方に見えないから、後ろに控えているのかもしれない。混雑を避けるために敢《あ》えて最後尾からスタートし、途中で差が開いたら一気に前に出る作戦もありだ。

選手たちの集団はなかなか崩れない。広公園からすぐに国道一八五号線に出る。ここからしばらく、道路はずっと真っすぐ、平坦で走りやすいコースが続く。しかし、暑い……先ほど牧山は「最高気温二十九度」と言っていたが、既にそれぐらいにはなっていそうだ。これがもう少し早いスタートだったらまだ楽だったのだろうが、数日前の台風の影響で、安全確認のために、昨日になってスタート繰り下げが決まったのだった。文句を言ってもしょうがない、条件はどのチームも同じだと思ったが、早くも額に噴き出る汗が鬱陶《うっとう》しくて仕方がない。

牧山がすっと脇に並んだ。

「しかけますか?」

「いや、まだ早い」

牧山は、このチームでは常に先導役だ。単純にハーフマラソンのタイムを見れば、四人の中では図抜けて速い。それ故《ゆえ》チームPでは、牧山が飛び出して他のチームを揺さぶる戦術をよく取る。それに牧山は、異常とも言える負けず嫌いなので、誰かが自分の前を走っているのが我慢できないのだ。牧山に関してはむしろ、いかにペースを抑えるかが問題になる。後半にへばって……という展開は避けたい。

「苛々しますよね」

「分かるけど、抑えろ。今回は、今までに経験したことがない、アップダウンの多いコースなんだから」

牧山を諫めておいてから、和倉は一つ深呼吸した。両腕をおろしてぶらぶらさせ、自分にリラックスを強《し》いる。そうやっても、心の強張りはどうしても解《ほぐ》れないのだった。

今はまだ走りやすい。車線規制をしているから、広い平坦な道路を堂々と走れる。ただし、こういう走りやすいルートは長続きしない。最初のチェックポイントがある下蒲刈島へ行くまでに、まずトンネルを二カ所、抜けなければならない。経験上、トンネル内は空気が悪く暗いので、走りにくくなることは分かっていた。

その先はカーブが多くなり、安芸灘大橋にアプローチする道路では、一気に坂を駆け上がっていく。ここで遅れ始めるチームもいるはずだ、と和倉は読んでいた。そこまではひたすら我慢でいい。今日の取り敢えずの目標は、第四チェックポイントのある斎島《いつきしま》まで、シーカヤックで渡ってしまうことだ。第五チェックポイントが設定された大崎下島《おおさきしもじま》まで戻って来られればベストである。安全性を考え、日没から日の出まではカヤックの使用は禁止されているから、展開によっては半日ほどを無駄にすることになる。

このアドベンチャーレースも、まだ本格的とは言えない感じだ……海外のレースなら、スタート、ゴール、チェックポイントが定められているだけで、後は参加者の自己判断に全てが任せられる。夜間の移動もあり。まさに「冒険」であり、命を落とす危険性も常にある。それに比して、この「とびしま24」は、「管理された冒険」の側面が強い。主催の呉市は、むしろ観光振興の役割を期待しているのだろう。確かに、スタート時点のお祭り騒ぎは、スポーツの大会というよりイベント色が濃い。

和倉は背負ったリュックの側面からペットボトルを抜いた。水を一口。給水所は各所に設けられているから、自分で水を用意する必要もないのだが、念のためだ。それはチーム全員に徹底している。管理された冒険であっても、あくまで冒険。何が起きるかは分からないのだから。

そう、何が起きるか分からない。

それにしても、自分の妻子が事件に巻きこまれるなど、まったく想定外だった。

スタートの様子を、パソコンの画面でじっくりと観察する。引きの映像なので、和倉たちがどこにいるかまでは分からなかった。カラフルなユニフォームが多い中、連中は警察官であることを意識してか黒いユニフォームを着ているので、かえって目立つはずだが……いた。和倉、そして他の三人。一塊《いっかい》になっている。他のチームに囲まれ、えらく走りにくそうだ。それはそうだろう。連中の実力は、この中では抜きん出ている。もう少し条件が良かったら、一気に抜け出してリードを広げるだろう。

集めた資料をもう一度見る。短い時間で、よくここまで確認できたものだと自賛した。人間、必死になれば何とでもなるものだ。

「中村春吉《なかむらはるきち》記念 とびしま24 アドベンチャーレース」。地元出身で、世界を自転車で走破した冒険家の名前を冠したものだ。もっとも、この正式名称よりも「とびしま24」の略称の方が浸透しているらしい。ツイッターのハッシュタグも「#とびしま24」。ツイートの流れもチェックしておいた方がいいか……いや、それは必要ないだろう。選手たちは携帯電話も取り上げられているので、自分たちで情報を発信することはできない。主催者や観客のツイートでは、レースの詳しい状況は分からないはずだ。

電話が鳴る。集中力を途切らせないで欲しい……と頭の中で文句を言いながら電話に出る。

「はい」

「スタートしたな?」〝彼〟の声は低く、緊張が感じられた。

「ああ」

「様子はどうだ」

「俺に聞くな。そっちでも見てるだろう」

「こういうレースのことは、お前の方がよく分かるんじゃないか」

「ネットの中継で観てるだけじゃ、分からない。これは普通のマラソンとは違うんだ」

「えらく変わったことを考え出す人間がいるもんだな」〝彼〟が鼻を鳴らした。「だいたい、アドベンチャーレースというのは何なんだ」

こいつは……何も分からないで、指示と文句ばかりか。今回も、自分がこのアイディアを出さなかったら、大変なことになっていたのに。しかし、粘り強く説明することにした。基本が分からなければ、この計画の有用性は理解できない。

「ウルトラマラソンやトライアスロンに、オリエンテーリングの要素を加味したものだ。ウルトラマラソンは分かるか？」

「マラソンの四十二・一九五キロ以上を走る超長距離レースだな……それぐらいは分かっている」相手の声には、依然として皮肉が混じっている。

「超長距離を走る、あるいはバイク、スイム、カヤック……様々な手段で移動しながら、途中のチェックポイントを通過していくレースだ。人類が経験できる、最も過酷なスポーツと言っていいだろうな。海外では数日間に及ぶレースもある。そういう時、選手は歩きながら寝るんだ」

「まさか」

「実際そうなんだ。とにかく今回、こういうレースがあるおかげで、こっちは九死に一生を得るわけだ」

「ああ……それはそうだな。それで、計画通りに行きそうなのか？」

「それは分からない」はっきりと言い切ってやった。この計画の大部分を立案したのは自分だ。〝彼〟は黙ってそれに従い、金を出しただけ。考えもしなかった人間に、あれこれ言われたくない。

「あんたの計画だろうが」短気な〝彼〟の口調に、早くも苛立《いらだ》ちが混じる。

「アドベンチャーレースは、偶然の要素にも左右される。だから絶対はない。どんなに力が抜きん出た有力チームがあっても、勝てる確率は三割から四割だろう」

「賭けるには可能性が低過ぎる」〝彼〟の声がさらに低くなる。機嫌が悪くなるに連れて声が低くなるのが特徴で、しまいにはいつも黙りこんでしまうのだ。ここ数日、そういう状況が何度あったか……。

「チェックポイントは六カ所だったな」気を取り直したのか、〝彼〟の声が普通に戻った。

「ああ。第一から第三、それと第五、第六はとびしま海道でつながる各島に設定されている」

「下蒲刈島、上蒲刈島《かみかまがりじま》、豊島《とよしま》、大崎下島、一つ飛ばして中ノ島。もう一つ、橋でつながっていないのが斎島だ」

「よく覚えたじゃないか」

皮肉を飛ばすと、〝彼〟の声がまた低くなる。

「大事なことだからな。こちらの計画の全ては、このレースの展開にかかっている」

「だろうな」

「何なんだ、その他人事のような態度は」

「そういうつもりじゃない」さらりと〝彼〟の怒りを受け流す。「焦《あせ》ってもしょうがないんだから、ここは見守るしかないんだ」

「それはそうだが……」〝彼〟は必死に怒りと焦りを押し殺しているようだった。「連中が勝つ鍵は何だ?」

「何とも言えない。前半どこまで飛ばせるかによるな」

このレースの山場は、斎島に渡るシーカヤックの部分だろう。大崎下島から斎島まで、往復で十キロ強。ただし安全性を鑑み、日没以降、シーカヤックは使えない。レース開始と同時に、オフィシャルサイトにはチェックポイントが掲載されたのだが、ざっとシミュレートしてみたところ、夕方までに第三チェックポイントを通過するのは難しそうだ。もしも、日没前にシーカヤックで斎島に到達していれば、島で半日体を休め、早朝から動き出せるから圧倒的に有利になるのだが……実際には難しいだろう。

「最短、いつぐらいにゴールの予想だ?」

「ぎりぎりだと思う。明日の午前十一時——十二時近くになるかもしれない」

「トップがそのペースだと、ほとんどのチームは設定時間内にゴールできないんじゃないか」

「そういう問題は主催者に言ってくれ。いずれにせよ、台風のせいだ。台風がなくて、予定通りに午前九時スタートだったら、真夜中のうちにゴールしていた可能性もある」

「台風には泣かされるな、俺たちも、あいつらも」

「ああ」

「人質はどうしてる?」

「今のところは大人しい。騒ぎ始めたら、薬を使う。それは、そっちでやってくれるんだろうな」

「そうならないことを祈るよ」

「俺は、薬の専門家じゃない」

「面倒だったら殺せ」

「馬鹿な——」思わず声を荒らげた。〝彼〟は何も分かっていない。この時点で騒ぎが大きくなれば、世間に知られる恐れもあるのだ。

「上手《うま》く抑えこむ方法を考えろ。どうしても難しければ、こちらで手を貸す」

何様のつもりだ、と文句を叩きつけようとしたが、既に電話は切れていた。大胆な反面、やたらと用心深いあの男にしては、ずいぶん長く話したものだ。

デスクを離れ、持って来たクーラーボックスを開ける。そろそろ何か食べさせないと。大事な客人なのだから、丁寧《ていねい》に扱うのは最低限のマナーだ。そのために、料理も用意してきている。監禁するのに、下ごしらえした料理や食材を運びこむのは馬鹿馬鹿しかったが、食事をきちんと摂らせるのは譲れないポリシーだ。第一食にはポトフを選ぶ。まだクソ暑く、ポトフは似合わない季節なのだが、これは個人の好みだ。それに、野菜を柔らかく食べられるポトフなら、消化にもいい。まだ二歳の子どもでも、これなら食べられるだろう。

鍋を借り、下ごしらえを終えた材料を入れてガスレンジにかける。すっかり火が通った素材が煮崩れないように、弱火でゆっくりと……ほどなく温まったポトフから、薫製《くんせい》の香りが漂い始めた。いつもポトフには、ソーセージの他に、細かく刻んだベーコンを隠し味で入れる。

いいだろう、完成だ。

皿に移し——見覚えのある皿は、以前庭でバーベキューをした時に使ったものだと気づく——準備完了。

部屋の鍵を解錠し、中に入る。目隠し、さるぐつわをされている女性が、気配に気づいて身を強張らせる。泣き出すと始末に困る二歳の娘は、幸いなことに彼女の足下で寝ていた。

「食事だ」

反応なし。さるぐつわを咬まされているから当然だと思い、皿を床に置いて彼女の後ろに回りこみ、慎重にさるぐつわを外す。罵声《ばせい》が飛んでくるのを覚悟したが、彼女の口から出てきたのは弱々しい言葉だった。

「何で、こんな……」

「目的のためだ」事前に用意していた台詞を口にする。「迷惑をかけて申し訳ないが、危害は加えない。安全は保証する。食事も用意したから、食べてくれ」

あと数時間はぼんやりした状態が続くだろう。

「……スープ?」まだ強力な鎮痛剤の影響下にあるようだ。対抗薬を使わなかったから、

「ポトフだ」

「毒……」

「違う。何だったら、俺が一緒に食べて証明してもいい。だが、顔は見られたくないんでね。俺は後ろに回りこんで見ているから、一人で食事してくれ。娘さんにも食べさせるといい」

「何で、こんな……」

ぼんやりとした口調で繰り返す。薬の影響からの回復は、こちらで予想していたよりも遅いようだ。使う分量を間違ったのか、と心配になる。

「目的のためだ」こちらも繰り返すしかない。はっきりした説明は、彼女の余計な想像を生む。何も知らぬまま、無傷で解放するのが理想だった。こちらの正体が分からなければ、後々何の問題もない。

「あなたを傷つけるつもりはない。しかし、こちらの指示に従ってもらわなければ、俺以外の人間が何をするか分からない」

この脅迫も、彼女に衝撃を与えはしなかった。うなずいたが、納得したというよりは、頭の重さに負けてうなだれたようである。まあ、食べられないならそれでもいい。こちらとしては、レース終了まで大人しくしていてもらえばいいのだから。気を遣っている

のに無視されることには苛ついたが。

また、頭ががっくりと垂れる。今にも眠ってしまいそうだ。背後から目隠しに手を伸ばそうとした時、寝ていた子どもがいきなりむっくりと起き出した。

「ママ……」

「彩?」

「ママ、お腹空いた……」

「彩、どこ?」

娘が母親の足に摑まり、立ち上がった。しかし、両腕を縛られているので、娘を抱くことすら叶わない。これはちょっと、自分のやり方ではない。腕の縛《いまし》めを解いてやると、のろのろと両手を上げた。娘は遠慮なく飛びこんで来る。体に力が入り、ようやく娘を抱き締めた。

「娘さんにも食事をさせてあげなさい」できるだけ柔らかい声で話しかける。「今、目隠しを取る。ただし、絶対に後ろは向かないように。顔を見てはいけない」

慎重に目隠しを外す。言われた通り、母親は振り返らなかった。ようやく事態が呑みこめてきたのだろうか。まずは娘の安全を確保すること——母親としての本能が発動している。

のろのろと皿に手を伸ばす。スプーンを持とうとして取り落としてしまうのは、まだ手先の感覚が戻っていないせいだろうか。娘が代わりにスプーンを取り上げ、人参《にんじん》をすくい上げて口に運んだ。

「ママ、人参、美味《おい》しい」

それはそうだろう。俺が作るものが不味《まず》いわけがない。二歳の子どもにだって、ちゃんと通じる味なのだ。もちろん、大人が食べても満足できる。

「ゆっくり食べてくれ」

低い声で告げ、母娘二人の食事を見守った。


各チームは、最初の五キロで既にばらけ始めた。チームPはまだトップには出ていないが、いつでも先頭に出られる位置につけている。直前を走っているのは、最大のライバル、東京消防庁のチーム。明るい紫のウエアは嫌でも目立つ。それに比べれば自分たちの黒いウエアは忍者みたいなものね、と安奈は思った。陰に隠れ、相手が気づかぬうちに刺す――警察官が「刺す」なんて言ったら問題かもしれないけど。

体はいい具合に解れ始めている。チームPにしてはゆったりしたペースだが、今回はアップダウンが極端な難コースなので、中盤から後半に向けて体力を温存しておく作戦である。これは事前に話し合って決めたことで、今のところはその通りのレース運びだった。

安奈は肩を回し、「リラックス」と心の中で自分に言い聞かせた。走り始めてからは、チームのメンバーと会話を交わしていないが、緊張した雰囲気が抜けないのは分かっている。ひとえに、和倉がぴりぴりした空気を発散しているからだ。自分がそれに巻きこまれてはいけない——最終的に全員がゴールしないと失格するのだが、そのためにはまず、自分との戦いに勝たないと。リラックスしつつ、力を温存し、肝心なところでフルパワーを発揮できるようにする。

「行くぞ」

いきなり背後から声をかけられ、安奈はびくりとして振り向いた。和倉が真剣——深刻な表情を浮かべている。

「早いですよ、キャップ」

「一気にトップに立つんだ。最初に相手にダメージを与える。誰よりも早くゴールする」

早口で喋り切り、和倉がぐっと前に出る。先行するマキに追いつき、軽く肩を小突いた。驚いたように振り返ったマキに向かって、キャップが小声で指示を与える。マキはすぐにはスピードを上げなかった。事前の作戦と違う——戸惑いが、足運びにも表れているようだった。

国道一八五号線は、JR呉線と並行して走っている。今しも上り電車が通り過ぎ、沿道の歓声をかき消していった。信号のある交差点を越えると、ルートは側道へ——いよいよレースは本番に入る。ここからが、島々をつなぐ橋——とびしま海道なのだ。

縦に長く並んだ選手たちが、次々に側道へ入って行く。マキは一気にスピードを上げ、消防庁の選手たちに並んだ。見る間に一人を抜き去り、さらにもう一人——前を行くのはあと二人だけだ。追い抜かれた選手が明らかに動揺しているのが、安奈にも分かる。それはそうでしょう。本格的なマラソンランナーのようなスピードで追い抜かれたら、ショックを受けるだろう。実際、他の選手たちは、全体のスタミナ配分を考え、ジョギングプラスアルファ程度のスピードで走っているのだ。

マキのフォームは美しい。大柄な体を生かして、ストライド走法でぐいぐいと坂を登って行く。道路はその先で右へカーブし、海道へ入って行く。マキはさらにスピードを上げ、一気にトップに立った。それに引っ張られるように、安奈たちのスピードも上がる。こんなペースで飛ばしたら、中盤以降で失速してしまう——そう考えたが、メンバーに遅れるわけにはいかない。

やはり、キャップは普通ではない。こんな無茶なレース展開をするとは、何を考えているのだろう。

「キャップ、大丈夫かね」

後ろから迫って来たシゲさんが、不安げに漏らした。ペースが上がったことにまったく影響を受けておらず、歩きながら走っているような口調である。このスピードで走りながら普通に話せるのに、どうして引退することにしたのだろう、と安奈は不思議に思った。まだまだやれそうなのに。

「何か聞いてるか？」

「いえ」疑問は持っている。しかし、和倉本人からは何も聞いていない。

「途中で潰《つぶ》れるのだけは勘弁して欲しいね。棄権だけは嫌だな」シゲさんが溜息をつく。

走りながら溜息をつく人を、安奈は初めて見た。

「遅れますよ」

「じゃ、ちょっとペースを上げるか」

言うなり、シゲさんが安奈を追い抜いて行く。安奈も引っ張られるようにペースアップし、緩い上り坂を駆け上がった。脹脛《ふくらはぎ》と腿に緊張が走ったが、それはむしろ心地好いものだった。基本的に平地を走るマラソンでは味わえない、この体の変化。

右カーブを曲がり終えると、コースは緩い下り坂になる。アップダウンが続くが、まだ体が悲鳴を上げるほどではない。側道から本車線へ——片側一車線の道路だが、ここに入ると、急に有料道路然とした感じになる。道路がまだ新しいせいもあるかもしれない。

側道が終わる直前、「下蒲刈　2km」の標識が目に入る。第一チェックポイントまで、あと四キロぐらいだろうか。緩い上りが続く。それは視覚からの情報よりも、下半身にかかる負担によって体に刻みこまれた。

突然、視界が開ける。左側に海。斜め前方に見えているのが、第二チェックポイントのある上蒲刈島だ。道路のすぐ先には、料金所まで百メートルを示す青い標識。そう言えば……先ほどから沿道の応援がなくなっていることに気づく。有料道路に入ったのだと、改めて意識した。なかなか不思議なコース設定である。これまで参加してきたアドベンチャーレースでは、ほとんど山の中だけを走る、トレイルランのようなコース設定もあったし、公道を延々と走る、ウルトラマラソンのような設定もあった。しかしこのコースは……沿道にまったく応援がいない、綺麗なアスファルトの道路を走るのは、ひどく不思議な気分がする。もっとも、こういう走りやすいコースはこのレースでは少なく、チェックポイントは住宅街の中にあったり、一気に何百メートルも山を上がった場所にあったりする。バリエーションに富んでいるとも言えるし、主催者が無茶をし過ぎだとも言える。安奈個人の感想は後者だった。自分で走りもしないのに、どうしてこういうコース設定を考えるかな……。

ふと、頭上を飛ぶドローンに気づいた。このレースはインターネットで全面的に中継されており、レース前には、「ドローンを使った撮影が多い」と説明を受けていた。主催者である呉市ではなく、ネット中継を担当するテレビ局の意向ということで、今後のマラソン中継などに利用できないか、実験の意味合いもあるという。まあ、自分たちにはあまり関係ないけどね、と安奈は気にしないようにした。ドローンは騒音をまき散らすわけではなく、よほど近づいてこないと存在に気づきもしない。気づかなければ、存在しないも同然だ。

料金所を通過する。これも斬新な体験だった。普段は車で通る料金所を走り抜ける——そう言えば、ここの橋は有料道路なのだが、いつまで通行止めになるのだろう。各チームの実力差は大きく、全選手が通過するにはかなりの時間が必要なはずだ。安奈は一時交通部にいて、東京マラソンの交通規制などについて担当していたことがあったから、広島県警の苦労も手に取るように分かる。今は、県警の負担を大きくしないためにも、一刻も早く通過しなければ。

車で通れば七百二十円か、と料金表を見ながら駆け抜ける。前を行く消防庁のチーム、その最後尾を走る二人の選手の背中が近づいて来た。マキはもう独走態勢に入ってしまい、安奈からは豆粒のようにしか見えない。キャップの和倉も、消防庁の選手に混じっている。この二人は明らかに飛ばし過ぎだ。マキは実力内でマックスのスピードという感じだが、和倉は明らかにオーバーペース。キャップ、少し落として――すぐにでもそこまで行って肩を摑み、ペースダウンさせてやりたいと思った。だいたい、メンバーがばらけてしまうのは危険なのだ。レース中は連絡を取り合うことができないので、互いの声が聞こえる距離をキープしておく必要がある。

こんなの、キャップじゃない。

常にチーム全体のペースを考えたレース展開をするのに、今日はまるで、個人で参加したマラソンのようではないか。不安が胸の中で渦巻く。

その不安は、自分の変調でかき消された。変調と言うほどではないかもしれないが、このペースは自分には速過ぎる。少し遅れてもいいから、走りを整えないと。前を行くシゲさんとの差を確認――十メートル。一瞬振り返り、後続のチームを確認した。姿は見えない。料金所が邪魔になっているかもしれないが、まずは安全なリードと言っていいだろう。

少しだけペースを落とし、頭の中をすっきりさせようと、前方に現れた安芸灘大橋のデータをひっくり返す。橋の長さは千百七十五メートル。主塔の高さは百十九・四五メートル。「都道府県が整備した一般県道の吊り橋では」という条件では、日本最長だ。

それにしても、なかなか美しい。薄い水色の色合いは、今日の好天とマッチして非常に爽《さわ》やかな印象を与える。ところが実際に足を踏み入れていくと、強烈な横風――髪が風に流され、全身をもみくちゃにされるようだ。前を行く選手たちも風に邪魔され、見る間にペースダウンしてしまう。それはそうだろう、何しろ橋は海面から数十メートルの位置にあるのだ。いくら瀬戸内海が穏やかな海だといっても、これだけの高さだと風は強く、時に気まぐれに吹く。安奈はうつむき、できるだけ風の抵抗を減らそうと前傾姿勢を取った。しかし当然、横風には対応できず、体がぐらつく。

強くならなくては。

高校時代には陸上部に所属し、何度も駅伝に出場した安奈は、当時の恩師から何度も言われた言葉を今も覚えている。「強くあれ」。速いランナーはいくらでもいる。ただ、ロードを走る長距離のレースは、自分以外の様々な要素とも闘わなければならない。ライバル、気温、風――そういう要素に勝つためには、「速く」ではなく「強く」ある必要がある。目の前に必ず立ちはだかる風の壁を、粉砕《ふんさい》する勢いで走れ。

今がまさにその時だ。

ぐっと身を沈めて前傾し、空気の壁を脳天で砕いて行く感じ——突き抜けたと思った瞬間、今度は横風が襲いかかってきて体がぐらりと揺れる。

安奈は苦笑を浮かべ、乾き始めた唇を舐めた。先生、「強く走る」はあくまで普通の長距離に限られた話ですよ。こんな滅茶苦茶なレース、先生の頭にはなかったでしょう。

自分は今、スポーツと冒険の境目にいる、と安奈は強く意識した。


前方に、下蒲刈島の光景が浮かび上がって来る。こんもりと緑に覆《おお》われた山。左側に目を転じれば港も見える。ぽつぽつと建物——民家だろう——もあった。いかにも「離島」というイメージを持っていたのだが、実際にはこの島では、人々の普通の暮らしが営まれているようだ。

和倉は、先頭を行く牧山の背中をひたすら追った。このスピードで、宮井たち消防庁のチームは心折られたのでは、と和倉は期待した。振り返って確認すると、宮井が二十メートルほど後ろにいるのが分かる。一瞬だったので顔ははっきりとは見えなかったが、たぶん焦っているだろう。アドベンチャーレースは通常のマラソンよりもはるかに長い距離を走るので、ライバルチーム同士が直接順位を競い合うような場面は少ない。ひたすら己《おのれ》との戦い、そしてチームのタイムだけがポイントになる。しかし序盤では、このように接戦になることもある……こういう機会を生かして、相手の気持ちをへし折ってやるのも戦略の一つだ。あいつには勝てない——そんな気持ちを植えつけられれば、この先の展開が有利になる。

しかし和倉は、苛立ちを覚えていた。宮井たちは引き離したものの、その後ろにいる安奈と重盛の姿は見えない。これでは意味がないのだ。チェックポイントは全員でクリアしないと……四人全員のチェックが終わらないと、次のポイントには進めないルールなのだ。自分と牧山が先に着いても、安奈と重盛が遅れれば、宮井たちに逆転を許すかもしれない。

クソ、どうしてこんなことになったんだ。

自分を責めたがどうしようもない。レースは既に始まってしまったのだ。

それにしても、いったい何が起きたのだろう。理沙と最後に話したのは、今朝。十分な睡眠を取って宿舎で目覚めた午前八時に、すぐに電話をかけた。その時はいつもと同じ、快活な声で応援してくれたのに……それから四時間もしないうちに、何があったのか。

意味が分からない。理沙は用心深い性格で、そう簡単に犯罪に巻きこまれるわけがない。ましてや、まだ二歳の娘、彩が一緒なのだ。誰かが家に押し入って無理矢理拉致した？　それも考えられない。妻が知らない人間を家に上げることなど、絶対にあり得ない。

だったら顔見知り？

和倉は思わず唾《つば》を呑んだ。顔見知りが訪ねてくれれば、鍵を開けてしまうこともあるだろう。一体それは誰なのだ？　頭の中で知り合いのリストを広げてみたが、ピンと来ない。

思い切り頭を左右に振った。こんなことを考えていても妻子は救えない。今はとにかく、一刻も早く最終チェックポイントに到着して、犯人からの指示を遂行するしかないのだ。

和倉はまた、ギアを一段上げた。下半身が悲鳴を上げ、呼吸が苦しくなる。明らかに普段のペースではなく、頭の中の冷静な部分は「ペースダウンしろ」と命じていた。このレースは、総距離は長くないが、かなりハードなコース設定なのだ。特に中盤の山場——豊島にある第三チェックポイントは、標高三百メートルを超える場所にある。一応、車でも登っていける道路はあるのだが、傾斜はかなり急だ。おそらく、箱根駅伝の五区でも経験できないような斜度のある、走りにくいコースであるのは間違いない。そこまでに、何とかエネルギーを無駄遣いしないようにしないと。

橋の終点が見えてくる。左側前方、橋の歩道部分に、何人かの人がいるのが見えた。一塊になって旗を振っている——こんなところにも応援の人がいるのか、と驚いた。この人たちは下蒲刈島から来たのだろうが、ここまで徒歩で上がって来るのは相当大変だったのではないだろうか。たぶん、マラソンの応援のような感覚なのだろうが……。

「頑張れー」

甲高い、呑気《のんき》な声……子どもだった。父親に肩車された二歳ぐらいの女の子が、必死に旗を振っている。それをちらりと見て、和倉はまた胸が締《し》めつけられるのを感じた。ちょうど、彩と同じぐらいの年、背格好ではないだろうか。思わず顔を背け、正面に意識を集中する。牧山の背中はまた小さくなっていた。

マキ、お前、飛ばし過ぎだ……口の中でもごもごとつぶやいたが、聞こえるはずもない。しかし牧山との差が開くわけではない。和倉自身も、普段のペースをはるかに上回るスピードで走っているのだ。もちろん、まだ百パーセントではない。しかし普段、八十パーセントに抑えて走ることを意識しているのに対し、今回は九十パーセントの感じ。すぐにパンクするわけではないが、長丁場のレースのどこかでアウトになるだろう。二本目の主塔を通り過ぎる。よし、もう少し……ほどなく、コースは緩やかな下り坂になった。自然にペースが上がらないように気をつけながら振り返る。よし、と思わず表情が緩む。重盛と安奈が、消防庁チームを追い抜いてこちらに迫っていた。これなら、第一チェックポイントで上手く合流できるだろう。

左手に標識が見える。「呉市下蒲刈町」——ここからついに島に入るのだ。その標識の下には「下り勾配７％」を示す黄色の看板。かなり急な下り坂だ。すぐに、左側に石柱が並んだオブジェが見えてきた。小さな看板の文字は「白崎園」。確かここは公園で、チェックポイントはまだまだ先……住宅街の中にある神社のはずだ。橋を渡り終えてからそれほど遠くはないはずだが、島内の生活道路は狭く、入り組んでいるのが地図を見ただけでも分かっていた。時間をロスせず辿り着けるだろうか。

重盛が追いついてきた。

「キャップ、速過ぎる」

「奴らをへし折るんです」呼吸が荒くなっているのは意識したが、和倉は何とか言葉を吐き出した。重盛の口調がさほど乱れていないのでほっとする。まだまだ余裕がありそうだ。

「このスタートダッシュは後で響くぞ」

「大丈夫です」

「年寄りに無茶させるなよ」

二歳だけ年上の先輩に「年寄り」と言われても。和倉は苦笑したが、それはすぐに引っこんでしまった。苦笑いであっても、笑っている場合ではない。

前を走る牧山が、ちらちらと振り向く。この先どちらへ行くか、指示を仰いでいるのだ。交差点の看板によれば、左へ行くと見戸代港《みとしろ》、真っ直ぐ進めば蒲刈と三之瀬《さんのせ》。右には何も書いていない――しかし神社は右の方にある。次に牧山が振り向いたタイミングで、和倉は右手をさっと挙げて右方向を指し示した。

牧山が交差点に入ろうとしたところで、信号が赤になる。牧山はゆっくりとペースダウンして、停まった。ここからは、別種の危険が待ち構えている。選手が一塊になって走るスタート直後から、橋を渡る有料道路が終わるこの地点までは一時交通規制されているのだが、ここから先は、基本的に自分たちの判断で走っていかなくてはならない。

それほど車が多いわけではないだろうが、交通事故も心配する必要がある。全て自己責任——それがアドベンチャーレースの基本である。もっとも、これから渡って行く島には、それほど信号もないだろうから、それでペースを乱されることはないはずだ。

信号が青に変わるまでに、チームPは全員集合した。他の三人の顔を見やる——重盛は余裕、牧山はさすがに息が上がって苦しそうだ。安奈は大丈夫——だがその顔には、怪訝そうな表情が浮かんでいる。口を開きかけたが、牧山が「青です」と言って走り出したので、彼女の言葉を聞くことはできなかった。

しかし……ずっと同じチームで走ってきたから、彼女が何を考えているかは何となく分かる。

疑念。

それはそうだろう。最初からこんなに飛ばすレース展開は、事前に打ち合わせてはいなかった。どうしてペースを壊したのか、彼女は知りたがっている。

一刻も早くゴールしたいからだが、その事情を話すわけにはいかない。話せば安奈は——彼女だけでなく牧山も重盛も「棄権」を進言するだろう。もっとも棄権したところで、何がどうなるわけではない。一番確実なのは、犯人の要求に従っておくことだ。もちろん、それで百パーセント、家族の安全が確保できるわけではないが……こういう卑劣なことをする犯人を信用できるはずもない。

今は、一秒でも早く前に突き進むしかない。

22

一戸建ての家がぽつぽつと並ぶ住宅街。下蒲刈島の平地部分はごく狭く、すぐ近くまで山が迫っている。しかしそういう斜面にまで貼りつくように家が建っているのは、狭い日本ならではの光景だ。

道路は狭くなり、カーブも多い。どこから車が飛び出して来るか分からないので、和倉はジョギング程度にペースを落とすよう、メンバーに指示した。当然、宮井たちのチームには追いつかれてしまう。チェックポイントの目途はついており、二つのチームはほとんど一塊になって、ゆるゆると進んだ。狭い道からさらに狭い道へ……歩道もほとんどない道路なので、沿道に応援の人はいない。家の窓から顔を突き出して、物珍しそうに見ている人がいるぐらいだ。これは迷惑かもしれないな、と和倉は思った。普段は静かで、ほとんど人通りもない街を騒がす一団——。

和倉たちは四人でしっかり固まった。すぐ後ろに宮井たち東京消防庁のチームがつく。第一チェックポイントは、この二チームがほぼ同時に通過することになるだろう。レースが本格的に動き始めるのは、おそらくこの後だ。広公園のスタート地点から第一チェックポイントまでは、約十キロ。マラソンでも、これぐらいの距離まで先頭集団が崩れず、団子状態でレースが進行することは珍しくない。

ただし……マラソンとはだいぶ事情が違う。マラソンは基本的に、自分の限界に挑むスポーツで、ある意味シンプルなのだが、アドベンチャーレースはもっと複雑な戦いだ。公道を走っている時はマラソンに近いが、山中に入ればトレイルランになる。いや、時には最短距離を取るために、道なき斜面を無理矢理登っていく——その場合はほとんどフリークライミングだ。コース設定によってはスイムもシーカヤックもある。それ故、怪我は絶えない。「アドベンチャー」の名前は決して大袈裟ではないと和倉は思っていた。いや、最もハードなスポーツなのは間違いない。

第一チェックポイントはすぐに見つかった。古いが立派な鳥居……そして目の前には、山の中腹へ至る急峻《きゅうしゅん》な階段がある。

「ここですね……先、行きますよ」牧山が飛び出した。

何ともほれぼれするようなバネ。磨《す》り減って滑《すべ》りやすくなっているはずの階段を、二段飛ばしで一気に駆け上がっていく。階段には途中で踊り場があり、そこから先は鬱蒼《うっそう》とした森の中に消えているのだが、牧山の姿はすぐに森の暗さに同化した。

「高校生かよ」重盛が皮肉を吐く。

確かに……和倉にも覚えがあった。陸上の選手にとってはあまり意味のある練習ではないのだが、高校の近くにあった神社の石段を一気に駆け上がるのは、一日の締めになる荒行だった。三年間、毎日のようにやったのだが最後まで慣れず、何度吐いただろう。恐らく牧山も、高校時代に同じような練習をしていたはずだ。あいつの場合は陸上部ではなくサッカー部なのだが……全国大会に出てからまだ十年も経っていないから、体力は今がピークだろう。

「何か、気合いの声でもかけるか?」重盛が提案した。

「まさか」

「じゃあ、心の中でやるか」皮肉っぽい台詞《せりふ》を吐いて、重盛が階段に足をかける。牧山に負けぬスピードで、二段飛ばし。和倉は無理をせず、しかし足の回転スピードを上げた。横に安奈が並ぶ。呼吸が荒く、いかにも苦しそうだ。

「大丈夫か?」和倉は声をかけた。

「オーバーペースですよ」安奈が文句を言った。

「頑張ってくれ。絶対に勝つ」

「キャップ、こだわり過ぎです」苦しい息の下、安奈が言った。「このペースだと、最後まで持ちませんよ」

「持たせる。絶対に勝つ」

「どうして——」

「今回は、絶対に勝たなければいけないんだ」

言い残して、和倉はまたスピードを上げた。理由は言えない。安奈たちをこの話に巻きこむわけにはいかないのだ。いや……既に巻きこんでいるか。自分たち四人のものであるこのレースは、既に自分だけの戦いになりつつある。

参った……安奈は立ち止まらないようにするので精一杯だった。体力的に男性に勝てるはずもないが、これまでに参加したレースでは、足を引っ張るようなことは一度もなかった。しかし今回は、ついていくだけでぎりぎりである。ひとえに、和倉がハイペースを続けているから。マキもシゲさんも、今のところはついていっているが、このペースで行ったら、必ずどこかでチームは崩壊するだろう。各チェックポイントを全員がクリアしないと、最後は勝てないのだ。

消防庁のチームと合わせて、神社の狭い境内に八人……選手たちの荒い息遣いが波のように満ちているだけで、基本的には静かである。木々の隙間から陽射しが零《こぼ》れ落ちているのに何故か薄暗く、その暗さが、音まで吸収しているようでもあった。

オレンジと白のコントロール——標識が三つ。それぞれの上には、通過を記録するコントロールユニットが置いてある。安奈は、右手中指にはめたEカードをコントロールユニットの上に置き、チェックを終えた。この行為を「パンチ」と呼ぶのは、電子的な通過システムが導入される以前、針が並んだ「パンチ」という道具を記録用紙に押しつけて通過の証明にしたことの名残りだという。もちろん安奈自身は、「アナログ」なパンチングの時代を知らない。一九九〇年代後半には、もう電子的パンチングが一般的になっていた、とシゲさんから聞いたことがあった。

「オーケイ、水分補給を」全員がパンチを終えたところで、和倉が指示した。しかし立ち止まろうとはせず、早くも階段の方へ向かっている。宮井たち消防庁のチームは、ここで一休みして次に備える構えのようだ。ちらりと宮井に視線を向けると、笑みを浮かべてさっと手を振って見せる。自分たちよりもよほど余裕がありそうだ。

和倉が先頭に立ち、階段を一気に駆け下りる。チェックポイントでのパンチングをしている間に呼吸は少し落ち着いたが、それでも心拍数はまだ上がったままである。トップで第一チェックポイントを通過した喜びよりも、不安の方が大きい。何とかキャップに真意を聞きたいけど……そんな余裕はないだろう。普段は、レースの最中でも疑問があれば遠慮なくぶつける。コース設定がおかしいのではないか、ペースが早過ぎるのではないか――そういう時、和倉は必ず立ち止まって短時間のミーティングをするのだが、今日は声をかけられる気配でもない。

考えて……話し合えないなら自分で考えないと。安奈は刑事ではないが、警察官である。事件の捜査をするように考えれば、必ず原因――和倉の本音に辿《たど》り着けるはずだ。

階段を降り切り、住宅街の狭い道路に出た瞬間、最初の異変が何だったかふいに思い出した。そう、レース前に携帯が没収される直前――あの時、和倉の携帯に着信があったのだ。急いで武道場の外へ出て行ったが、その時既に、眉間《みけん》に深い皺《しわ》が浮かんでいた。常にフラット、感情の揺れをあまり表に出さない和倉にしては珍しかった。もしかしたら家族に異変が――娘さんが急病にかかったとか――あったのではないかと心配したけど、それは否定された。

あの否定は本当だったのだろうか。

自分たちに心配をかけまいとして、わざと「何でもない」ことにしたのかもしれない。でも、仮にそうだとしても私には見抜かれているからね――もちろん、家族にトラブルがあったかどうかは分からない。でも、何か問題が起きたのは間違いないのだ。

もしも家族のトラブルだったら……キャップの様子がおかしくなるのも無理はない。京王井の頭線浜田山駅近くにある和倉の家には一度だけ行ったことがあるが、仲のいい家族の様子にかすかな羨望さえ感じたものだ。特に娘に対しては……キャップが所属する機動隊というのは、警察の中では一番体育会系の組織で、常に自分を厳しく追いこむことを要求されるのだが、家でのキャップはまるで別人だった。特に、結婚五年目でやっと生まれた娘に対してはデレデレ……娘がまた異様に可愛く、安奈は思わずキャップの妻に、「似てないですよね」と言ってしまった。それを聞いた妻は思い切り笑い、「似てなくてよかったわ」と言った。それでキャップの妻とは打ち解けた感じになれたのだった。和倉の趣味――趣味というには入れこみ過ぎているアドベンチャーレースにも理解を示し、「この人はしょうがないですから」と笑っていた。かなり無理して一戸建てを購入したのは、キャップにすれば家族のためだったのだろう。

いい家族だったと思う。いつか自分が家族を持つことになったら、こんな風になりたい。

あの奥さんが、レース直前の一番大事な時に、わざわざ電話をかけてくるかしら……

本当に――それこそ娘さんの命が危ないとでもいう状況でない限り、電話は控えるはず。もしかしたら本当にそうなのか？　それでキャップは、一秒でも早くゴールしようと無理している？

でも、それなら最初から言ってくれればいいのに。このレースが大事なのはよく分かっている。第一回レースの優勝者の名前は永遠に残るし、シゲさんのチームPからの卒業も大事だ。勝って、シゲさんを気持ちよく送り出したい――その気持ちは他の三人に共通している。

でもそれ、家族より大事なこと？

本心を明かさず、自分の胸の中だけにしまいこんでいる和倉に対して、安奈は唐突に怒りを覚えた。何だか信頼されていないみたいで、胸が苦しい。

きっと、確かめるチャンスはある。恐らくこのレースは、夜になって動きが止まる。その時に、じっくり話を聴き出せばいい。多少遅くなるかもしれないが、そのタイミングで棄権して、急いで東京へ帰る手もあるだろう。衛星携帯電話で、いつでも救援は呼べる。

それまでは――タイミングが来る時まではレースに集中しよう、と安奈は決めた。

先頭を走るキャップが振り向き「蒲刈大橋から南ルート。遊歩道ではなく、車道を使う」と短く指示を飛ばした。

どういうこと？　安奈は頭が混乱するのを感じた。第二チェックポイントは上蒲刈島のほぼ中央部、七国見山《ななくにみやま》の中腹の「平成みちびき観音」にある。そこへ至るルートは二つ。登山道か、車も通れる道を使うかだ。登山道の方が一直線にチェックポイントに向かうし、距離も短い。しかしおそらく、走れないだろう。階段登りどころかまさに「登山」で、スピードは乗らないはずだ。一方車道の方は、登山道に比べて距離はずっと長いが、一応舗装《ほそう》されているし、山肌を縫うように蛇行しているから、登山道に比べれば傾斜も緩《ゆる》いだろう。どちらが走りやすいかは現場で見てみないと分からないが、走り出す直前の簡単な打ち合わせでは、距離の短い登山道にチャレンジする方針を決めていた。

「キャップ、登山道は使わないんですか?」マキが訊《たず》ねる。

「お前は、トレイルが苦手だろう」

「そっちの方が、圧倒的に距離が短いですよ」

「舗装されたコースで走るんだ」

和倉がぴしりと言った。

マジでそのつもりなの? 安奈はきゅっと心臓を摑《つか》まれたように感じた。この判断は正しいのか……正しいとは言えない。それはもちろん、登山道を必死に上るよりも、傾斜が緩い車道を走った方がスピードは出るはずだが、距離が圧倒的に違う。おそらく登山道の二倍、下手すると三倍。しかも「走る」と言っても、最初から最後まで全力ではいけないだろう。とてもスピードが出るとは思えない。

「ペースアップするぞ」

キャップがいきなり飛び出した——まるでマキの疑問を押し潰すように。慌てて安奈もスピードを上げたが、やはり飛ばし過ぎである。和倉の背中は、あっという間に小さくなってしまった。

二つ目の島——上蒲刈島へ渡るには、下蒲刈島の東端にある蒲刈大橋を使う。このレース二本目の橋だ。そこへ向かうルートは、海沿いの県道七四号線か、山中の道路の二本。どちらを選んでも、距離はほとんど変わらない。事前の下見は許されていないから、地図で頭に入れた情報を元に、その場その場で判断していくしかない。

和倉は、県道七四号線を選んだ。山道に入ると、一気に坂を上がっていかねばならず、そこで体力を消耗してしまう。一方県道は、海沿いを進むから比較的平坦なはずだ。交差点に案内板がある。「松濤園《しょうとうえん》」「梶《かじ》が浜《はま》」方面へ行くのが県道だ。信号のない交差点なので、立ち止まることもできず、走りながら判断しなければならない。

「どうします?」すぐ後ろにつけた牧山が訊ねる。

「海沿いを行こう」

「了解です——先行しますよ」

平然と言って、牧山が前に出る。こいつのスタミナは無尽蔵か、と和倉は舌を巻いた。二十七歳、体力の絶頂期とはいえ、既に十数キロを走っているのに、スピードが落ちる気配はまったくない。

ちらりと振り向くと、安奈と重盛は並走していた。少し遅れているが走りは安定しているようだから、心配はいらないだろう。宮井たちの姿は見えない。きちんとペース配分して、中盤から後半に備えているということか。アドベンチャーレースとしては正しい作戦の一つだ。

ただ、今の俺は単にレースを戦っているわけではない。これは家族を守るための戦いでもあるのだ。

港を左手に見ながら走るコースは、景観的には悪くない。ハードなレースの合間の癒《いや》しの光景になる。もちろん今の和倉には、それを楽しむ余裕はまったくなかった。

幸いなのは、潮風がかなり強く——体を揺らすほどではない——吹きつけ、熱くなった体を冷やしてくれることだ。最高気温二十九度の予報だったが、実際には三十度を超えているのではないか？　和倉は体感的に気温が分かる。三十度を超えると、急に体が重くなり、熱い湯に浸かっているような感覚に襲われるのだ。そうなるとスタミナは奪われ、スピードが落ちる。今は風が唯一の救いだった。

道路の右側には、古い家が建ち並んでいる。どうやらこの辺が、下蒲刈島の中心の一つらしい。しかし……道路が狭い。車同士のすれ違いも危ういような幅員で、車が通り過ぎる時には、こちらがスピードを落とさねばならないだろう。

しかも、途中から道路が石畳になった。事前には摑めていなかった情報で、和倉は焦《あせ》った。石畳の道路は、アスファルトの道路に比べて危険性が高い。凸凹《でこぼこ》にシューズを引っかけて転倒、も珍しくはないし、雨が降れば滑りやすくなる……幸い今日は、雨の心配だけはしないで済みそうだった。むしろ、脳天を焼く陽射し、湿気を含んだ熱い空気との戦いになる。

和倉は、石畳の継ぎ目を見ながら足を運んだ。そこそこスピードが乗っているから、転倒は即怪我につながりかねない。視線は下に……しかし時には顔を上げてやらねばならない。うつむいたまま走っていると、絶対にスピードが上がらないのだ。今、道路は少し海から離れており、両側に民家が建ち並んでいる。左側には、「お屋敷」と言っていい巨大な家。右側には床屋。その先には、緑色のビニール看板がかかった店……通過する時にちらりと見ると、「酒・たばこ」と書いてあった。店先には煙草の自販機もある。おそらく、田舎にはよくある何でも屋――昔のコンビニエンスストアだ。

洋品店に農協、酒屋。街を抜けると、左側にまた小さな港が見えてくる。漁船が数隻《すうせき》もやわれ、のんびりした空気が漂っていた。

それにしても……クソ、走りにくい。いつまでこの街並みと道路が続くのだろう。ようやく正面に蒲刈大橋が見えてきたが、まだまだ遠い。この先も石畳が続くとしたら、俺の判断ミスだ、と和倉は唇を噛んだ。他の三人も、この走りにくさには辟易しているだろう。情報がなかったから仕方がないとも言えるのだが、判断したのは自分である。

おそらく、このレースで最初の判断ミス。もしかしたら宮井たちは山側のルートを選択し、今頃快調に飛ばしているかもしれない。

アドベンチャーレースは、一秒ごとに判断を繰り返す競技である。面倒なのは、チーム競技なので、メンバーの総意が必要なこと。意見が割れれば最終的にはリーダーである自分が決める。今まで、そういう状況で下した判断が間違っていたことはほとんどない。どういうわけか、「野性の勘」とでも言うべきものが働くのだ。

しかし今日は、早くもミスを犯した。

さらに、二度目のミスを悟る。ようやく石畳の道が終わってアスファルトになり、走りやすくなったのだが、今度は橋へ上がるルートがない。クソ、大回りしないといけないのか？　無駄に距離を重ねることになったら、明らかにまた自分のミスである。どうやら、右側の上の方を、山側から来た道路が走っているようだが……法面《のりめん》を素手で上がっていくしかないのか？　コース設定によっては、クライミング的な要素が入ってくることもよくあるのだが……。

前方で牧山が立ち止まり、主催者から渡された地図を広げている。和倉はすぐに追いついて、地図を覗きこんだ。安奈と重盛も合流する。

「この先で、大きく右へカーブして橋に入れるみたいです。大したロスにはなりませんよ」

さらりと牧山が言ったが、「ロスだ」ということは意識しているわけだ……これでは信頼は失われる一方だな、と和倉は暗い気分になった。

「キャップ、さっきのは山側の道を行くべきじゃなかったか？」遠慮がちに重盛が切り出す。普段は、あまり自分の意見を強く出さないタイプなのだが。

「ああ」和倉は認めた。言い訳や議論をしている暇はない。

「あの石畳はきつかったな。年寄りの足には応《こた》えたよ」重盛が腿を摩《さす》った。

「二歳年上なだけでしょう？　弱気は禁物ですよ」

沈黙を守っている安奈をちらりと見やる。思い切り疑っている——目の色ですぐに分かったが、彼女は何も言わず、すっと目を逸らしてしまった。

「よし、行こう——その前に水分補給だ」

四人が一斉に水を飲んだ。しかし、それぞれほんの一口。レース中は、基本的に他人の助けを受けてはいけない。水がなくなれば自分たちで調達しなければならないわけで、その手間も惜しかった。

「リスタートだ」

和倉が声をかけると、また牧山が先頭に立って走り出す。

彼が言った通り、途中から右へ折れて大きくカーブする坂道がすぐに姿を現した。ギアを入れ替え、前傾姿勢を意識しながらぐいぐいと坂を登って行く。走りにくいことはないが、下半身に溜まり始めた疲れが、和倉をかすかに苦しめた。まだまだ、音を上げるタイミングではないのだが。

道路は大きく円を描くように、左側にカーブしていく。「止まれ」の標識があるT字路を左折すると、道路はまた左に緩くカーブして、ほどなく橋が見えてきた。橋長は四百八十メートル。開通は一九七九年で、島を結ぶ橋の中では古い部類に入る。くすんだ青色が、空を二分するように目の前に広がっていた。

橋に入る前に、歩道が右側にしかないことに気づいた。この橋の車道を走るのはリスクが大きい――和倉は、前を行く牧山に「右、歩道！」と声をかけた。牧山は前後をちらりと見てから、すぐに道路を渡り、右側の歩道に入った。全員が、縦一列になって橋を渡り始める。

和倉は周囲をぐるりと見回した。左手には先ほど通り過ぎた街並み。前方には第二の島、上蒲刈島のこんもりとした緑。さらに右側に視線を転じると、小さな無人島がいくつも点在しているのが見えた。海面からの高さは二十メートルほどだろうか……。

天頂にある太陽が、薄水色の橋を煌《きら》めかせる。幸い風は吹いておらず、橋の上もフラットなので走りやすかった。牧山は、敢えてスピードを抑えているようだった。第一チェックポイントまで飛ばし過ぎたことを反省しているのだろう。「もっとペースを上げろ」と指示を飛ばしたかったが、ぐっと我慢する。このチームのペースメーカーは、あくまで牧山なのだ。

肩を軽く上下させ、自分にリラックスを強《し》いる。焦るな……とにかく焦らないことが一番だ。確かに、第一チェックポイントまでの俺は、気持ちが空回りしていたと思う。四人全員が全てのチェックポイントを回り終えないと、このレースの目的――裏の目的も達成できない。先はまだ長いのだから、ここでエネルギーを使い果たすわけにはいかないのだ。

ふいに、背後に誰かの気配を感じる。ちらりと振り向くと、重盛が迫って来ていた。いつもと同じ、どこか嬉しそうな表情。

「何があったか知らないけど、お前のペースを崩すなよ」

ああ、この人はいつもそうだ……和倉の思いは、自分をアドベンチャーレースの世界に引きずりこんだ重盛との過去に飛んだ。もう六年前か——あの時自分はまだ三十歳になったばかり。重盛も三十二歳だった。


最初は「死にそうだ」と思っていたトライアスロンも、何回も参加するうちに慣れて、飽きてくる。和倉はゴールした後、これまで感じたことのないかすかな欲求不満を抱いた。

茨城県で行われたこの大会は、スイム千五百メートル、バイク四十キロ、ラン十キロの、いわゆる「ショート・ディスタンス」だった。オリンピックのトライアスロンもこの組み合わせ、距離で行われる。和倉にとっても慣れ親しんだレギュレーションだった。最初は終わる度に、エネルギーを全て使い果たし、立ち上がれなくなるほどだったが、回を重ねるごとに体が順応してしまい、物足りなさを感じるようになった。もちろん、毎回優勝に絡むわけではないし、オリンピック出場など夢のまた夢だ。ただ和倉としては、順位だけを気にしているわけではない。大事なのは、終わった後で、いかに「燃やし尽くした」感を持てるかだ。

「おい、和倉」

ランでゴールした後、ゆっくりとしたジョギングでクールダウンしていた時、いきなり声をかけられた。聞き覚えのある声——振り返ると、重盛がいた。

「シゲさん」思わず目を見開いてしまう。重盛も、自分と同じようなレース用のウエアで、ビブスのナンバーは「165」だった。

立ち止まり、踵《きびす》を返して重盛に近づく。重盛は汗だくで、短く刈り上げた髪の間で汗の粒が光っているのが見えた。かなり消耗している。しかし目は活き活きして、和倉の顔を凝視した。まるで何かを観察するかのように。

「シゲさん、出てたんですか？」

「そうだよ。去年から参加してる」

「何だ、だったら去年も声をかけてくれたらよかったじゃないですか」

「後で気づいたんだよ。だいたい職場が違うと、話す機会もあまりないだろう。わざわざ連絡するほどじゃないし……しかし警視庁の人間は、トライアスロンが好きだよな」

「基本的に、筋肉馬鹿なんですよね」実際、レースに参加している同僚は何人もいる。

「お前もか？」重盛が悪戯《いたずら》っぽく笑う。

「否定できませんね」

「俺もだな……この後、どうする」急に重盛の顔が真剣になった。

「いや、適当に帰りますけど」

結構時間はかかる……ＪＲ鹿島《かしま》線と成田《なりた》線、都内に戻ってからは地下鉄を乗り継いで、機動隊の隊舎まで三時間はかかる。疲れを癒《いや》すための居眠りにちょうどいい時間ではあるが、さすがに三時間の長旅を考えるとうんざりした。

「途中まで送ってやろうか？」

「いいんですか？」

「車だから……松戸《まつど》まで行くか？　そこからなら、帰りやすいだろう」

「ああ、そうですね」千代田《ちよだ》線、半蔵門《はんぞうもん》線で一時間ほどだろうか。松戸までは車で一時間半ぐらいだから、それなりに時間は短縮できる。「いいんですか？　助かりますけど」

「ちょっと話があるんだ」

「何だか怖いですね」

「いやいや、ただの相談だよ」

「それが怖いんですよ」和倉は笑おうとしたが、思わず顔が引き攣《つ》ってしまった。重盛は所轄時代の先輩なのだが、とにかく酒が強い。酒の席で後輩を潰すのを何よりの楽しみにしていて、和倉も何度か犠牲になったことがあった。根は悪い人ではないのだが。

「じゃあ、着替えてだらだらいくか」

「ええ。あ、そうだ。バイクは載りますか？」分解して電車で持ち運びするのだが、車には載らない可能性もある。

「もちろん。そのためにワゴン車を買ったんだから」

「そんなにトライアスロンに入れこんでましたっけ？」

「ああ。ただし、これでもう終わりかもしれないけど」重盛がにやりと笑う。

「引退ですか？」

「違う……その件は車の中で話すから」

やけに引っ張るな、と思った。が、まあ、いい。少し早く帰れるのだし、悪い相談があるはずもない。重盛は元々皮肉屋、かつ少し回りくどいところがあるのだ。

車はレガシィだった。後部シートを倒すと、バイクが二台、楽々載る。

「本当にトライアスロンのために買ったんですか？」車内にはまだ新車の感じが残っている。助手席からはオドメーターは見えないが、一万キロも走っていないだろう。

重盛は今日のレースの総括をペラペラと喋《しゃべ》り続けたが、これが本題ではないだろう、と和倉は思った。本題に入る前の前振り、ジャブのようなものではないか。

東関道に入ると、ようやく重盛が切り出した。

「アドベンチャーレースって知ってるか？」

「ええ……そういうのがあることは知ってますけど」

「出ないか？」

「は？」いきなりの誘いに、和倉は間抜けな声を出してしまった。

「面白いらしいぞ。お前にはそっちの方が向いてるよ」

「何で分かるんですか？」

「今日、終わった後につまらなそうな顔をしてただろう」

「分かりました？」和倉は両手で顔を擦《こす》った。「何か……トライアスロンは今日がちょうど十回目だったんですけど、確かにちょっと飽きてきました」

「元々、マラソンは走ってたよな」

「ハーフですけどね」年に数回、レースに参加する……二十代前半は、それに合わせてトレーニングしていた。

「フルマラソンにはいかなかったんだ」

「走るだけっていうのは、ちょっと……」和倉の感覚ではあまりにも単調に過ぎる。ハーフでも飽きがくるのだから、四十二・一九五キロには耐えられそうにない。

「それでトライアスロンか」

「ええ」

「だったら、アドベンチャーレースもいけるな。いや、アドベンチャーレースの方が、お前には絶対に向いている」重盛が繰り返した。

「だから何で分かるんですか？」

そもそもアドベンチャーレースとは……トライアスロンをもっと長距離に、ハードにしたものだ、というイメージがあった。ただし実際のレースを見たことはないし、情報も少ない。自分のイメージが正しいという確信はなかった。

「フルマラソンに行く気がないなら、俺と一緒にアドベンチャーレースに出ないか？」

「シゲさんは、出たことがあるんですか？」

「いや、準備を始めたばかりだ。走る、泳ぐ、自転車……それ以外の技術も必要になってくるからな」

「例えば？」

「シーカヤックとか」

「ああ、なるほど……」となると、泳ぐよりも長い距離をいくことになるのだろう。スイムほどは体力を消耗しないだろうが、これは新しい挑戦になる。

「基本的には、オリエンテーリングの超長距離版という感じだからな」

「オリエンテーリングって、子どもが遊びでやるようなものじゃないんですか？」

「無学だねえ、お前は」重盛が声を上げて笑った。

むっとして横を見ると、重盛は嬉しそうな笑みを浮かべていた。いかにも上機嫌。両手を添えるように軽くハンドルを保持し、人差し指でリズムを取って叩いている。

「だいたい、本当のオリエンテーリングっていうのは、クロスカントリーのレースとほとんど変わらないぜ。ずっと走りっ放し……しかも公道じゃなくて山の中を行ったりするから、相当ハードだ。距離が短いのは、体力的にきつ過ぎるからだろうな。とにかく、それをずっと延長したのがアドベンチャーレースだと考えてもらえればいい。海外の大会では、三日以上も走り続けることもある。しかも夜もぶっ続けだ」

「休みなしですか？」

「ああ。だから途中で、歩きながら寝る人もいるらしい」

「まさか」重盛得意のホラ話だろうか、と思った。だが、また彼の横顔を見ると、今度は笑っていない。至って真面目な表情である。彼の場合、冗談か本気かは極めて分かりやすい。間違いなく顔に出るのだ。

「実際に見たわけじゃないから本当かどうかは分からないけど、さもありなん、だな。人間の全能力が試される競技なんだ。体力、判断力、忍耐力……」

「ちょっとハード過ぎませんか？」

「やれるさ。だいたいお前、もっとハードなものに挑戦したいんじゃないか？　顔に書いてあるぜ」

　和倉はまた顔を擦った。確かに自分には、そういう一面がある……所轄から機動隊に配属されたのも、自分から進んでのことだ。体を動かしている時に、何より充実感を覚える。

「何より面白いのは、アドベンチャーレースがチーム競技でもあることだ。何人かでチームを作って参加する大会もある。マラソンなんかとはそこが違うんだよ」

「駅伝形式じゃないんですか？」

「いや、全員で最初から最後まで走る。だからチームワークも重要——もしかしたら一番大事な要素かもしれないな」

「なるほどね」小声でつぶやき、和倉は前方に視線をやった。既に陽は落ちかけている。アドベンチャーレースがどんな競技なのか、重盛の説明で完全に分かったわけではないが、はっきりと興味を惹《ひ》かれていた。体力勝負、それに新しもの好き――自分には合っているのではないか。フルマラソンを走ったことのない自分が、それよりも長く、さらにハードな競技に対応できるかどうかは分からないが、やってみるのも面白い。人生はチャレンジだ。

「チームは、常設ですか？」

「そうしたいんだ」静かな声で重盛が答える。「普段から練習を一緒にやって、チームワークを育てたい。シーカヤックなんかは、俺もこれから本格的に練習しないといけないんだが……お前、シーカヤックは経験あるか？」

「ないですね。ボートを漕いだことがあるぐらいで」

「普通のボートとは全然違うようだぜ。とにかく、広背筋《こうはいきん》を鍛えていかないと」

「トレーニングも、これまでとは違ってくるんでしょうね」

「どういう鍛え方をすれば一番いいのか、なかなか難しそうだ。まあ、俺たちは基本的にスイムで全身を鍛えてるから、その辺から伸ばしていく感じになるだろうけど……どうだ？　やりがいがありそうじゃないか？」

「否定はできませんね」

「だったら決まり、だな。他にも目をつけてる人間はいるんだ」

「例えば？」

「第七機動隊に水島《みずしま》という男がいる。知ってるか？」

「ええ」隊が違っても、機動隊は同族意識が強い。フルマラソンを何度も走り、かなりの好タイムを叩き出している、という話は聞いていた。

「こいつをスカウトしようかと思っている。ランでは期待できるぞ。そしてお前はチームの支柱になる」

「決めつけないで下さいよ」

「いや、お前はやるね」重盛が断定した。「お前のことなら、俺は誰よりもよく分かってるんだよ」


実際、シゲさんは俺のことを誰よりもよく分かっていたな、と今になって思う。二人で「チームP」を立ち上げ、レースに何度も参加し……「チームP」のメンバーは何度か入れ替わったが、自分と重盛だけはずっと一緒だった。

その重盛と走るのもこれが最後になる。

いくつもの想いが胸中を行き交い、散り散りに乱れた。


落ち着いた。

マキが少しペースダウンしてくれたおかげで、安奈は自分の調子を取り戻せた。足は軽快に動き、呼吸も安定している。走りながらでも休めるものだ、と改めて意識した。今走っているのは、山の中の一本道である。緑が濃い……九月、山の樹勢は盛んで、走っているだけで気分がいい。緩い下り坂がずっと続く。マキはペースが上がり過ぎないように気をつけているようだった。ほどなく、右側に「ようこそ蒲刈町へ」という看板が見えてくる。英語、中国語、ハングルも併記。この辺は、そんなに外国人観光客が多いのかしら、と安奈は首を傾げた。

とにかく今のうちは、体力温存。これからきつい上りが二回あるし、その後はシーカヤックだ。安奈はアドベンチャーレースの中で、シーカヤックが一番苦手である。ソロで漕《こ》ぎ出すと、どうしても他のメンバーに遅れて迷惑をかけてしまう。今回は「二人乗りのシーカヤック二台」のルールなので、多少は気が楽だった。

右手に海が見えてきた。瀬戸内海の島だから、どこへ行っても海が見えるのは当たり前なのだが、普段東京で暮らしていて、こういう光景に馴染んでいないだけに、視界がぱっと開ける快感を覚える。その先、崖のように垂直に近い山を回りこんだ先が、第二チェックポイントになるのだろうか。

橋を渡った時の隊列そのままに、四人が縦一直線になって進む。付近には民家がまったくなく――島の南側には集落はないようだった――車も通らないので、レースのために道路が封鎖されているのでは、と思えてきた。ただ、時折猛スピードで自転車が走り抜ける。確かにこの島の走りやすい道路と美しい風景は、自転車愛好家には最高のシチユエーションだろう。

最初は私も、景色を楽しんでいた。今はもうそんな余裕はない。

この世界に引きずりこんだシゲさんに対しては、ありがたいような迷惑なような、複雑な気持ちを抱いている。それにしても、チームPに入ってもう三年か……体力は確実に向上したが、このために私生活を食い荒らされているような気がしてならない。

アドベンチャーレースを始めなければ、もう結婚していたかもしれないのに……いやいや、当時も別に、結婚しようと思っていた相手はいなかった。そして今や、結婚などまったく考えられない。ハードなレースは、人生までも変えてしまうのかもしれない、とつくづく思う。

走っている時は、ほとんど何も考えていない。ジョギングではないのだから、景色を楽しむ余裕もない。とにかく他のメンバーに遅れないように必死になるだけ――しかし今日は、三年前にシゲさんに声をかけられた時の様子が、何故か頭の中でリピートされるのだった。

「あんた、バイクが得意なんだって?」

いきなり声をかけられ、ランチのおかずである白身魚のフライを取り落としそうになった。誰、この無礼な人は？　聞き覚えがない声……警視庁一階にある食堂は、昼時は大変な賑わいを見せ、向かい合って座る者同士で言葉を交わすにも苦労するほどなのだが、この人物の声はよく通った。

　ちらりと顔を上げると、男が一人、うどんの丼を乗せた盆をテーブルに置こうとしているところだった。ショルダーバッグがずり落ちそうになり、慌てて姿勢を立て直す。

「何ですか？」無礼には無礼よね——安奈はぶっきらぼうな口調で聞き返した。

「ああ、バイク——自転車。そういう噂を聞いてね」

「よく走りますけど、それが何か？」

「本格的にレースに出てるんだろう？」

　相手は、質問に質問で答えた。こういうやり方って、探りを入れられるみたいで嫌な感じよね……安奈は初対面の男に対してかすかな不快感を抱いた。そう言えば、見た目もちょっともっさりしている。年齢が読めない。よく日焼けした顔には太い皺が何本も刻まれている。アウトドアで仕事をしているタイプのようだった。警察官というより、海上で強い陽に晒《さら》される漁師か何かのように。

「この前、鈴鹿《すずか》でやってたロードレース大会に出たよな」

「ええ」安奈は思わず顔を歪めた。何だか、プライベートを探られているようで気分が悪い。実際あのレースは、警視庁の仕事とはまったく関係ない。大学時代の仲間たちと組んだチームで出場したのだ。

「そちらのチームだけ、ラップ十三周。二位を周回遅れにしたそうじゃないか。すごいね」

「それは、まあ……皆で頑張りましたから」褒められて悪い気はしない。それに、レースの結果は公式サイトで見られるのだから、「探りを入れられた」ほどのことでもない。

「一周五キロぐらいだったかな」

「五・八キロです」

「ということは、二時間で七十五キロ。すごい数字だね」

「男子のソロの優勝者は、十五周回ってますよ」安奈からすれば、こちらが周回遅れだ。しかも二周も。男女の力の差をまざまざと見せつけられて終わった、という感が強い。

「ずっとバイクを続けるのか？」うどんを啜《すす》り上げてから、男が訊ねる。

「ずっとかどうかは分かりませんけど、好きです」

「他のスポーツには興味はない？」

「ないわけじゃないですけど……」

「昔は長距離の選手だったそうだね。高校時代？」

やっぱり自分のことを調べている？　多少気を許したつもりだったが、安奈は心の門がゆっくり閉まっていくのを感じた。狙いが何だか分からないし、少し馴れ馴れし過ぎる。

「シゲさん、ナンパはもう少しスマートにやらないと」

今度は聞いたことのある声。顔を上げると、正面に和倉がいた。安奈が所轄にいた時、ちょっとした仕事で、機動隊勤務の和倉と一緒になったことがある。

「和倉さん……」

「よ、久しぶり」

和倉が屈託のない笑みを浮かべる。そういえば、結婚したと聞いていた……その話を持ち出そうかと思ったが、和倉に機先を制される。

「こちら、重盛さん。俺の所轄時代の先輩なんだ」

「どうも、重盛です」

ここにきてようやく挨拶なんだ、と安奈は苦笑した。しかし、ちゃんと頭を下げる礼儀は忘れない。警察はやはり、徹底した上下社会だ。

「何なんですか、和倉さん？　本部に用事はないでしょう」

和倉の所属は……今は第三機動隊だったか。普段は目黒の隊舎に詰めているはずだ。

「今日はちょっと、警備一課に呼ばれててね。終わって昼飯を食って帰ろうと思って……で、いいチャンスなんで、君をナンパしに来た」

「和倉さん、結婚してるでしょう」

和倉が一瞬キョトンとした表情を浮かべ、すぐに爆笑した。横を見ると、重盛もうつむいて笑いを嚙み殺している。しかし重盛がすぐに忠告を飛ばした。

「和倉、ナンパじゃなくてスカウトだから。ちゃんと言えよ」

「すみません」まだ笑いが残る中、和倉は頭を下げた。安奈の顔を正面から見据え、

「シゲさんから話は聞いたか？」

「バイクの成績を聞かれました」

「それがポイントでね……俺たちと一緒にやらないか？」

「何をですか？」

「アドベンチャーレース」

「アドベンチャーレース？」安奈は鸚鵡《おうむ》返しした。

「知らないか？　オリエンテーリングとトライアスロンを組み合わせたような競技で、あちこちで大会が開かれている」

「それはちょっと……知らないです」だいたい、トライアスロンにも興味はないのだ。

「君は実際、バイクが得意だろう？　女性では珍しいよな」

「最近は女性も増えてますよ」

「走る方はどうだ？　元陸上部として、腕——脚は鈍ってないだろう？」

「走れますけど……トライアスロンのように本格的な走りなんか、今さら無理ですよ」

「練習すればどうかな？」和倉は引かなかった。「そうすれば、勘は戻るんじゃないかな」

「まあ、そうかもしれませんけど」いきなり話を先へ進められ、安奈は強い戸惑いを覚えた。

「泳ぐ方は？」

「人並みには泳げますけど、タイムなんかは……体育の授業以外で泳いだことはないですし」

「一つの競技が得意な人は、他の競技もこなせるものさ――一生懸命練習すれば」重盛がさらりと言った。

「トライアスロンなんて無理ですよ」

「トライアスロンじゃない。アドベンチャーレースだ」和倉が訂正する。

「よく分かりません」安奈は首をひねった。

「マイナースポーツだからな……ま、そうだろうと思って、資料は用意してきた」

重盛が、床に置いたバッグから、資料を取り出した。クリアファイルがパンパンに膨れ上がっている。

「ネットの資料とか、大会のパンフレットとか、集めてみた。ついでにＤＶＤも入ってる」

「レースのＤＶＤですか？」

「ああ」重盛が認める。「海外の、一週間もかかるレースだから、ウルトラヘビー級だけどね。俺たちは、国内のもっと短時間のレースに参加している。いずれは海外遠征もしたいけど、金と時間が厳しくてね」

胸の前に突き出されたクリアファイルを受け取った。ずっしりと重さを感じるのは、大量の資料のせいばかりではないだろう。「競技の重み」のようなものを感じる。

「急にそんな話をされても、受けるかどうか分かりませんよ」

「受けるさ」和倉が自信たっぷりに言った。「そのDVDを見れば、間違いなくハマるよ。実際に一回参加してみれば、もっとハマる」


和倉の言葉を信用してはいなかった――実際にDVDを観るまでは。

しかし安奈は、あっという間に独特の世界に引きこまれた。アドベンチャーレースを紹介するBSの番組を録画したものだったが、印象があまりにも強烈だったのだ。トライアスロンのように公道を走るのかと思ったら、選手たちが行くのは山の中である。道なき道を走り続け、時には前進するのも難しいぐらい、木々が密生している場所にも突っこんでいく。チェックポイントへ至るルートも、自分たちで決めていくようだった。

まさに「冒険」だ。バイクももちろん面白いが、そこにはない何か――次に何が起きるか分からないワクワク感は、画面からも確実に伝わってくる。こんなことをしている人たちがいるんだ……。

バイクのシーンもあった。こちらも山の中を行く――ロードレースではなくクロスカントリーの様相である。バイクは当然、クロスカントリー専用。安奈も、練習の一環としてクロスカントリーバイクで山道を走ったことはあるが、あれはあくまで練習である。自分の本道はロードにあると確信していた。

DVDが終わったところで立ち上がった。部屋の片隅に置いてある愛車のトレック・シルクのハンドルを撫でる。ボーナスを叩《はた》いて買った、カーボンフレームの軽量モデルだ。このバイクには散々お世話になった。普段の練習からレースまで……今、一番頼りになる相棒と言える。だからこそ、乗らない時には部屋の中に入れ、時にはフレームを徹底して磨き上げることもある。こういうことに金と時間を使っているから、結婚に縁がないのかもしれないわね、と思わず苦笑した。

でも、そろそろ別の方向に踏み出すのも悪くないな、とは思った。ちょっと試してみたクロスカントリーバイクの印象は悪くなかった。整地されたアスファルトの上では味わえない、自然のリズムに合わせるような走りが楽しい。下りの急坂では時速四十キロにも達し、しかもその先の不整地が大きくカーブしていたりするから、まったく気を抜く暇がない。ロードレースに比べれば競技時間は短いが、緊張感は同等かそれ以上だ。

ふと思いついてパソコンを立ち上げ、クロスカントリー用のバイクをチェックする。ああ、なるほど……練習では人に借りて乗ったので、あまり細部をチェックしていなかったが、改めて見てみるとロードバイクとはずいぶん違う。耐衝撃性を重視してフレームはごつく、タイヤも太い。いかにもアウトドア向け、という感じだった。ロードバイクのデザインが「流麗」だとすると、こちらは「豪快」。しかしこれはこれで、目を引く機能美があった。どうも私には、道具《ギア》好きな一面がある。そういうのは男の人の専売特許だと言われているけど、そんなこともない。いかにもメカっぽいものに引かれる女子もいるのだ。だいたい自分が、「形から入る」タイプであることも意識している。

値段を見て、また引いたが。たまたま見たサイトの趣旨が「世界最高のクロスカントリーバイク」だったからかもしれないが、高いものでは六十万円……本格的にアドベンチャーレースに参加するため、バイクを新調することになると、またボーナスが吹っ飛んでしまう。

でも今回も、形から入ってみようか、とも思う。そういうのもありだろう。

このレース中継は上手くいっていないな、と舌打ちした。マラソンと違い、公道ばかりを走るわけではないから、中継車などからの映像ばかりを使うわけにいかないのは分かる。それ故《ゆえ》ドローンからの映像が多用されているのだが、これがあまり役に立たない……住宅街では飛行できないし、中継技術が拙《つたな》いのか、順位さえもよく分からなくなってしまうのだ。実際、和倉たちが今トップにいるかどうかさえはっきりしない。地方局の製作だから、こんなものなのか。

アナウンサーの声が淡々と状況を告げる。

「現在、トップは東京の『チームＰ』。間も無く、第二チェックポイントに近づいて行きます。このチェックポイントは、平成みちびき観音……七国見山の中腹にあり、瀬戸内海を一望できる場所にあります」

画面が切り替わり、ドローンからの映像になった。いた——和倉だ。チームＰの四人は縦に細長い列になり、海沿いの道路を走っている。スピードはそれほど出ていない様子だ。それじゃ困るな、とまた舌打ちしてしまう。もっと飛ばせ。一刻も早く戻って来てもらわないと困る。

もっともこのレースは、マラソンとは比較にならない距離、そして高低差を駆け抜けるコース設定だ。マラソン並みのスピードで飛ばしていたら、最後まで持たない。

「コース選択は各チームに任されていますが、多くのチームは蒲刈ウォーキングセンターの裏から続く登山道を選ぶと見られます。ここが最短距離なので、勾配《こうばい》を無視してのチャレンジになるでしょう」

中継映像を映し出している画面を縮小し、パソコンの画面上に地図を呼び出す。なるほど……島の南側を走る県道二八七号線から上がっていくわけか。第二チェックポイントである平成みちびき観音は地図上には表示されないが、衛星写真で見ると、山腹に平坦な三角形の場所がある。しっかりアスファルトで舗装されているようだから——おそらく駐車場だ——ここが平成みちびき観音のある場所だろう。

ウォーキングセンターという建物は、すぐに見つかった。だいたい、コース沿道に他の建物はほとんどないのだ。しかし、その裏にある登山道は、深い木々に阻まれて見えない。逆にもう一つのルートはすぐに目についた。こちらも山腹を縫うように激しくカーブしながら続いていくが、車も通れるのではないだろうか。日光のいろは坂のように、斜度を緩くするためにカーブを連続させた道路ということか……和倉はどちらのルートを選択するだろう。登山道の方がずっと短い。ただ傾斜はきつく、舗装もされていないだろう。確かに距離は、延々と「階段登り」を強いられる可能性もある。最後まで走りきるのはまず無理ではないか？　和倉が俺と同じように判断しているなら、車道を使うかもしれない。距離はずっと長くなるが、一定のペースで走りきれば、急傾斜の登山道を使うよりも時間はかからないかもしれない。

お手並み拝見だな……先頭へ出た和倉は、ウォーキングセンターをあっさりパスした。他の三人のメンバーに動揺が走ったように見える……ドローンからの映像では、細かい表情の動きまでは見えないのだが、微妙な体の動きで何となく分かる。不協和音？　それはそうかもしれない。和倉は和倉なりに、当然トップでゴールすることを考えているだろうが、そのために無茶をしようとして、仲間とギクシャクしているかもしれない。裏の事情があるとは、説明もできないだろう。

「さあ――あ、今、トップの『チームＰ』がウォーキングセンターを通過しました。どうやら登山道は使わない様子です。車道を登る選択がこの後プラスになるかマイナスになるか、注目です」

ウォーキングセンターを通り抜けると、道路は緩い下り坂になる。そこから左、さらに右へとカーブ……平地の少ない島を走る道路なので、やはり真っ直ぐは作れないのだろう。道路はさらに下り、今度は左へカーブした。その先で、和倉がいきなり左へ折れる。突然姿を現した急坂――細いが、やはり車でも通れる幅はあるようだ。チームＰの他のメンバーも和倉に続く。ドローンからの映像では、そこまでしか分からなかった。和倉たちはすぐに鬱蒼とした森に呑みこまれ、姿が見えなくなってしまった。

自分だったらここをどう走るだろう。苦手なクロカン、そして上り坂。

クソ、これは足にくる……和倉は思わず歯を食いしばった。「西泊観音参道口」と石柱に書かれた場所を左折――いきなり体がひっくり返るような急坂が、目の前に現れる。壁が立ちはだかっているようでもあった。車なら、左折する時に下腹をこすってしまうかもしれない。

「よし、ペースを落とすな！」

先頭を走りながら、和倉は叫んだ。前には誰もいないから、声は虚空《こくう》に溶《と》けてしまうが、叫ばずにはいられない。当然、この声は後ろを走る三人にも届いているはずだ。

斜度は確かにきつい。しかしあくまで「坂」であって階段ではない。この方が絶対に走りやすいのだ、と和倉は自分に言い聞かせた。登山道がどういうものかは分からないが、途中が階段になっていることはまず間違いない。そして登山道の階段部分は、必ずしも人間が歩きやすくはできていないのだ。幅が妙に広過ぎたり、一定していなかったり、傾斜も変わる……そのためリズムに乗れず、結局ゆっくり歩くしかなくなることも多いのを、和倉は経験から知っている。

まだしもこちらの方がましなはず――しかしその信念は、すぐに揺らぎ始めた。予想していたよりも傾斜がきつい。場所によっては平坦な道があり、そこで少し休めるのではと思っていたのだが、実際には延々と登りが続くだけだった。しかも道路には枯葉が積もり、一部は腐食して分厚い層になっている。九月なのにどういうことだ？　もしかしたら、去年の枯葉がそのまま残っている？　もしもそうなら、この道を利用する人はほとんどいない……。

急に不安になった途端、足が滑った。ランニングシューズのソールは、グリップ力をそれほど重視していないから仕方ないのだが……今回は小さな判断ミスが重なっている、と後悔し始めた。コースによっては、ランニングシューズではなく、よりグリップ力の高いトレイルラン用のシューズを使う。今回、ランは主にアスファルトの道路なので、軽量なランニングシューズの着用を決めたのだが、山を走るコースを舐めていたかもしれない。トレイルラン用シューズのしっかりしたグリップ力が懐かしく思い出された。

水島だったらここをどう走ったか。力強い走りを思い出したが、頭を振ってすぐに思いを押し出す。いない人間のことを考えてもどうしようもない。

姿勢を立て直し、慎重に歩を進める。他のメンバーは……振り返ると、一様に苦しそうな表情を浮かべている。これはまずいと、和倉は牧山に声をかけた。

「マキ、前に出てくれ！」

限界ぎりぎりという表情を浮かべたまま、しかし牧山がスピードアップする。すぐに和倉を追い抜き、先頭に立った。和倉はややペースダウンして、安奈と重盛を先に行かせる。安奈はまったく余裕がない感じで、視線を少し下げたまま必死に腕を振っている。重盛は和倉をちらりと見た。少しだけ不満そう……何も言わなくても、つき合いが長いから分かる。

「キャップ」

一言だけ残し、ストライドを広げて和倉を追い抜いた。それだけなのに、重盛の不満がじわじわと伝わってくる。こちらのコースを選択したのが誤りだと訴えたいのだろう。

実際和倉も、失敗だったかもしれないと考え始めていた。とにかく長い——いつまで経ってもチェックポイントが見えてこないのだ。勾配がきつい上にカーブが多いので、坂を先の見通しがまったく立たないのも痛い。一つカーブをクリアすれば次のカーブ、坂を登り終えた後に、さらにきつい坂……見る間にスピードが落ちてくる。牧山も、平地のスピードは抜群なのだが、登りには弱い。それが分かっていて先頭を任せたのは、自分は最後尾からメンバーを見守りたかったからである。レースの最中には、必ずこういう局面がある。きつい展開の中、後ろにキャップがいることで、背中を押されるような気分になる——そう言っていたのは安奈だった。

その安奈の背中がいきなり消える。どうした——声をかけようとした瞬間、滑って転んだのだと分かった。危ない……道路にはガードレールもなく、はみ出したら急な斜面を転落だ。

安奈が短い悲鳴を上げる。先頭を走る牧山が、慌てて足を止めた。重盛が駆け寄る。最後尾から、和倉も駆けつけた。

「大丈夫か！」

声をかけると、苦笑しながら安奈が立ち上がろうとした。自力で立てるのか、とほっとしたが、彼女の苦笑はすぐに強張《こわば》ってしまう。どこかを痛めている……またへたりこんだ。

「怪我は?」引き返してきた牧山が心配そうに訊ねる。本当なら、しゃがみこんで目線の高さを同じにしたいのだろうが、それができないのは牧山も疲れているからである。既に、両足は棒のようになってしまっているかもしれない。

「立てるか?」和倉は声をかけた。

「何とか」安奈が細い声で言って、膝に手を当てる。体に力が入るのが分かったが、なかなか立てない。

「どこを痛めた?」

「膝です……大したことはないと思いますけど」安奈が平然とした口調で言ったが、説得力はない。実際、まだ立ち上がれないのだから。

和倉はしゃがみこみ、まず安奈の全身を観察した。脛《すね》の半ばまである赤いレギンスの右膝部分が破れている。この暑さではレギンスは必要ないのだが、藪の中などを通過する可能性を想定していたわけで……結果的にはこれが彼女を助けたかもしれない。膝をアスファルトにぶつけたにしても、レギンスの分だけワンクッションあったわけだから、大事にならずに済んだはずだ。

「血が出てるな」ということは、やはり結構な衝撃があったわけか……和倉は思わず眉を顰《ひそ》めた。

「大したことはないと思います」安奈が繰り返した。

「一応、傷の様子を見ようか」

和倉はペットボトルを取り出し、傷口に水を振りかけて汚れを落とした。安奈が低く呻《うめ》き声を上げたが、傷はそれほど深くない。アスファルトですりむけた部分は、横二センチ、縦三センチほどである。

「膝は動くか？」

和倉に言われるまま、安奈が座った状態で膝を屈伸させる。

「何とか。大丈夫です」

「骨には異常ないだろう。傷は痛むかもしれないけど、やれるはずだ……マキ、絆創膏《ばんそうこう》を」

牧山がリュックを下ろし、中からファーストエイドキットを取り出した。大きめの絆創膏を取り出し、膝の傷にあてがう。それで安奈もほっとしたようで、ようやく立ち上がった。

「よし、行こう」

「いやいや、キャップ、ちょっと待てよ」重盛が和倉の肩に手をかけた。「少し休憩していこう。星名の傷も心配だし、予想より疲れてるぞ」

重盛の顔を見ると、シャワーを浴びたように汗で濡れていた。そういう自分も、確かに呼吸が荒い。安奈の顔も蒼いし、牧山も肩を上下させている。しかし――。

「いや、行こう」

「適切な休憩も大事だぜ」重盛は譲らなかった。「今のところ、他のチームを大きくリードしているはずだ。ここで少しだけ休憩しても、安全だよ」

「敵がどこにいるかは分からないでしょう」和倉は反論した。「行ける時に行っておかないと」

「今は行ける時じゃない」重盛がなおも抗議する。

「私は大丈夫ですよ」安奈が強気に言った。

「いやいや、今無理すると、後でまずいことになるぞ」重盛が安奈に一歩詰め寄った。

「実際、走れるのかよ。もう一回、膝の屈伸してみろ」

言われるままに、安奈がゆっくりと膝を曲げた。ぎこちない……膝が九十度まで曲がったところで表情が歪み、慌てて体を起こす。

「ほら、痛いんだろう?」重盛が勝ち誇ったように言った。

「傷が引き攣《つ》る感じですね」安奈が困ったような表情を浮かべる。「関節や骨は心配ないと思います」

「とにかく、水を飲もう」重盛が自分のボトルを取り出した。

「シゲさん……」和倉は低い声で抗議した。「時間がないんだ」

「キャップ、今日はどうしたんだ?」重盛が和倉の顔を正面から見る。

「どうって、いつも通りですよ」

「先に進むことしか考えてないじゃないか」

「先に進んで、ゴールに一番乗りすることだけが、アドベンチャーレースの目標でしょう」

「怪我したら何にもならないぞ」重盛も譲らない。「五分や十分の休憩ぐらい、大したロスにはならないよ」

「相手の顔が見えない時に、休んでるわけにはいきません」

「あの、取り敢えず水を一口飲む間だけ、休みませんか？　水分補給も必要ですよ」おずおずといった感じで牧山が割って入った。和倉に向かって右手の人差し指を立てて見せる。「一分……三十秒でもいいですよ」

和倉は一瞬考えた。このまま、リーダーとして「休憩なし」を押し通してしまってもいいのだが、それではチームは空中分解する。宮井たち——あるいは他のチームが追いついていないはずだと信じて、和倉は一時休憩を宣した。

全員が無言で水を飲む。安奈は慎重に膝の屈伸を繰り返した。最初は浅く、次第に深く……やがて、シューズのヒール部分が尻に着くまでになる。

「いけますよ」ほっとした口調で言った。

「よし」和倉は安奈に向かってうなずきかけた。「マキ、先導を頼む。俺は最後尾から行くから。落ち葉が曲者《くせもの》だ……踏まないように気をつけてくれ」

「踏まないようにって言っても、どこもかしこも落ち葉だらけだぜ」重盛が皮肉っぽく言った。

「だったら、できるだけ慎重に」言い直してから、和倉は「スタート！」と叫んだ。深い森の中に声が消えていく。

孤独な戦い。アドベンチャーレースでは、しばしばこういう局面が訪れる。他のチームの姿が見えず、敵は己だけ——今、文字通りの意味で、敵は己になったかもしれない、と和倉は思った。焦る理由を説明できない……このチームは空中分解するかもしれない。

20

何とか第二チェックポイントに一番乗り……和倉は思わず天を仰いで呼吸を整えた。振り返って、今登って来たコースを確認しようとしたものの、鬱蒼《うっそう》とした森に邪魔されているのでまったく見えない。しかし、どれだけの高さを一気に上がって来たかは一目で分かる——海岸ははるか下にあった。この島にはあまり砂浜がないはずだが、眼下の景色は一部、砂浜だった。記憶にある地図と重ね合わせる。手前が恋ヶ浜《こいがはま》海水浴場、奥が県民の浜海水浴場だっただろうか……凪《な》いだ海に陽光が照り返し、真っ白に見える。湾の向こうには、ぽつぽつと小島が浮かんでいた。

たどりついた先には、大会の運営担当者のワゴン車が停まっていた。あの道を車で上がってくるのも冷や汗ものだっただろうな、と同情する。道路は狭く、ガードレールもろくにないのだ。

ここから、第三チェックポイントのある豊島へ渡る「豊島大橋」へ向かうルートは、二つ考えられる。島の南側の比較的平坦な道を大きく迂回していくルートと、中央部を走り、橋に直結する大浦《おおうら》トンネルを抜けるルートだ。トンネル経由のルートの方が距離は短いのだが、そこを走ることには抵抗感がある。道路規制が行われていないから、トンネルの中は危険なのだ。アドベンチャーレースで交通事故に巻きこまれても、あくまで自己責任。とにかく、棄権だけは絶対に避けねばならない。

しかし今は、スピード重視だ。駐車場から少し上がった平成みちびき観音菩薩《ぼさつ》像のすぐ近くに設置されているチェックポイントで、全員がパンチングを終えたタイミングで、和倉は声をかけた。

「中央部ルートを通る」

「大浦トンネル経由ですね？」牧山が確認したが、顔色が良くない。

「ああ」

「そっちはたぶん、走りにくいぞ」重盛が難色を示した。

「最短距離で行きましょう」和倉はあくまでこのルートを貫き通すつもりだった。

「景色を楽しむ暇もないな。結構な絶景がもったいない」重盛が後頭部で両手を組んだ。

「星名、膝の具合は？」重盛の愚痴を無視して訊《たず》ねる。

「何とか大丈夫です」安奈がうなずく。

「頑張ってくれ。今のうちに、安全なリードを作るんだ」

「キャップ、いったいどうしたんだよ？」たまりかねたといった口調で、重盛が訊ねる。

「今日は、絶対におかしいぞ。無理し過ぎだ。このペースだと、途中で危なくなる」

「勝たないと駄目なんです」

「それはそうだけど、今の状態を続けたら、自分で自分の首を絞めるようなものだ」

「無理してでも勝ちましょう。シゲさんの最後のレースなんですから。卒業記念ですは明らかだった。

「それは分かるけどな……」重盛が耳の後ろを掻いた。和倉の説明に納得していないのよ」

もう一押し、何か説得力のある説明を――と思ったが、その瞬間、藪の方からごそごそと音がした。「登山道」の小さな看板がある辺り。まずい。誰かが――おそらく宮井たちが登山道を登って追いついたのだ。やはり登山道を選択した方が早かったか、と和倉は唇を噛んだ。

しかし、後悔している暇はない。今は一歩でも前に進まなくては。

「行こう。どこかのチームに追いつかれた」

和倉は先に立って走り出した。また牧山を先に行かせるつもりだったが、取り敢えずチェックポイントを離れないと。牧山がすかさず横に並ぶ。

「慎重に行けよ。転んだら下まで転落するぞ」

「了解です」

牧山がぐっと前に出る。足をあまり上げず、すり足に近いようなフォームは、下り坂専用という感じだ。

宮井たちは、枯葉が積もったこのルートには慣れていないはずだ。足を滑らせて怪我をしてくれないか――そう考えた瞬間、ぞっとする。これまでのレースで和倉は、相手を貶《おとし》めるようなことは一度も考えなかったのに……自分たちが頑張れば必ず結果がついてくると、いつも信じていた。アドベンチャーレースは、当然順位を競い合うものだが、自分との闘いという側面も強い。最後まで頑張り抜くのが最優先、結果は後からついてくる感じだろうか。

よし……恐らくこの時点でも、まだ一分はリードしている。安全圏とは言えないが、もうひと踏ん張りすれば、さらにリードを広げられる。宮井たちは、戻る時にはこちらの道路を使うはずだが、滑りやすさに驚くだろう。こちらは一度通って来たルートなので慣れている。

第三チェックポイントこそが、最初の勝負と言える。トップで——というよりできるだけ早く通過し、シーカヤックのステージに進みたい。今日の日の入りは十八時ちょうどで、安全面を考慮して、シーカヤックのスタートは十七時半までと決められている。ボランティアで漁船などが警戒に出ているはずだが、それにも限界があるだろう。夜間、海を行くのはやはりリスクが大き過ぎる。海外のレースだったら、自己責任で平気でやっているだろうが。

もしかしたらここが、レースの最大の山場かもしれない。今日のうちに斎島へ渡れれば、一晩ゆっくり休んで体力の回復を図れる。再スタートのタイミングである明日の日の出は午前六時過ぎ、そこからレースのタイムリミットまでは六時間ある。十分間に合うはずだし、他のチームが今夜のうちに斎島に渡れなければ、勝利は確実になる。

勝算は十分ある。妻子を助けるチャンスは潰《つい》えていないはずだ。

膝の痛みは……安奈は走りながら、自分の体の状態を確かめた。今のところ、大丈夫。ひりひりと痛むけど、それ以上ではない。大きな擦《す》り傷の跡が残るだろうが、レース自体に影響はないはず。

安奈は、上り以上に気をつけて急坂を降りた。落ち葉が積もっているところはやはり滑りやすく、十分スピードを落として慎重に通過しなければならない。後ろから来る消防庁のチームの連中が心配になった。行きは登山道、帰りは車道——車道の悪条件が分かっていないから、事故に遭う恐れがある。

キャップは自分のすぐ後ろを走っている。その存在は心強かったが、全面的に安心というわけにはいかなかった。先ほど自分が転んだ後の、キャップとシゲさんの軽い衝突——レース中に意見がぶつかり合うことはよくあるけど、あれほど刺々《とげとげ》しくなるのは珍しい。ひとえにキャップのせいだ。頑《かたく》なになって何も話そうとせず、無謀とも言える作戦でレースをリードしている。まるで、途中で潰《つぶ》れるのを覚悟しているようだった。

まさか、本気で潰しにかかっている？

いやいや、さすがにそれはないわ……そんなことをしても意味はない。でも、キャップとシゲさんの衝突はどうしても気にかかる。今後、尾を引かないといいんだけど……。

何とか無事に山道を降り、久しぶりに開けた道路に出てほっとする。コースは緩い上り坂で、この先で左へカーブしていく。

それにしても家がない。人の姿も見当たらない。車すら通らないのはどういうことだろう。生活の匂いがまったくしないのだ。聞こえるのは自分たちの足音、呼吸の音、そして雨のように降り注ぐセミの鳴き声だけ。

前方に看板が見えてきた。「御手洗《みたらい》（町並み保存地区）」まで十六・九キロ。御手洗は第五チェックポイントのある町で、とびしま海道の観光の中心地のようだ。レースの名前の由来にもなっている中村春吉の碑を目指す……十六・九キロは、安奈たちの感覚ではそれほど遠くないが、それまでにまだもう一度強烈な山上り、それにあまり得意ではないシーカヤックが待っている。無事に海峡を往復して、第五チェックポイントに辿り着くのは、いったいいつになるのか。

もちろんその前に、自分たちが潰れてしまうかもしれないけど。

肩を上下させる。次いで、腿をぴしりと叩いた。膝の傷には響かない。よし、大丈夫。怪我は心配しなくていいから、と自分に言い聞かせる。

それにしても、直線道路がほとんどない。少し真っ直ぐ走ったかと思うと、すぐにカーブが現れる。直線コースが嫌いだというランナーもいる——景色が単調過ぎるというのだ——けど、カーブが続いたって、景色が劇的に変わるわけではない。山側は鬱蒼とした森、あるいはみかん畑。反対側にビニールハウスが並んでいる光景は、どこへ行っても変わり映えしない。せめて街中を走るコースなら気分も変わるのだが、チェックポイントを最短距離でたどっていくと、市街地は通らない。

豊島大橋の看板が見えてきたものの、距離は書かれていない。道路が左右に分かれるところで、マキが直進コースに入る。ここから先、道路は緩い上り坂が続き、やがてトンネル、続いて豊島大橋に入るはずだ。

安奈はまた肩を上下させた。何だか、普段のレースよりもずっと緊張して疲れている。走っている時は何も考えずに済むのだが、今日ばかりはあれこれ考えてしまい、気持ちがざわつくばかりだった。ほら、余計なことを考えちゃ駄目、と自分を叱咤する。

それにしても……やけに墓が目につくわね、と不思議になった。この島で生きて死んでいった人たち。見守られているような気分にもなるけど、人の姿が見えないのに墓ばかりが目立つのも、何だか不気味な感じがする。

上りの直線が延々と続く。一歩一歩は大したことがないものの、確実に体にダメージが蓄積されていくのが分かる。これは、早くシーカヤックに移った方がいいかもしれない。下半身は疲れ始めているが、上半身はまだ元気。シーカヤックを漕いでいる間に、下半身を休ませるのも一つの手だ。

あるいは、全身がぼろぼろになるだけか。

左側、眼下に町並みが見えてくる。湾に向かって広がる狭い平地を埋め尽くす家……あの辺りは大浦地区だろう。久しぶりに海も見えて、安奈は少しだけほっとした。瀬戸内海の島を巡るレースだから、ちょっと走れば必ず海が見えてきて心が和む。

オーケイ。大変なのはこれからだと、もう一度気合いを入れ直す。ゴールはまだはるか先だが、必ずトップで飛びこんでやる。

トンネルが見えてきた。まだ上りが続いているが、スピードをキープするよう、自分に強《し》いる。自分の前を走るマキとシゲさんのペースは、特に乱れてはいない。あの二人のスタミナには、本当に舌を巻いてしまう。ここまで既に、アップダウンの多いコースを二十三キロほど走ってきているはずなのに……自分たちはマラソンランナーばりのスピードで走っているわけではないけど、普通のランに加えて、先ほど山道を登ったダメージが確実に蓄積されている。怪我を心配する必要はなさそうだが、下半身のだるさは否定しようもない。しかもこの先、豊島では先ほどよりも強烈な上りが待っているはずだ。

トンネルに飛びこむ直前、最後尾を守っていたキャップが横に並ぶ。

「追いつかれるぞ。ペースアップだ」

それだけ言い残して、さっと前に出る。できるだけマキに近づいて、大声を出さずに指示を与えるつもりなのだ、と分かった。

安奈は急いで振り返った。いた。宮井が二十メートルほど後ろにつけている。しかし他の選手は見当たらない……どうも宮井が先行し、こちらにプレッシャーをかける作戦のようだ。抜かれたら抜かれたで仕方がない。他の選手が一団となって追いついて来ない限り、レースの展開を心配する必要はないのだ。四人で一組——その原則は最後まで変わらない。

トンネルに飛びこむ。自然光がゆっくり薄れるうちに、暗さに目が慣れてきた。やがて、暗いオレンジ色の光に全身を包まれる。狭さ故《ゆえ》の恐怖感は抱かなかったが……熱気が籠《こも》っているのが困る。空気も淀んでいて、何となく息苦しかった。

マキを先頭に縦一列になったチームPのメンバーは、左車線側にある広い歩道をひた走った。自分たちの靴音がコンクリート壁に響き、耳を不快に刺激する。ああ、もう……やはりトンネルは嫌いだ。自分は閉所恐怖症気味かもしれない、と思う。先は緩く右へカーブしていて、暗い穴に呑みこまれるような感じがする。このトンネル、どれぐらいの長さがあるんだっけ……記憶をひっくり返した。四百メートル？　五百メートルだったか。これだけ長い距離を走ると、コース全てを事前に頭に叩きこんでおくのは不可能だ。だいたい、このトンネルを走ることだって、本番中に決まったことだし。

背後から轟音が近づいてくる。車？　久々に会う車らしい。しかもこの音は、相当大きな車だ。安奈は緊張しながら、追い越されるのを待った。

ダンプカーがかなりの猛スピードで走ってきて、通り過ぎる時には強烈な風——横風ではなく小さな竜巻のように渦を巻いていた——を起こす。体がふらりと揺れ、恐怖で鼓動が一気に跳ね上がるのを感じた。もう……とにかく早くトンネルを抜け出したい。

安奈は苦しい息の下、無理してスピードを上げた。離れていた和倉の背中が少しだけ大きくなる。夜間行動を想定して、ナンバーカードは蛍光素材で作られているので、トンネルの中ではいい目印だ。そう言えば……先ほどまで聞こえていた宮井の息遣いが消えている。ぶっちぎって置き去りにしたのかと思うと、少しだけ気持ちが楽になる。

やがて――ようやく前方に光が見えてきた。ほっとすると同時に、「油断しちゃ駄目」と自分に気合いを入れ直す。トンネルの出口では急に明るくなるので、一瞬視界がおかしくなる。しかもこのトンネルを抜けた先はすぐに豊島大橋だ。急に海の上に出るから、気まぐれな風に襲われる恐れもある。

来た。

風は真正面から吹きつけてきた。急に、体の前に透明な壁が立ちはだかった感じ……安奈は意識して前傾姿勢を取り、空気抵抗を少しでも減らそうと努めた。しかし、足が前に進まない。

背後から「クソ」という悪態が聞こえた。一瞬振り向くと、宮井がいつの間にかすぐ後ろに迫っていた。安奈は、風と宮井、二つの敵と戦わざるを得なくなった。自分だけじゃない。宮井も、チームPの他のメンバーも苦しんでいる。私の方が、男性メンバーよりも前方投影面積が少ないから、風の影響も受けないはず、と都合よく考える。体重が軽いデメリットは敢えて無視した。

頑張れ、頑張れ――風に悩まされることは想定内なのだ。この程度の風に負けていたら、絶対にトップでゴールできない。

ふいに風がやんだ。今度はむしろ、背中を叩かれるような風向きになり、急にスピードが乗る。ここで調子に乗らないように、と自分に言い聞かせて、前方を見据える。

それにしても大きな吊り橋だ。全長は一キロ近く。広島県の県鳥の名前を取って、愛称は「アビ大橋」——何でレースに関係ない雑学情報まで覚えているのだろう、と安奈は我ながら不思議に思った。もちろん、コースを把握するために「予習」は徹底してやっておいたのだが。

呼吸を止めていたことに気づき、慌てて深呼吸する。それから、深く一回吸って短く二回吐く、いつもの呼吸に戻した。すぐに鼓動は落ち着き、胸が破裂しそうだった苦しさは消える。風は……今は微風。右側から吹きつけてくるものの、走りを邪魔されるほどではない。よし、大丈夫。安奈は肩を二度上下させて、体の力を抜いた。

幸いなことに、トンネルから続く歩道は、橋に入って少し狭くなる。前を抑えている限り、宮井に抜かれる心配はないだろう。わざわざすり抜けて行くのは、むしろ危険である。それに何より、これは個人レースではないのだ。一人だけ先に飛び出してチェックポイントに到着しても、結局は他のメンバーを待たねばならない。四人で一つ、四人で一つ——安奈は呪文のように頭の中で唱えた。

前方には、豊島が見えている。海から急に突き出た山のようで、平地はほとんどないだろう。そして次のチェックポイントは、この島の最高部付近にある。これが間違いなく、前半の山場だ。ルートは一つ——島の南側から細い林道を登るコースしか考えられない。

ふと、ある可能性に気づく。

道路を行かないルートもあるのではないか？　橋を降りてからすぐに山中に分け入り、獣道《けものみち》さえない中を、森を切り開くように登って行く。それが最短距離――いや、まさか。それではあまりにもリスクが大き過ぎる。

しかし今日の和倉は、何を言い出すか分からない。大変なリスクを背負ってしまった、と安奈は暗い気分になった。

しかし暗い気分と裏腹に、橋の上の走りは快適だった。風はほとんど吹かず、暑ささえ気にならない。安奈は額を手の甲で拭《ぬぐ》ったが、汗もかいていなかった。気温三十度は、歩いているだけでも汗が噴き出す陽気なのだが……今日は特にコンディションがいいのだ、と少しだけ安心する。

橋の終わりが見えてきた。左カーブ、「R＝２００ｍ」の標識。時速四十キロで走るバイクならともかく、このペースのランでは、これぐらいのカーブはほとんど気にもならない。緩く下っていくカーブが終わると、左手にまた海が見えてきた。右手には「特産品市場」の看板。その少し先に、小さな小屋のような建物があった。地元で採れた野菜などを売っているらしい。この辺の特産品というと、やはりみかん……唐突に、口の中で甘酸っぱい味が膨らんだ。

食料も自分たちで調達しなければならないアドベンチャーレースの場合、走りながらでも食べられる「行動食」を用意しておくのが基本だ。チョコレートやシリアルバーなど、片手で食べられるもので、比較的高カロリーな食品。これはチームで揃えるわけではなく、個人個人の好みだ。安奈の場合、やや水分を含んだソフトクッキーが「主食」になる。高カロリーで、水無しでも喉に詰まらない。他に、軽いドライフルーツが何種類か。それに今回は、二十四時間近く動き続けることを考え、あんことマーガリンを挟んで特製のサンドウィッチにしたコッペパンを二つ、バッグに入れている。おそらくこれが、今夜の夕食になるだろう。シゲさんはいつも、コンデンスミルクのチューブを三本、バッグに入れている。確かに高カロリーだし、走りながらでも簡単に口の中に絞り出せるのだが、安奈はあのぬるぬるした感覚にどうしても抵抗があった。あれはやっぱり、いちごと一緒に食べたい……。

レース中の安奈の唯一の贅沢《ぜいたく》が、みかんである。激しい動きで潰れてしまうこともあるし、カロリーもそれほど高くないから、行動食としては適していないのだが、独特の甘みと酸味が疲れた体に染みこむ感覚がたまらなかった。今回も二つ、ビニール袋に入れてバッグに放りこんである。夕食後のデザート、それに明日の朝食用だ。

瀬戸内海といえばみかん。確かに、島を回る間に、斜面に張りつくようなみかん畑をあちこちで見てきた。老後はここに移り住んで、みかん畑をやるのもいいかも……などとふと考えてしまう。その時、自分は誰と一緒にいるか分からないにしても。たった一人で島に移住してきて、地元の人の指導を受けてみかん畑を始める——想像した第二の人生には、リアリティがなかった。

鼻から大きく息を吸いこむ。呼吸のリズムを崩してまでもみかんの香りを嗅ぎたかったのだが、残念ながら、潮の香りさえしない。

確か、ここからのルートは、ひどく遠回りになる。豊島大橋は高い位置を走っており、島を周回する県道三五四号線に降りるには、この先で大きく迂回していくしかないのだ。現在走っている三五六号線から三五四号線まで降りるには、それほど高度差があるわけではなく、何もなければ道路を無視して藪の中を駆け下りていってもいい。ただし、斜面にはずっとみかん畑が広がっているようだった。当然のことながら、私有地に勝手に入りこむのはルール違反である。

前方で、マキが立ち止まる。和倉もすぐに合流した。短く言葉を交わして何か相談していたが、後ろを振り返り、シゲさんと安奈に向かって手招きした。その直後、左へ折れてみかん畑の中に消える。

え？　何？　人の畑に勝手に入りこんだらダメじゃない？

混乱したまま、安奈はスピードを上げた。二人が消えた辺りまで来ると、空色のつなぎを着た六十歳ぐらいの男性が、気さくな笑みを浮かべて手招きしている。

「ここから入れば？」

「あ……すみません」レース中なのに、思わず間の抜けた声を上げてしまった。同時に、キャップの観察力と判断力に感心する。おそらく、たまたまみかん畑の所有者がいるのを見かけて、中を通り抜けられるように交渉したのだろう。

安奈は一瞬立ち止まり、後方を見た。宮井の姿は見えていたが、消防庁チームの他のメンバーの姿は見当たらない。ということは、ここでショートカットすれば彼らを大きくリードできる。宮井が自分たちの跡を追ってみかん畑に入ったら、他のメンバーはリーダーを見失ってしまうはずだ。全員が揃うまでここで待つか、素直に道なりに大回りするしかない。

思わずニヤリとして、シゲさんの跡を追う。急斜面に作られたみかん畑には、特に道があるわけでもないので、慎重に歩いて下らなければならないが、大きくショートカットできるし、何よりこのペースダウンはちょっとした休憩になる。シゲさんに追いつき、声をかけた。

「ナイス判断でしたね」

「マキじゃないかな」

「ああ……」うなずく。マキには、妙な方向感覚があるのだ。方向感覚というか、野性の勘というか。

それはもしかしたら、サッカーで鍛えられたものかもしれない。彼が得々《とくとく》として見せてくれた試合のDVDに、そのヒントがある。

マキがチームPに合流したのは、安奈が参加を了解してから一か月後だった。所轄から機動隊に上がってきて、すぐにキャップが目をつけたのだ。「これでようやくチームは再起動だ」とキャップがほっとした表情を浮かべたのを覚えている。一人が慢性的な腰痛でリタイヤ、もう一人の水島という人は警察を辞めていた……一年前に二人が相次いで抜け、チームPは休眠状態になっていたのだ。二人が加わり、これで「新生チームP」になる。キャップは現職の警視庁職員にこだわっていた。何かと連絡が取りやすいし、チームワークも保ちやすいから、と。腰痛でリタイヤした人はともかく、水島がどうして辞めたのか気になったが、キャップは口を濁すばかりだった。どうやら不祥事らしいと気づき、安奈もそれ以上追及しなかった。正式に不祥事として発表されずとも、闇に葬《ほうむ》られるように警視庁を去っていく人間はいくらでもいる。

顔合わせの軽い飲み会の席で、マキは照れ笑いを浮かべながらポータブルＤＶＤプレーヤーを取り出した。

「俺が持ってくるように言ったんだ」キャップが説明する。「観てやってくれよ」

アルコールが入った席でＤＶＤ鑑賞っていうのも……と安奈は苦笑したが、映像には思わず見入ってしまった。サッカーの試合を編集したもの——いずれもマキの活躍した場面ばかりである。ゴール前の混戦から少し離れた場所に位置したマキが、センタリングに綺麗に合わせてヘディングでボールを押しこむ。あるいはスルーパスに素早く反応して、サイドラインを駆け上がってダイレクトでセンタリングを上げる——ドンピシャのタイミングでのラストパスになった。さらにディフェンス陣の裏に飛び出し、短く上がったボールをダイレクトボレーでゴール。

「君は、こういうのを女の子に見せてナンパしてるわけ？」安奈は思わずからかってしまった。

「違いますよ」マキの耳が赤くなる。「和倉さんに言われて……」

「こいつの、高校時代の名シーンのダイジェストなんだ」キャップが説明する。「卒業記念で、後輩たちがまとめてくれたんだろう？」

「そうですよ。自分で作ったわけじゃないです」マキが唇を尖らせる。「そんなに自意識過剰じゃありませんから」

「星名は、サッカーは分かるのか？」キャップが訊ねる。

「ルールぐらいは」

「戦術は？」

「分かりません。そこまで詳しくないです」ビールのグラスを持ったまま、安奈は肩をすくめた。

「じゃあ、ここで勉強しておいてもいいな。今の一連のプレー……全てに共通するポイントがある。何だと思う？」

「分かりませんよ、そんなの」飲み会の余興としてもどうかと思う。酔いが回り始めた頭で、小さなDVDプレーヤーの画面を見ていると、頭が痛くなる。

それでも、何も答えられないのも悔しく、二回観直した。やっぱりよく分からない……そもそもサッカーのことがよく分かっていないのだから、プレーの特徴を聞かれても答えられるわけがない。

「降参です」安奈は両手を上げた。「面倒臭いから、さっさと教えて下さい」

「こいつは、全然人とぶつかっていない」

「え?」

「サッカーは、接触の多いスポーツなんだ。特にゴール前だと、混戦の中で選手がぶつかり合うのが普通だ。そういう時には、フィジカルの強さがポイントになる」

「キャップ、そんなにサッカーに詳しかったでしたっけ?」

「サッカー好きの人と軽く話ができるぐらいには」キャップがうなずく。「俺はたまたま、このDVDを観てね」

「君、わざわざ先輩に観せたの?」安奈は目をむいてマキに訊ねた。何というか……それは図々しいというか、変な行動ではないか? 自分の名場面集を「先輩、観て下さいよ」と押しつける――マキは、そういう馴れ馴れしいタイプには見えないのだが。

「違いますよ」マキが慌てて否定した。「食堂で、同期の奴に観せてたら、たまたまキャップが近くにいて……観られたんです」

「こっちが盗み観た、みたいに言うなよ」キャップが抗議したが、目は笑っている。

「すみません……でも、見せびらかしたわけじゃないんで」言い訳めいた口調でマキが言った。

「アンテナ、なんだよな」それまで黙っていたシゲさんがぽつりと言った。

「アンテナ?」安奈は思わず聞き返してしまう。

「アンテナというか、臭いが分かるというか。サッカーは、要するに陣取りゲームなんだ。敵がいないところに人とボールを送りこめば有利になる——簡単だろう？　でも、現代サッカーはそういうわけにはいかない。ディフェンスもオフェンスも、システマティックに動いて穴を潰す。ただ、どこかに裂け目ができることはあって、それが得点につながるわけだ」

「ああ、そういうのは……何となく分かります」安奈はうなずいた。攻撃側からすれば、相手ディフェンスが予想していない動きを繰り出すことで、「裂け目」を生じさせることができるのだろう。ディフェンス側が想像していたよりも速い高速ドリブルだったり、裏をかくスルーパスだったり。

「今のプレー……要するにマキのいいところばかりを集めたプレー集だけど、どのプレーでも、マキは敵の選手に一切接触していない」シゲさんが説明を進める。

「接触プレーが怖いの？」思わずからかうようにマキに訊ねてしまった。

「違いますよ」また顔を赤くしてマキが否定した。「人がいないところが分かれば……安全に数的優位に立てるでしょう？」

「何でそういうプレースタイルなの？　相手と直接競り合って勝てばいいじゃない」

「ラグビーじゃないんですから」マキが苦笑する。「接触プレーを避ければ、怪我もしないで済みます。とにかく、人がいない場所——空く場所が何となく分かるんですよ」

「ああ……そうなんだ」言ってはみたものの、何だか釈然としなかった。それとアドベンチャーレースと、何の関係があるのだろう。

「勘だよ、勘」キャップがどこか自慢気に言った。

「勘って……それがどうしたんですか」

「こういう能力って、生来のものだと思うんだ。どこに何があるか、本能的に分かる、みたいな」

「星名は、まだ一度もレースに参加してないよな」シゲさんが訊ねた。確かめるまでもないことなのに。

「ええ」

「レースの現場では、どっちへ向かうか分からなくなることがよくあるんだ。道もない、山の中で取り残されるような場面が。頼りになるのはコンパスだけ……どこへ抜けていくか決める時は、一種の賭けになるんだよな。だから俺たちは、そういう野性の勘を持った人間を探していたんだ」

「でも、サッカーとアドベンチャーレースは違うでしょう」

「そこは賭けなんだ」腕組みをして、キャップがうなずく。「人間GPS……そんな人はいるわけないけど、もしかしたらそれに近いものがあるかもしれない」

「まさか。勘を当てにしちゃいけないでしょう」安奈は反論した。

「いや、アドベンチャーレースは、結構賭けになる場面が多いんだぜ」シゲさんがしみじみした口調で言った。「実際、賭けに負けたことも何度もある。とんでもないコース選択をして、タイムリミットに引っかかって失格したこともあるし……俺は、そういうリスクを避けたいんだ」

「いやいや、でも……」安奈はなおも反論した。「当てにならないでしょう、そういう話は」

「まあ、気休めみたいな話ではあるけど」キャップも、合理性はないことは認めた。「でも、戦力としても当てにできるぞ。高卒で、所轄を終えて機動隊に入ったばかり――体力的にもこれからピークになるところだからな」

「それは、まあ……そうでしょうね」確かに、安奈としても認めざるを得ないところだ。動けるか動けないかは、一目見ただけでも分かる。マキは、贅肉が一切ない百八十センチほどの長身で、いかにも俊敏そうな気配を漂わせているのだ。顔はまあまあ……安奈の好みではないが。それはアスリートとしての評価とは関係ない。

「機動隊の伝統にしたいところだよ」キャップが言った。「三機のラグビー部みたいに、アドベンチャーレース部とかさ。究極の選択を迫られる場面も多いし、警察官の訓練としても適切だと思わないか?」

「それはまあ……私はまだ一度もレースに参加していないから、何とも言えませんけど」

「星名は真面目だねえ」シゲさんが揶揄《やゆ》する。「キャップも真面目過ぎる。アドベンチャーレースっていうのは、レジャーでもなければ訓練でもないんだぜ」

「じゃあ、何なんですか」

「人生、だな。たぶん」真顔でシゲさんがうなずいた。「これに出会ってなかったら、俺の人生は今より全然つまらないものになっていたと思うよ」

キャップとシゲさんの読みは当たっていたわね、と安奈は今になって思う。これまでのレースで、マキはしばしば、神がかった読みを披露してきた。

このチームは基本的に、民主的に運営されており、迷った時は多数決で決めるのが暗黙の了解だった。それでも決まらなければ、キャップが断を下す。しかしキャップでも迷うことは当然あり……そういう時キャップは、マキの判断を仰ぐ。もちろんマキの判断をシゲさんや安奈が否定することもあるのだが、最終的にキャップはマキの判断を重視した。

実際、それはほぼ当たっていた。

きちんとデータを取っているわけではないけど、「ほぼ」ではなくたぶん百パーセントだ。いったい何なのだろうと不思議になる。それこそ、体内に独自の磁石でも持っているのか……。

本人に聞いてみたことがあるが「何となく」としか答えてくれない。実際、マキ本人も分かっていない様子だった。命の危険もあるアドベンチャーレースで「勘」に頼るのはどうかと思ったが、去年の十二月、初の海外——カナダで行われたレースに参加した時に、その疑念は払拭された。

あのレースは本当に命がけだった……既に雪が深くなっていて、途中はクロスカントリースキーになったのだが、ひたすら白い大平原で方向感覚が狂い、迷う恐怖に襲われた。しかしそこでもマキは勘を発揮し、日が暮れる前に何とかチェックポイントを通過できたのだ。

それ以来、安奈も何も言わなくなった。科学では説明できないことが、世の中にはまだまだあるのだろう。実際今だって、見逃してしまいそうなみかん畑ルートを発見したわけだし。

すぐにマキとキャップに追いつく。安奈は思わず、「ここを見つけたの、マキ?」と訊ねた。マキが振り返り、「そうですよ」と笑顔で答え、右手の親指を立てる。

「よく、こんなところが分かったわね」

「人がいたからですよ」マキが謙遜《けんそん》気味に言った。勘の当たる確率百パーセントなのに……しかしマキは、絶対にそれを自慢しない。「このまま県道を下っていくと、滅茶苦茶遠回りじゃないですか。そんなの、馬鹿らしいですよね」

「前から狙ってたの?」

「いや、こんな細かいルート、事前には考えられませんよ」

「みかん、食いたいなあ」シゲさんが唐突に言って、みかんの木に手を伸ばした。まだごく小さい青いみかんに触れ、すぐに手を引っこめる。

「それを取ったら、窃盗《せっとう》ですよ」安奈は忠告した。

「分かってるよ」

安奈の忠告に、シゲさんが苦笑しながら答える。代わりというわけではないだろうが、バッグからコンデンスミルクのチューブを取り出し、口元に持っていった。思い切り握り潰して、ちゅうちゅうと音を立てながら吸う。安奈は思わず顔をしかめたが、シゲさんは気にする様子もなく、笑みを浮かべた。

「よし、チャージ完了、と」

「リスタートだ」

先頭を行くキャップが宣言した。すぐそこに、県道三五四号線が見えている。みかん畑を突っ切った距離はどれぐらいだろう……かなりショートカットできたのは間違いない。

海が近い――三五四号線は、ほぼ海抜ゼロメートルの高さを走っている。歩道が狭いので、また一列になってリスタートする。今度はキャップが先頭に立った。ゆっくりと「走り」に体をアジャストしながら、安奈は呼吸を整えた。先を走るシゲさんがふいに振り返り、小声で訊ねる。

「キャップは、大丈夫だと思うか?」

「分かりませんけど……」安奈は答えるのを躊躇《ちゅうちょ》した。「どこか変ですけどね」

「後で話を聞くチャンスを作ろう。気になってしょうがないし、レースの展開にも影響してくるぞ」

「そうかもしれません」

「今夜かな……斎島に渡れば、時間はいくらでもあるだろう」

「ですね」

斎島は人口二十人ほどの孤島で、渡る手段はフェリーしかない。それも昼間だけしか運航されておらず、夕方以降、人の流れは途絶えるのだ。長い夜になりそうで、シゲさんはその間にキャップを問い詰めるつもりだろうか。

何だか軋《きし》み音がする。チームの中がぎすぎすしている。

こんなことは初めてだった。


第三チェックポイント、十文字山《じゅうもんじやま》公園。天辺に展望台があるだけの公園だが、ほぼ島の最高部なのが肝だ。ひたすら登り、登りのきついコース設定。ここは我慢するしかない、と和倉は覚悟を決めた。

よし、行こう。自分が先頭に立ったまま、和倉は公園に至る林道に足を踏み入れた。

しかしこれは……すぐに先行きに不安を覚える。百メートルほど登ったところで、道の右半分が土砂で埋まっているのに出くわした。

「土砂崩れの後始末もしてないんですかね」戸惑った口調で牧山が言った。

「この林道を使う人なんか、ほとんどいないのかもしれないな」和倉は応じた。

ところどころに、みかん農家の人が使うであろう小屋があるのだが、とにかく人気がない。道路にまで容赦なく木の枝が張り出し、払いのけなければ前に進めない箇所もあった。これでは、未開の森の中を行くのと変わらないではないか。

「怪我に気をつけよう」和倉は振り返って他のメンバーに声をかけた。

しかし……予想していたよりもずっと走りにくい。特に気になるのが枝の張り出しで、気をつけないと顔を横殴りされる。そしてガードレールもほとんどないので、上へ行くに連れて転落も心配しなければならなくなる。落ちたら崖を真っ逆さま……という感じなのだ。それにどういうわけか、あちこちに小規模な土砂崩れの跡がある。斜面を固めるような整備もなされておらず、大雨が降れば自然に崩れてしまうのだろう。それにしても、原状回復する気はないのか……このレースでは、ここをルートに選ぶチームが多いことは分かっていたはずである。主催者は、ある程度危険性を排除しておいてもよかったのではないか。事故でも起きたら、第一回だけでレースが中止になる可能性もある。もっともこれは、数日前に通過した台風の被害かもしれない。主催者側にもどうにもできないことだ。

次第に口数が少なくなってくる。和倉もほとんど言葉を失っていた。枝を払い、足元に気をつけ、少しでも開けたポイントがあれば走るスピードに戻す――これは疲れる。歩くなら歩く、走るなら走る……ペースを一定に保った方が疲れないのだが、今回は走ったり歩いたりでペースが摑《つか》めない。息が上がり、足に疲れを感じる。乳酸が筋肉の中を走り回っているイメージが頭に浮かんだ。強固に鍛えた筋肉が食い荒らされてしまう……。

しかも、寒くなってきた。鬱蒼とした山の中で、日差しはほとんど射しこまず、しかも次第に標高が上がってきているので、いつしか肌寒さを感じ始めている。ウエアは汗を積極的に吸って蒸発させ、常にさらさらしているというのが売りの素材なのだが、それにも限界があるだろう。長袖が欲しいところだ……気温三十度の中を走るには長袖は不向きだが、今は半袖が逆にハンディになる。寒いし、細い枝がばちばちと当たるので不快感がある。痛いわけではないが、鬱陶《うっとう》しい。まったく、ひどいコースだ。一応、車が通れるだけの道幅はあるのだが、走っているうちにボディは細かい傷だらけになるだろう。

「きついぞ、これ」荒い息を吐きながら、重盛が弱音を吐く。

「今まで、もっときついルートもあったでしょう」和倉は重盛を励ました。

「あったけど、そういう時、俺はもっと若かったんだ」

「老けこむ年じゃないですよ」

「クソ、年寄りにはきついんだ」

重盛の自虐ネタは定番で、普段ならここで笑いが出て場の空気が和《なご》む。しかし今日は、緊迫した雰囲気は緩《ゆる》まなかった。それだけ全員が疲れ、追いこまれている。これはまずい……まだレースは中盤。ここでエネルギーを使い果たしたら、今日中に斎島に渡る計画が潰れてしまう。

腕時計を見る。既に午後四時。チェックポイントをクリアして、午後五時には下へ降りないと、島へは渡れなくなってしまうだろう。

どうする……どうするもクソもない。とにかく急ぐしかないのだ。和倉は意識してペースを上げた。しかしすぐに、目の前に大きな木の枝が現れ、行く手を阻まれる。倒木ではないのだが、何故か枝が大きく横に伸び、腹の高さで道路を塞いでいる。枝に蹴りを入れてみたがびくともしない。旺盛な生命力……大きくしなったものの、すぐに跳ね返ってきて和倉の足を打つ。大した衝撃はなかったが、馬鹿にされたような気がしてならなかった。

「しょうがねえな。後から来る連中のために一働きするか」

ぶつぶつ言いながら、重盛が前に出る。枝の先端に近い方をつかみ、腹に引き寄せる。後から来た牧山を呼び寄せる。

「おい、全国大会出場のストライカーさんよ、お前のキック力を見せてくれ」

「ボールはこんなに頑丈じゃないですよ」

言いながら、牧山が空手の前蹴りの要領で蹴りつけた。しかし、枝はびくともしない。

「何だよお前、大したことないな」重盛がからかう。

「ストライカーの条件は、キック力じゃないですから」弱気に牧山が言い訳する。

「とにかく、何とかしないと」

「よし、同時に蹴ってみよう」和倉は提案した。

「持ちきれるかな……星名、お前も手伝ってくれ」

重盛に言われるまま、安奈も枝を持った。和倉は牧山と声を揃え、同時に枝を蹴りつけたが、やはりびくともしない。

「やっぱりやめようや」重盛が枝を離す。「現状維持が基本だからな……こうやって自然を荒らすから、トレイルランなんかは批判を浴びるんだし。これぐらいの高さなら、何とか乗り越えられるだろう」

とはいっても、疲れた体で、腹の高さで横に伸びる枝を越えるのは結構難しい。鉄棒のような強度があれば腕の力を使って何とかなるのだが、木の枝はしなってしまうので、そうはいかない。結局、枝の先端を押し下げることで、何とか全員が乗り越えた。

大した障害ではなかったのに、全身がまた汗みずくになっている。和倉は両手で顔の汗を拭い、濡れた手をジャージの腹の辺りで拭った。

「この枝、絶対に折っていく奴がいるだろうな」たった今乗り越えたばかりの枝を見ながら重盛が言った。

「看板でも立てておきますか?」冗談なのか本気なのか分からないが、牧山が言った。

「看板は無理でも、メモとか。あまりレースに参加したことのないチームもあるから、危ないですよ」

「そこまでは俺たちの責任じゃない」和倉はぴしりと言った。まだチームPには余裕があるな、とほっとする。重盛と牧山がからかい合うのはいつもの光景だ。ただし……安奈に元気がない。膝の怪我の影響だろうか。「星名、膝は大丈夫か？」

「え？　ああ。大丈夫です」安奈が突然目覚めたように、はっとして言った。

「よし」本人が大丈夫と言うなら大丈夫。元気ではないが、ばてている感じでもない。体力的にはまだ余裕がありそうだった。「リスタートだ。もう少しのはずだから、頑張ろう」

和倉の読み通り、ほどなく「十文字山公園」を示す看板が見えてきた。林道の途中から、さらに細い道に折れていく感じ……本当に、ここを車で通る人がいるのだろうか、と和倉は疑念を抱えこんだ。もちろん、歩いて来る場合は、完全に「登山」になる。一番効率よくたどり着く方法は、オフロードバイクだろうか。

本格的な林道だ……片側が山、片側が崖という道路が続く。落ちたら命の危険もあるな、とぞっとする。鬱蒼とした木立の隙間から、時々眼下の光景が覗けるのだが、家がマッチ箱のようにしか見えない。短時間にずいぶん高いところまで上がって来たのだ、と改めて感じ入った。

今のところ、宮井たちが追って来る気配がないのが救いだ。みかん畑をショートカットできなかったのか、あるいは何らかの理由で遅れているのか。他のルートを辿っているとは考えにくかった。島の北部から、山を縦走するように十文字山公園に至るルートもあるのだが、わざわざ遠回りする理由はない。そちらの方が走りやすいわけでもないだろう。

きついカーブ、急な勾配、そして滑りやすい路面。和倉たちは、もうほとんど走れなくなっていた。荒い息を整えながら、辛《かろ》うじて登り続ける。次第に足が上がらなくなり、抜群のタフさを誇る牧山でさえ、ついに「歩き」のスピードになってしまった。全員がうなだれ、足を前に出すだけで精一杯になる。膝を怪我した安奈を心配し、和倉は最後尾についた。さすがに安奈の足取りも重い。

「そこだ！」

重盛が叫ぶ。いかにもほっとして、気が抜けた感じ。まだまだ安心できる場面ではないのだが、和倉もさすがに全身から力が抜けるのを感じた。ここはきつかった——自分の体力ゲージを考える。これから海を渡るまで、持つだろうか……そもそも、タイムリミットの午後五時半までに、シーカヤックのスタート地点に辿り着けるかどうか。

坂を上り切ると、急に視界が広がる。和倉もさすがに立ち止まり、膝に両手を当てて息を整えた。チェックポイントは、目の前に広がる円塔状の展望台の上にある。

「この先でまだ階段かよ……」重盛が愚痴を零《こぼ》す。「洒落にならねえな」

「もう少しです。頑張りましょう」和倉は彼の愚痴を無視して声を上げた。「星名、大丈夫か？」

「大丈夫です」安奈の声に苛立ちが混じる。

「本当に？」

「大丈夫……というか、そんなに気を遣ってもらわなくていいですよ。私、足引っ張ってますか？」

「いや、そんなことはない」

「だったら、一々声をかけてもらわなくても平気です」

こういう強気な発言が出るうちは大丈夫だ、と和倉は安心した。よし、とにかくチェックポイントを通過しよう。目の前の展望台は、高さ十メートルもあるだろうか……緩くカーブしながら上に続く階段に足をかけると、膝ががくがくした。これは、最初に考えていたよりもダメージが大きい。いったいこのコース設定をしたのは誰だ、と思わず恨み節が脳裏を過《よぎ》る。

上りきると、絶景が広がっていた。さすがにこれだけの高さからだと、瀬戸内海が一望できる。しかも今日は雲ひとつない好天で、このままずっと見入っていたい光景だった。だが和倉はすぐに気持ちを切り替えて、真っ先にパンチングを済ませた。他の三人も次々にパンチングを終える。

階段を降りると、トイレがあるのに気づいた。こんな場所にと驚いたが、一応「トイレを使いたい人は？」と訊ねる。全員、「ノー」。

「よし、先に進もう。何としても、今日中に斎島に渡りたい」

普通ならここで同意の声が上がるのだが、今日は沈黙に出迎えられた。

「キャップ、これからだとぎりぎりになりますよ」牧山が腕時計を見ながら言った。

「そこまでチャレンジする必要、ありますか？　暗くなってから海を行くのは危険です」

「分かってる」

「分かってる」苛々《いらいら》しながら和倉は繰り返した。こいつはどうして、こんな分かりきったことを言ってるんだ？　「だから、一刻も早く海に出たい。片道四キロぐらいなんだから、俺たちなら一時間もあれば行けるさ」

「体力の消耗を考えろよ」重盛が牧山に加担した。「潮の流れもあるからな。直線距離では四キロだけど、実際には五キロぐらい漕がなくちゃいけない」

「大した距離じゃないですよ」和倉は反論した。「とにかく、今日中に斎島に渡ってしまえば、絶対有利です。勝てますよ」

「危険を冒さないのもひとつの判断だ」

「シゲさん、勝ちたくないんですか？」

「勝ちたいさ」重盛が肩をすくめる。「俺にとっては最後のレースなんだから。有終の美は飾りたい」

「だったら――」

「よく考えてくれ、キャップ。そもそも最後まで走り抜かないと勝てないんだぞ。このまま無理に進んだら、どこかで折れるかもしれない。途中棄権だけは避けないと」

「もちろん、棄権はしない」

「だったら、もう少しペース配分を考えないと」
「今大丈夫なら、この先も大丈夫だ」
「キャップ……」不安げに牧山が言った。「どうかしたんですか？　いつもと違います
よ」
「そうだよ。冒険と無謀は違う。わざわざ自分を潰すようなレース運びをする必要はな
い」重盛も牧山に乗っかってきた。
「潰れない。絶対にトップでゴールインする」
「キャップ」それまで黙っていた安奈が口を開いた。「ご家族に何かあったんですか」
和倉は、いきなり頭を殴りつけられたような衝撃を覚えた。誰にも話していないのに、
彼女は何か知っているのか？　安奈の目を凝視したが、本音は読めない……いや、彼女
が事情を知っているはずがないと自分に言い聞かせる。卑劣な犯人と電話で話していた
時には、近くに誰もいなかったはずだ。たぶん、単なる勘ぐりだろう。だいたい、俺の
アキレス腱が家族だけだということは、彼女にだって分かっているはずだ。仕事にも趣
味にも理解ある妻と、結婚五年目でやっと授かった娘——何より大事な存在だ。
「いや。どうして？」和倉はできるだけさりげなく訊ねた。
「いえ……」
安奈が目を伏せる。やはり単なる憶測、当てずっぽうだったのだ、と和倉は判断した。
「オーケイ。俺は何でもない。シゲさんの最後のレースを勝って終わりたいだけだ。仲

間のためだ」

「俺のためを思うなら、もうちょっと楽なペースにしてくれよな」重盛が顔をしかめる。

これもちょっとした異変……和倉は嫌な予感を抱いた。重盛は愚痴の多い男だが、それは単なるストレス解消の手段である。口にすることで、腹の中に余計なことを溜めこまないようにしているだけなのだ。ただし、レースの展開について文句を言ったことは一度もない。それなのに今のは……年齢に関する自虐的なギャグには聞こえなかった。

「シゲさん、オッサンだってことを認めるんですか？」

「馬鹿言うな」重盛が鼻を鳴らす。「失礼なことを言ってると、今度は別のチームを作ってお前らを叩き潰すぞ。ただし俺は、監督だ」

「そういうことが言えるなら、まだやれますよね」

「しょうがねえな……しかしキャップ、今回は独断専行が過ぎないか？」

「そんなこと、ないですよ。勝つために最善の作戦を取っているだけです」

「まあ、いいけど」釈然としない様子だったが、重盛がうなずく。

取り敢えず危機は脱したか、と和倉はうつむいて溜息をついた。四人が全員チェックポイントをクリアして、スタート地点に戻らないと勝てない。一人たりとも欠けるわけにはいかないし、その上でトップでゴールして、できるだけ早く妻子の安否を確認しないと。

焦《あせ》りは禁物。大胆にして細心――アドベンチャーレースで勝つための教訓である。今、自分がこの原則を破りつつあることを和倉は意識していた。勝つためには冷静さが必要で、時にはペースダウンしなければならない場面があるのも、頭では分かっている。だがどうしても気が急《せ》き、とにかく休みなく一メートルでも前に進むことしか考えられなくなった。

これじゃ素人だ。

しかし、家族の危機を前にした時、大事なことも頭から抜け落ちてしまうのは当然ではないか。

このぎすぎすした雰囲気、何とかならないかしら……安奈はかすかな胃の痛みを感じていた。体力には自信があるけど、ストレスがたまると胃にくる。薬を飲むほどではないが、先行きが心配だった。

下りのルートでも、キャップはペースを落とそうとしなかった。急カーブの連続、急勾配、路面の状態も悪い……普通、登りよりも下りの方が慎重さを要求されるのだが、キャップは自滅覚悟のような走りを見せていた。

とはいえ、ところどころでやはり走りを阻害され、スピードを落とさざるを得なくなる。ほとんど歩きになってしまうこともしばしばだった。一定のペースで走れないので、安奈は疲労が確実に体に蓄積されていくのを感じている。現実問題として、これからシーカヤックのスタート地点まで辿り着くのに、どれぐらいかかるだろう。走った距離はフルマラソンほどではないが、実際にはもう、それにかかる以上のエネルギーを消費している。あまりの疲労感に、食欲さえなくなっていた。行動食を口にする気分にさえならない。これはまずい兆候だ。安奈は、どんな時でも食欲は失わない。ストレスで胃が痛い時でさえ、空腹は感じてしっかり食べる。自分が未知の領域に突入し始めているのでは、と安奈は恐れた。アドベンチャーレースでは、常に未経験の局面にぶつかることになるが……。

林道を下り切れば、シーカヤックのスタート地点までは六キロか七キロぐらいだろう。普段なら、一時間見ておけば十分お釣りがくる。ただし、今の自分たちが——自分が、ジョギングレベルの走りをこなせるかどうかすら分からない。豊島と大崎下島をつなぐ豊浜大橋を渡る時には、また階段のような急坂をこなさねばならないだろうし。

ふいに意識が遠のく。まずい、まずい。安奈は思わず両手で強く頰《ほお》を張った。鋭い音と痛みに、意識が鮮明になる。途端に、自分が道路の端を走っていることに気づいた。顔から血の気が引く。ガードレールもない細い道路で、踏み外したらどこまで落ちていくか分からない。

「しっかり！」小声だが、鋭く自分に気合を入れる。前を走るシゲさんに聞かれなかっただろうか、と心配になった。弱音は絶対に吐きたくない——他人に聞かれたくない。アドベンチャーレースは、男女混合で行われるパターンが多いのだが、足を引っ張りたくはなかった。もちろん、体力で男性を凌駕できると考えるほどうぬぼれてはいないけど、せめて遅れないようにしたい。ここを踏ん張れば、自分の見せ場もあるのだから……元々ランよりバイクの方がずっと得意だから、今回は最終チェックポイントをクリアした後、ゴールまでの長距離ライドでは自分がチームをリードする。

それもこれも、残る三つのチェックポイントを無事にクリアできればだけど。

ようやく林道から県道への脱出に成功すると、キャップが一気にスピードを上げた。まだ体力も十分な感じ……普段のタフさだけでは説明がつかないスピードだ。

でも、アドベンチャーレースの基本を忘れてる。

安奈がアドベンチャーレースにはまったのは、キャップではなくシゲさんの言葉がきっかけだった。最初のレースを終えて、死にそうになっている時、彼がかけてくれた言葉を今も覚えている——「アドベンチャーレースっていうのは、究極のチーム競技だよな」。そう、ただ走って泳いでバイクを漕ぐだけではなく、チームプレーこそが大事だ。華麗にパス回しをするわけでも、敵にばれないように密かにサイン交換をするわけでもないが、アドベンチャーレースは間違いなくチーム競技である。誰一人遅れることなく、助け合いながらゴールを目指す。味方に命を預ける局面さえあるぐらいだ。

キャップは、その基本を忘れているのではないか？　誰よりもチーム競技の真髄《しんずい》を分かっている人だと思っていたのに……キャップの背中は見る間に遠ざかっていく。まるで、自分一人が先にゴールすれば勝利は決まると、ルールを誤解しているようではないか。

もやもやしたまま走り続ける……しかし橋を渡り、大崎下島をぐるりと一周する県道三五五号線に入ると、安奈は息を吹き返した。スピードこそ乗らず、なかなかキャップたちには追いつけないが、それでも距離は開かない。キャップだって疲れているはずよね……とにかく、ここで少しペースを取り戻したい。県道三五五号線は、島の南側ではひたすら海岸線を走る。カーブは多いがフラットなコースが続き、下半身への無駄な負荷はかからない。夕方近く、気温はまだ高いが、陽射しの凶暴さも少しは薄れている。参ったのは、目を焼く光だ。海に反射する陽光が予想以上に強烈で、視界が真っ白になるような時もある。安奈は、ここで初めてサングラスをかけた。本当は、サングラスをかけて走るのは好きではないのだが、目を細めたままだと危ない。

猛スピードで、自転車が安奈を追い越していく。とびしま海道は、ツーリングには人気のコースなのだ。安奈も今回は、最終チェックポイントをクリアした後のバイクを楽しみにしている。海岸沿いの道路をひた走る快感を考えると、期待感が疲労を上回るほどだった。

それにしても、砂浜がまったく見えない。基本的には護岸壁が長く続いていて、海岸線は海から切り立っているのだ。それに景色の単調さと言ったら……右が海、左が切り立った崖という光景が延々と続く。崖は、時には垂直に近い急角度で、この島が瀬戸内海に隆起した山のようなものだということを改めて意識する。

前方にプラント——コンクリート工場だろうか——が見えてきて、少しだけほっとする。久しぶりに人間の活動らしきものに触れた感じだった。確か、あのプラントを過ぎればもうすぐ、シーカヤックのスタート地点のはずである。視線を落として、腕時計で時刻を確認。既に午後五時だった――いや、まだ五時？　タイムリミットの五時半までにはまだ余裕がある。想定していたよりもずっと速いペースで走って来たのだろうか。そう考えると、気持ちが奮い立つのを感じる。体力的にはぎりぎり限界に近いのだが、今日中に斎島に渡れると思うとやる気が蘇《よみがえ》る。結局、キャップのプランは正しかったのか……他のチームが追いついて来る気配はないから、このまま独走でゴールできるかもしれない。

急な左カーブを抜けると、右前方に砂浜が見えてきた。ずらりと並んだシーカヤックが、夕日を浴びて光っている。浜に大きな魚が大量に打ち上げられたみたい……と安奈は想像した。テントが立っており、運営スタッフも見えた。各チェックポイントに、念のために大会スタッフがいるのだが、どこも一人か二人だった。ところがあそこには、十人ほど……やはり重要な、しかも危険性も高いポイントということだろう。

しかし、どこから海岸に降りるのだろう……腰までの高さがある防波堤が、切れ目なくずっと続いているように見えるのだ。もしかしたら防波堤を勝手に乗り越えろとか？　まさか。そんなことをしたら、ぎしぎし悲鳴を上げている体が限界を超えてしまう。右カーブを曲がり終えると、道路の左側に旗が見えた。

「シーカヤック乗り場」

苦しい息の下、安奈は思わず笑いそうになった。そんな、公園のボート乗り場のように案内を書かれても。でも、確かに他に言いようもないか……。

ちらりと右側に視線を転じる。煌《きら》めく海の向こうに、斎島が見えていた。目視した瞬間、絶望的になる。あんなに遠い……片道四キロしかないというが、とても信じられなかった。実際、潮流の関係で、直線コースは辿れないようだが。

先頭を行くキャップが、いきなり右へ折れる。防波堤の切れ目から階段を降りたようだ。遅れること二十秒、安奈も階段に足を踏み入れる。脚ががくがくした。しばらく平坦なアスファルトの上を走って来たので、階段を降りる簡単な動きさえ難しい。一歩ずつ下りていけず、一段ごとに足を揃える格好になってしまった。

キャップたちは既に準備を始めていた。準備といっても、ライフジャケットを着用するだけである。今回のレースでは、公正を期するために、シーカヤックは全て主催者側が用意していた。まあ、基本的にどれに乗っても同じだから……二人乗りで、キャップと自分、マキとシゲさんのペアになることが決まっていた。これは単に、二人組み合わせた体重があまり変わらないよう、調整しただけである。しかし安奈にとっては、これはチャンスだった。これからおそらく一時間ほど、シーカヤックを操らなければならないわけだが、それはそのまま、キャップと二人きりで話す時間になるわけだ。

「ストレッチをしてから行こう」

今走って来たコースの方を見やりながら、キャップが言った。少し余裕のある口調……後続のチームがまったく見えないからだろう。この感じなら、シーカヤックを漕いでいる最中に話が聞けるかもしれない。

安奈は、ライフジャケットを着用する前に、入念にストレッチした。膝の怪我の痛みはないが、いつもよりもずっと下半身が強張っている。やはり、無意識のうちに足を庇《かば》い、不自然な走りになっていたのかもしれない。膝と足首を中心に、入念に解してやる。上半身はまだ大丈夫……ずっと腕を振り続けていたから疲れていないわけではないが、下半身に比べればまだましである。やはり気になるのは下半身だ。シーカヤックの中では、脚はがに股気味になって完全には伸びない。しかも、しっかりと下半身を固定しなければならないから、休められるわけではないのだ。安奈は前に乗りこみ、後ろに乗るキャップが舵《ラダー》を操作して進行方向を決めることになっている。自分は漕ぐことだけに集中すればいいので、気持ちは楽だ。

「行けるか？」

キャップが三人の顔を見渡す。全員、無言でうなずいた。

「タイムリミットまで五分です！」

スタッフが両手でメガフォンを作って怒鳴る。慌てて腕時計を確認すると、午後五時二十五分。ぎりぎり間に合った……ほっとして、ライフジャケットを着用する。

「よし、行こう！」

キャップのかけ声で、一斉にシーカヤックを海に押し出す。疲れた足に、ほどよく冷たい水の感覚が心地好い。急に筋肉が冷えると痙攣《けいれん》することがあるのだが、今回はそういう心配はなさそうだった。膝まで水につかったところで、安奈が先にシーカヤックに乗りこむ。こういうのにもすっかり慣れたはずなのに、今でも乗りこむ際には少しだけ緊張する。続いてキャップ。軽いショックとともに、出発準備が完了した。

よし……オールの最初の一かきと同時に、集まった島の人たち、それにスタッフの間から拍手が起きる。彼らも大変だ、と同情した。台風の影響で、三時間遅れで始まったレースがどうなるか、不安で仕方がなかったはずである。しかしこの後も苦労は続く。おそらく、他のチームはシーカヤックのタイムリミットに間に合わず、今夜はこの浜で野宿になるだろう。スタッフは面倒を見ないのがルールになっているが、トラブルが起きれば対処せざるを得ない。

それにしても、レースの展開はどうなっているのだろう。情報がまったくないので不安になってきた。自分たちがトップを走っているのは間違いないが、それ以外には何も分からない。

そして目の前には――視線と同じ高さには、瀬戸内海が広がっている。斎島ははるか遠く。ぽつぽつと漁船が浮かんでいるのが見えるが、あまりにも頼りない。これまでシーカヤックで失敗して棄権したことはないが、まだまだ何が起きるかは分からないのだ。道半ば、である。

海上はまだまだ明るい。映像は、瀬戸内海へ漕ぎ出した和倉たちの姿をはっきりと捉えている。これもドローンを使った撮影ならではのアングル……ドローンもこういう平和利用なら、なかなか役に立つわけだ。しかしドローンは、万能ではない。用途はまだ限定的であり、自分たちが利用したのは成功とは言えない——失敗だった。

他に手があったのではないかと、今さらながら思う。あの失敗さえなければ、自分たちは危ない橋を渡ることはなかったのに。こうやってまったく別種の犯罪に手を染め、しかも他人頼りで結果を待つしかない。

パソコンの画面上では、和倉たちのシーカヤックがかなり速いスピードで進んでいるのが見える。中継のアナウンサーが、抑えた口調で説明した。

「中村春吉記念　とびしま24　アドベンチャーレース、トップチームはいよいよ中盤に入ります。そしてここが一つの山場……夜間に海を渡るのは禁じられており、間もなくシーカヤックのスタートのタイムリミットになります。レースは一時中断になり、明日の朝は、ここまでのタイム差順にスタートになります。一見穏やかに見える瀬戸内海ですが、潮流は無視できません。潮の流れを読み違えると、距離と時間を大きくロスすることになります。ここからは、今年の瀬戸内シーカヤックマラソンのソロ部門で優勝した、多賀谷光《たがやひかる》さんを解説にお迎えしてお送りします。多賀谷さん、よろしくお願いします」

「はい、よろしくお願いします」

「多賀谷さん、瀬戸内海というと、私たちは凪いだ海という印象を持っているのですが、実際には潮流が激しい箇所もあるそうですね」

「その通りです。この群島付近では、意外に潮の流れが速いポイントがありますから、十分な注意が必要です」

ややや甲高い解説の声を聞きながら、意識が次第にレースから離れていく。いや、離れるように意識した。和倉たちが無事にゴールしてくれることは大事だが、応援するのが何だか悔しい。

中継の音声をオフにして、音楽再生ソフトを立ち上げる。この雰囲気に合った音楽は……『ワルキューレの騎行』か。大袈裟な場面には一番似合う曲。実際今、自分たちは密かに大袈裟な場面にいるのだ。

聴き慣れた曲が体に染みこみ、次第にリラックスしてくる。両手を緩く組み合わせ、椅子に背中を預ける。そろそろ夕食の心配をしなければならないが、もう少し遅くてもいいだろう。

開け放ったままのドアの隙間から、向こうの部屋を見やる。この部屋は将来、子ども部屋になる予定だと聞いていた。今は物置……しかし実際には空き部屋である。余計な物を買わない人間だと分かっていた。

静かだった。子どもは寝ているし、母親は抵抗する気力もなくしたのか、椅子の上でうなだれている。トイレに行きたいというので立たせたのは、二時間ほど前だったか……まともに言葉を発したのは、その時だけだったと思う。まったく面倒で、緊張を強いられるだけの時間だ。夜遅くには交代要員が来るはずだが、それまでは気が抜けない。申し訳ないな、と憐憫《れんびん》の情が湧き上がった。本当は、こういう乱暴な手を使うのは自分のポリシーに反する。もっとスマートに、静かに事を行うのが自分のスタイルなのだ。乱暴な仲間がいるから、こういうことになるのだ。時折、鼻持ちならなくなるのも事実である。

しかし、理想のためには我慢しなければならないことも多い。我慢、我慢……唇を嚙み締めながら、次にどの曲を選ぼうか、と考え始めた。

19

トータルで見ると、アドベンチャーレースはまさに全身運動だ、と和倉は今更ながら思い知っていた。これまでのランが基本的に下半身の運動だったのに対し、シーカヤックは完全に上半身の運動になる。広背筋《こうはいきん》、それに腕……さらに背筋、腹筋にも無理を強いることになる。

和倉は、安奈の動きに合わせてオールを使った。安奈は上体をまったくぶれさせないまま——体幹が強いのだと分かる——左右にブレードのあるダブルパドルを操っている。小さな背中はバックパックで隠されているからはっきりとは分からないが、上半身の筋肉はフルに動いているだろう。

それにしても、このパドルはカヤックが得意ではない安奈には少し扱いにくいのではないか、と心配になった。シーカヤックで使うパドルは、使用目的で形が違う。スラロー ム競技などで使う場合は操作性を重視して短く軽いものだが、島と島をつなぐ今回の長距離コースでは、ツーリング向けの少し長いものだ。二メートルを軽く超えており、扱いにはテクニックを要する。ただしカーボン製で軽い……結構な値段がするはずで、主催者はこの辺でだいぶ予算を消費したはずだ。

それにしても……波が少し高いのが気になった。まだ台風の余波が残っているのだろうか。必死で漕いでも、微妙な上下動があるせいかスピードが乗らない。凪《な》いだ海面なら、まさに滑るように行けるのだが。実際、風も止まらずに吹きつけ、体が次第に冷えていく。これはあまりいい状況ではない。体温を奪われると、故障の原因になるのだ。

漁船がぽつぽつと海に並んでいる。まだ明るいが、誘魚灯がはっきりと見え、それが街灯のように思えてきた。まるで斎島へ渡るルートを示すように……海外のレースだったら、こんなに親切にはしてくれない。基本的には、ルートも自分たちで責任を持って探すのがルールだ。しかし今回、主催者は事故を避けるために、最低限の安全策を取っている。和倉の感覚では「歯ごたえ」がない。

一艘《いっそう》の漁船の脇を通り過ぎる。あれは……和倉は船上ではためく旗を見て、相好を崩した。

「頑張れ戦士たち」

別に戦争に行くわけじゃないんだけど……応援のためにわざわざ用意してくれた気持ちはありがたい。

「星名、海の上にも応援がいるぞ」思わず声をかけてしまう。安奈はうなずくだけだった。もうぎりぎりなのだろうか……膝の怪我も心配だ。シーカヤックでは積極的に足を使うわけではないが、痛みがいつまでも引かないと、体全体に悪影響が出る。

「調子はどうだ？」

「ＯＫです」安奈が叫び返したが、その声は頼りなかった。波の音にかき消されがちだし、前を向いて叫んでいるから仕方がない。

「怪我は大丈夫か?」

「今のところは」

返事に元気がないのは気になるが、海の上で大声を出すと体力を消耗《しょうもう》することが分かっているのだろう。和倉も口をつぐみ、パドルの操作に専心した。

実は、心配していることがある。宮井たちの存在だ。和倉たちの「チームP」は、陸上では圧倒的に強い。ランもバイクも、スペシャリストがいてリードしてくれるからだ。しかし宮井たち消防庁のチームは、「水」を得意としている。実際宮井は、学生時代ボート部で鳴らした男なのだ。陸地で離されても水上で追いつき逆転する——そういうレース展開がこれまでに何度もあった。

「星名、ちょっとストップしてくれ」

「どうしました?」パドルを水から引き抜き、安奈が素早く後ろを向いた。

「いや、ちょっと後ろを確認したいだけだ」

「バランス、崩さないで下さいよ」

「了解」シーカヤックは、順調に漕いでいる時は安定している。しかしパドルの操作をやめると、波の影響を受けやすいのだ。実際今も、絶え間なく押し寄せる波が、船体を小刻みに揺らしている。一際大きい横波が来たので、和倉は両足を踏ん張った。そんなことをしても、船体は安定しないのだが。

波が去ったところで、周囲を見回す。先を行く牧山と重盛は、パドルの動きを綺麗に合わせ、スピードに乗っている。こちらが漕ぐのをやめている間に、見る見る差が開いた。

後ろを振り向くと……宮井？　目を凝らすと、派手な紫色のウエアが嫌でも目に入ってくる。クソ、シーカヤックをスタートさせるところではまったく姿が見えなかったのに、もう追いついてきたのか？　予想よりも早過ぎる。宮井たちはタイムリミットに間に合わず、スタート地点で一晩を過ごすものだとばかり思っていたのに、この読みは甘かった。ぎりぎりのタイミングでスタート地点に到着し、得意のシーカヤックで追い上げを図っている。よく見ると、そのすぐ後ろに、もう一艘のシーカヤックが迫っているのが分かった。やはり宮井たちのチームだ……ここで逆転されて、このステージの勝ちを宮井たちに譲ることになっても、それで負けが決まるわけではない。たとえ翌朝二番手のスタートになっても、陸に戻れば必ず追いつける――とはいえ、精神的には追い詰められるだろう。勝つなら全ステージでの完全優勝だ。

風が出てきて、船体を揺らす。波は絶え間なく襲ってきて、今後のレース展開が心配になってきた。大きな漁船は安定しているが、小さなシーカヤックは、ちょっとした波でも影響を受けて、横転しかねない。復元はそれほど難しくはないものの、数分ロスするのは間違いない。今はその時間さえ惜しかった。

「まずいな」

「何がですか？」ちらりと振り向き、安奈が訊《たず》ねる。

「宮井たちが追いついて来てる」リードはまだ百メートル以上あるが、とても安全圏とは言えない。宮井たちの力を考えれば、追いつかれるのは時間の問題だろう。まだ海上のレースは始まったばかりなのだ。

「予想より早いですね」安奈の声が緊迫する。

「ああ……とにかく急ごう。何とかこのステージも勝ちたい」

安奈が再びパドルを操り始める。力強い上体の動き——腕を濡らしているのは汗か、それとも水しぶきか。安奈に合わせて和倉も必死に漕ぎ始めたが、ほどなく船体が右へ流され始めるのが分かった。まずい……このルートの潮流については事前にある程度研究していたのだが、予想よりも流れが速いようだ。このままだとずっと西側に流され、距離を大きくロスしてしまう。足で操舵してみたが、やはり微妙に右——西へずれていくようだ。これはまずい……前を見ると、重盛たちのシーカヤックも同じ方向へ流され始めている。

自分たちを翻弄するこの潮流が、どこまで続くかは分からない。乗り切れば上手く最短ルートに戻れるはずだが、潮流の幅自体がどれぐらいあるのかは、想像もつかなかった。

和倉は、思い切り左へ舵を切った。抵抗が増えて急にパドルが重くなる。

「キャップ——」前を向いたまま、安奈が抗議した。

「右へ流されてる。最短コースをキープするんだ。左へ進路を取る」

潮流に逆らって、人力で真っ直ぐ進むのはかなりハードだ。ともすれば右方向へ流れそうになるのを、和倉はパドルと舵の操作で何とか乗り切ろうとした。しかし前を行く重盛たちは、依然として右へ流されて行く。今や、和倉たちから見て、右側へ二十メートルほどずれていた。つい先ほどまでは、ほぼ正面にいたのだが……その差は三十メートルほど。声は届くはずだと思って、和倉は思わず叫んだ。

「シゲさん！　左だ、左！」

後ろに座って操舵している重盛が、一瞬パドルを動かす手を停めた。右手を高々と上げて、そのまま左へ二度、三度と振ってみせる。了解したと言いたいのか、もうやっていると言いたいのかは分からなかったが、なおも右側へ流されて行く。重盛が、船体をコントロールできないとは思えなかったが……ここよりもさらに速い流れに巻きこまれてしまったのか。だとしたら、本当に危険なポイントはまだ先にある。

「キャップ、きついですよ、これ」安奈が泣き言を吐いた。実質的に、潮流を斜めに突っ切ろうとするようなものである。腕にかかる負担は、先ほどよりもはるかに重い。

「もう少しだ、頑張れ」この潮流さえ乗り切れれば――しかし和倉も、軽い絶望感を覚え始めていた。潮流は目に見えず、どこまで漕げば脱出できるか、まったく分からないのだ。

「やっぱり、西側へ迂回した方がいいんじゃないですか」

安奈が叫ぶように提案した。距離的には長くなるが、結果的に体力の消耗は抑えられるかもしれない──一瞬、和倉はその案を真面目に検討した。いや、駄目だ。流されたロスがどれぐらいになるか、まったく分からないし、宮井たちは経験と体力に物を言わせて、潮流を斜めに突っ切る最短コースを取るかもしれない。一度抜かれたら追いつくのは不可能……このステージは捨ててしまおうか、と和倉は一瞬弱気に考えた。最終的な目標は、全ステージ完全制覇ではない。問題のポイントに誰よりも早く辿り着くこと、そしてトップでゴールすることなのだ。それがはっきりしているのだから、このステージで負けても精神的なダメージを引きずることもないだろう。優先順位の問題──駄目だ。

やはりここでも勝たないと。時差スタートになる明朝も、三十秒でも一分でもリードを保ったままレースを再開したい。

「潮流を突っ切るぞ！」和倉は叫んだ。

「キャップ……」

安奈が弱気に漏らしたが、和倉は取り合わなかった。何とか、斎島へ真っ直ぐ向かうルートをキープする。右手に見えていた尾久比島《おくびしま》の島影が消えた……潮流さえなければ、一時間もかからず──いや、三十分ほどで辿り着けるはずだが、今のところは到着予定時刻がまったく読めない。漁船の誘魚灯が海上の灯台になるとしても、周囲はほどなく真っ暗になってしまうだろう。流されたままたどり着けなかったらどうなるか……棄権、という考えが頭を過《よぎ》る。それどころか、夜の海で遭難だ。

「シゲさん、左だ、左！」

また声を嗄《か》らして叫んだが、はたして指示が届いているかどうか……右へ流され続ける重盛たちとの距離は、ずいぶん開いてしまっているのだ。背後からの宮井たちの追い上げも気になる。いずれ、彼がスマートに脇を追い抜いていくのではないかと考えると、鼓動が速くなる。

パドルが水を撥《は》ね上げ、顔を濡らす。そこに風が吹きつけ、和倉は急に寒さを感じた。普段なら、パドルを動かしても水が撥ねることなどないのだが、今日は波があるので、動きが不規則になってしまっている。クソ、こんなに苦労させられるとは。

しかし、負けない。絶対に負けるわけにはいかない。

上半身がだるい……安奈は、腕を休めたいという弱気と必死に戦った。いや、きついのは腕ではなくむしろ背筋だ。やはり、筋力では男性に敵《かな》わない。自分はさほどこの艇の推進力になっていないと考えると情けなくなる。

顔が汗と海水でびっしょり濡れているのも気になる。タオルで顔を擦《こす》りたかったが、そのために動きを止めている余裕さえない。海水が目に入って染みる……右目だけを閉じて何とか我慢してみたものの、こんなことがずっと続いたら、そのうち視界が失われてしまうだろう。ゴーグルを用意してこなかったのを悔いた。自分が「盾」になっているから、キャップはあまり濡れる心配をしなくていいはずだけど。シゲさんたちのシーカヤックは、どんどん右へ流されて行く。潮流に逆らうだけのパワーが出ないのか、それとも潮流に乗ってずっと迂回し、体力を温存するつもりか……少なくとも潮流に乗っている限り、少しぐらい漕ぐのをサボってもスピードは落ちない。ただ、実際に漕ぐ距離は相当延びてしまうから、タイム的にはプラスマイナスでゼロという感じだろうか。

シゲさんがちらりと振り向いた。暗くなっている中、表情まではっきり見えなかったが、どうやら厳しい顔つきのようだ。何故だろう……先ほどのキャップの指示は聞こえたはずだけど、シゲさんはどう判断したのか。無視して潮流に身を任せることにした？　潮流に逆らって最短距離を取るというキャップの作戦が正しいとも思えないが、それに反発して、勝手に作戦を変えているとしたら問題だ。もちろん、海上では作戦を話し合う余裕もないのだけど、そこは阿吽《あうん》の呼吸で何とかすべきではないだろうか。もうずっと長い間、一緒に戦っているのだから。

ああ、もう……視界がかすれて、船の灯りがぼんやりしている。目がいいのが自慢なのに、何の役にも立たない。

潮流に身を任せたい——背中から押される流れに乗れば、川下りと同じぐらい楽になり、体力も温存できるだろう。でも、進路は全てキャップに任せることになっていて、自分ではどうしようもない。今はとにかく漕ぐ、漕ぎ続ける——だけど、パドルが重い。

広背筋はたっぷり鍛えてきたつもりだけど、パンクしそうだった。こういう時は、余計なことを考えてはいけない。自分が機械になったと思って、ただひたすらパドルを操るだけだ。本当にペースが落ちてきたら、キャップが叱咤激励してくれるはず……。

「よし、星名、いいペースだ」

後ろからキャップが声をかけてくる。本当に？　安奈は思わず首を傾げた。自分でも分かるぐらい、パドルを動かすスピードが落ちている。それに何とやりにくいことか……細かい波が絶え間なく襲ってきて、船体を微妙に揺らす。そのせいで、パドルの先端部のブレードが、毎回同じ深さで水に入っていかないのだ。推進力に乱れが生じる。そうか、妙に疲れるのはこのせいもあるのだと分かった。同じペース、同じ力で筋肉を動かし続けている限り、意外に疲れないものである。走っている時も、急にペースを上げたり下げたりすると疲れるのは早い。今、海上で、私は波に翻弄されてペースを摑《つか》めずにいる……。

「クソ……」

キャップの不安げな声がはっきり聞こえる。自分の声がキャップに届くかどうかは分からなかったが、それでも「どうしたんですか？」と叫ぶように訊かざるを得ない。

「詰めてきたぞ」

そう言われて、さらに必死になる。一搔き一搔きで、ブレードをできるだけ深く水に突っこむように意識した。そうしている限り、パドルが水の表面を引っ搔くような動きにはならない。ただ、こういう風にしていると体の動きがどうしても大きくなってしまい、疲労はどんどん蓄積していく。

「もう少し頑張れ。潮流を乗り切れば逃げ切れる」

もう少しってどれぐらい？　キャップは、潮流の動きを完全に読み切っているのだろうか？

もう、考えるのも面倒臭い。安奈は漕ぎつつ深い呼吸を意識して、前方に見えている漁船を目標にした。何もない、暗い海上をただ行くより、目指していけるポイントがあった方が絶対にいい。やはり海は荒れている。瀬戸内海といえば、ひたすら凪いだ穏やかな海面を想像していたのに、実際にはそうではないということか。

しかし、漁船が近い——近過ぎる。もちろん、コースは自分たちで設定していいから、漁船を抜いてさらに左に行ってもいいのだが、それでは今よりずっとコースをロスしてしまうことになる。ちらりと振り返り、キャップに向かって「コース、このままでいいんですか？」と怒鳴った。

「調整する」

キャップの口調は冷静だった。調整って……そんなに簡単に行くわけがないのに。

しかしほどなく、シーカヤックの向きが微妙に変わった。同時にパドルを押し返す水の抵抗が少しだけ減る。これが調整？　潮流に逆らうのではなく、少しだけ船体の行方を任せるようにした？　そう言えば、潮流に逆らって漕ぎ始めてからどれぐらい経っただろう。いい加減、潮流を乗り切れたのではないだろうか。

「もう少し頑張れ。斎島に真っ直ぐ向かってるはずだ」

「了解」前を向いたまま、虚空に向かって叫ぶ。

「おーい、姉ちゃん、頑張れよ！」

いきなり塩辛声《しおからごえ》で応援され、びくりとした。パドルの動きが乱れ、一度空を切ってしまう。ちらりと横を見ると、漁船の船員たちが甲板で身を乗り出して、両手でメガフォンを作り、応援してくれているのだった。せめて手を振って応えたいと思ったが、そんな余裕さえない。

これまで参加してきたアドベンチャーレースでは、こんな風に声援を受けることはほとんどなかった。道なき道を行くことも多かったので、観客がいないのが当然だったからだ。しかし今回のレースは、自治体肝いりの大会ということもあり、あちこちで応援の声が飛ぶ。これがありがたいやら鬱陶《うっとう》しいやら……何だか照れてしまう。プロのスポーツ選手なら、こういう声援をエネルギーに変えることができるのだろうな、と羨ましくなった。

「この進路を少しキープする。もうすぐ潮流を乗り切れるはずだ」

「もうすぐって、あとどれぐらいですか？」

「もうすぐだ」

ああ、やっぱり根拠はないんだ……いつまでこの苦行が続くのだろうと考えるとげんなりしたが、仕方がない。取り敢えず今のところは、まだ頑張れる。本当に限界を超えてしまうと、頭の中は真っ白になり、まともなことはまったく考えられなくなるのだ。まだ頑張れる。限界はもう少し先にある。

漕ぐ作業を両腕に任せ、一瞬気を抜いた。暗くなりつつある空を仰ぐ。上空にドローン……ほとんど音もなく宙を舞い、自分たちをカメラで追っている。結構風があるのに飛行は安定していた。今回のレースは、ドローンを使って上空からも全面的にネット中継されているのだが、画面上ではどんな風に見えているのだろう。不思議な光景ではないかと思う。どんなスポーツでも、中継の画面というのはだいたい決まっているのだ。野球ならセンターからバッターを狙い、マラソンでは先頭を走るランナーを延々と追う。上空からレース展開を広く映すのは、今までになかった中継方法だろう。

まあ、自分で見るわけじゃないから……安奈は深呼吸して、リズムをキープすることだけに専念した。相変わらずパドルは重いが、先ほどよりも少しは楽な気がしている。

「チクショウ！」

後ろでキャップが悪態をつく。それで、抜かれたのだな、と分かった。ちらりと右を見ると、だいぶ離れたところ——自分たちの右側を、宮井たちが操るシーカヤックがスピードに乗って通過するところだった。

「気にしないで下さい、キャップ」安奈は叫んだ。潮流に逆らって直進するコースを選んだのは、キャップ本人なのだから。それにしても……シゲさんたちのシーカヤックも完全に見えなくなっている。いつの間にそんなに遠くまで流されてしまったのかと心配になったが、暗くなってきたせいもあるだろう。大丈夫、いずれ斎島で一緒になるのだからと自分に言い聞かせ、安奈はパドルの操作に専念した。比較的ゆったりしたリズムの「一、二」。腕と広背筋への負荷をしっかり感じながら、とにかく前へ進むことだけを考える。潮流を斜めに突っ切るコース……これで斎島へ一直線に向かっているはずだ、と自分に言い聞かせる。

風が吹く。一際強い風で、安奈は短く揃えた髪が激しく乱れるのを感じた。

何なんだ、これは……中継画面を見ながら、思わず顔をしかめてしまう。

瀬戸内海は基本的に凪いだ海で、シーカヤックの操作は難しくはないはずだ。普通なら、大崎下島から斎島まで直線で最短距離を取る。暗くなってきているといっても、連中はコンパスも持っているし、直進するのはさほど難しくはないはずだ。それなのに、このレース展開。

ドローンからの映像は、少し頼りなくなっている。暗くなってきたので、海を進むシーカヤックは、ぼんやりした影にしか見えないのだ。頼りになるのは、選手たちに持たせたGPSを追跡して、別画面に映し出される現在位置の光点だけである。ただしこれも、海の上とあって、順位や差のイメージを摑みにくい。

初日に第四ステージに進んだのは二チーム——和倉たちの「チームP」と、東京消防庁のチームだけだ。計四艘のシーカヤックのうち、三艘はやや西側に向かって進んでいる。斎島へ直線的に向かうのではなく、大きく迂回するルート。おそらく、潮流に乗っているのだろう。漕ぐ分には楽で、スピードも乗る。ただし迂回する分、直進コースよりも一キロか二キロ、距離が長くなるだろう。

一艘だけ、遅れている。ただしこの一艘は、斎島へ直進するコースをキープしていた。潮流に逆らっているからスピードは出ないものの、取り敢えず距離を少しでも短縮しようという作戦だろう。潮流は乗り切ってしまえば、そこから先は近い——ノートパソコンに顔を近づけ、小さなサブ画面で確認すると、遅れているのは和倉たちのシーカヤックだと分かった。なるほど、ギャンブルに出たか……これが正しいか間違っているかは、誰にも分からない。ベテランの漁師でもない限り、瀬戸内海の潮流は読み切れまい。少なくとも和倉が、こちらの要求に応えようと必死になっていることだけは分かる。

まあ、結構だ。知恵を絞り、全力を尽くしてもらわないと、どうしようもない。

遠慮がちなノックの音。ゆっくりと立ち上がり、玄関まで出た。覗《のぞ》き穴から確認すると、〝彼〟が立っている。魚眼レンズで広がって見える顔には、疲れが目立った。

ドアを開けると、〝彼〟が素早く、小さくうなずく。

「人質は?」

「大人しくしている。まあ、抵抗しようもないだろうが」声を低くして言った。「自分で確認してくれ」

〝彼〟がまたうなずき、玄関に足を踏み入れる。靴を脱いだ瞬間、鼻をひくつかせた。

「夕食は？」

「リゾットを用意した」

「また手のこんだことを」〝彼〟が皮肉に笑う。

「リゾットは消化にいいし、簡単に作れる。体調を万全に保つのは大事だからな。あんたも食べていくか？」

「いただこう」

しかし〝彼〟は、まず人質の様子を確認した。子どもを見て目を細めたがそれだけで、特に感想は漏らさない。ドアをしっかり閉めると、消え入りそうな声で「心配なさそうだな」とぽつりと言った。

「ああ、問題ない」

「レース展開の方はどうだ？」

「確認してないのか？」思わず眉をひそめてしまう。何でもかんでもこちら任せにするのは、無責任ではないか？

「そんな暇はなかった」

「自分で確認してくれ。俺は食事の用意をする」

〝彼〟が無言でうなずき、パソコンの前に陣取る。首を伸ばすようにして画面に見入り始めたのを確認してからキッチンに向かった。

リゾットのベースは、ニンニクと玉ねぎ、ベーコンのみ。全てみじん切りにしてオリーブオイルで炒めた。玉ねぎが透き通ってきたところで白ワインを加え、少し煮詰まってきたのを見届けて生米を加える。塩胡椒《こしょう》で味を調《ととの》え、水を投入。ゆっくりと掻き回しながら、米の具合を確認した。気を遣っても、〝彼〟が喜んでくれるとは思えなかったが。食べさせがいのない男だ……基本的に食事は、空腹を満たすためのものだと割り切っている。

〝彼〟がキッチンに入って来た。渋い表情を浮かべている。

「和倉たちは、相当無理なレース展開をしているようじゃないか」

「あれも考えてのことだろう。潮流に乗るよりも、最短コースを選んだんだ」

「その選択が正しいかどうかは……」

「誰にも分からないな」肩をすくめてから、パン――重いカンパーニュだ――を切り分け始める。

「何枚食べる？」

「一枚で十分だ」〝彼〟が顔をしかめる。「しかしこんな時に、よく飯が食えるな」

「緊急時だからと言って、飯を抜くわけにはいかない」

「気楽なもんだな」

何が気楽だ、と一瞬頭に血が昇った。重要な――この作戦で一番重要な監視の任務を、俺に任せきりにしているくせに。自分はあくまで司令塔のつもりなのだろうが、こちらに言わせれば責任放棄だ。

「準備ができるまで、待っていてくれないか」

「呑気に飯を食うような気分にはなれないな」

「ナポレオンは、戦闘の最中にも、きちんとした食事を用意させていたそうだ。真っ白なテーブルクロスもかけて」

「俺たちはナポレオンじゃない」

「そうだな」反射的にうなずく。どんな時でもきちんと食事をしたことは見習うべきだが、ナポレオンは実は「食」をそれほど重視していなかったのではないかと思う。何しろ、どんな時でも三分で食べ終えていたというのだから。「味わい」抜きの食事に、意味などない。

チーズを加え、リゾットの仕上げに入った。それと同時に、以前も使ったことのあるオーブンでパンを温め始めた。食卓にリゾットとパンの皿を並べ、ミネラルウォーターを出す。本当は、まだ残っているワインを呑んでしまいたいところだが、〝彼〟の厳しい視線に耐えながらではワインも味わえないだろう。この際、水で我慢しよう。

リゾットのできは上々だった。かすかに芯が残った歯ごたえは完璧だし、チーズを多めに加えたために、こってりした味わいになっている。腹に溜まりそうだ——作戦行動中は、こういう食事が必要である。どうせ今夜は徹夜になるだろうし。それにしても〝彼〟の食べ方にはむかつく。味わうというより、ただ腹を満たすためだけの食事——

ひたすら皿と口の間でスプーンを往復させるだけなのだ。白けた気分でそれを見ながら、ゆっくりとリゾットを食べ、時にパンをちぎって口に運ぶ。

「まったく……よくのんびり飯を食う気になれるな」〝彼〟が呆れたように言った。

「食事ぐらい、ゆっくり取らせてくれ」ぶつぶつと文句を言いながら、水のグラスを傾ける。これがワインなら、とつくづく思った。

「現地の様子は？」とうに食べ終えた〝彼〟に訊ねる。

「待機中だ。明日の昼までは、やることがないからな」

「一人にしておいて大丈夫なのか？　奴は呑み過ぎる」自分も呑むが、あの男の場合はケタ違いだ。知っている限り、夕方五時を過ぎると必ず呑み出す。どこにいても何をやっていてもそれは変わらない……喫茶店で打ち合わせをしていても、バッグに忍ばせているスキットルを取り出して口をつけるぐらいなのだ。いくら何でもあれはひどい。酔っ払って失敗したことは一度もないが、それはたまたま、綱渡りが成功し続けているだけの話だろう。基本的には信用できない男――〝彼〟が何故仲間に引き入れたのか、理解できない。

「きちんと釘を刺しておいた」

「それだけじゃ危ない。呑むことは前提なんだから……」

「奴も、状況は分かっているだろう。ここで失敗したら、今後は自由に酒も呑めなくなる」

「ああ」

「奴も馬鹿じゃない。本来はできる男だ」

「そうか……」あの酒呑みのことを、よくは知らない。ただいつも、危なっかしく見ているだけだ。基本的には、あまり関わり合いになりたくないタイプ……それを言えば〝彼〟も同じだ。猜疑心《さいぎしん》が強く、絶対にこちらを信用していないのは言葉や態度で分かる。腹の中で何を考えているかはまったく分からない。

「今夜は無事に乗り切れそうか」〝彼〟が訊ねる。

「基本的には問題ないだろう」声を低くした。ドア一枚隔てた向こうには、人質がいる。

「徹夜になるが」

「交代要員も来るから大丈夫だろう」

「そうか」

「現地は？　まさか、あの酔っ払いに全部任せるわけじゃないだろうな」

「それはあり得ない」

「俺が現地に行くわけにはいかないだろうか？　あの酔っ払いは信用できない」

「そうだな……」〝彼〟が顎を撫でた。「向こうにもう一人行かせるつもりではある。最低二人いないと、トラブルが起きた時に対処しようがないからな」

「サポート要員としては、俺が最適だ。東京にもまだ人はいるんだし、人質は任せられるだろう」

「人質は大人しくしているんだな」〝彼〟が低い声で言った。

「ああ。子どもは心配だ……今は静かだが、コントロールはできないから」

「必要だったら眠らせればいい」

以前の言葉――「面倒だったら殺せ」を思い出す。あれに比べればだいぶ穏やかな表現だが、それでも薬を使うことには抵抗がないようだった。

「子どもに何度も薬を使うと、後で影響が出るかもしれないぞ」

「そこまで責任は負い切れない」〝彼〟があっさりと宣言した。「大義の前では小さなことだ」

「子どもを大事にしない人間に、事は成せないと思う……それぐらい慎重にやらなければいけないということだ」

「まあ、あんたの持論は分かるが……」〝彼〟がグラスを取り上げ、水をぐっと飲んだ。口の端からこぼれたのを手の甲で拭い、こちらを真っ直ぐ見詰める。「あんたが現地に行くと、リスクもある」

「ああ……」〝彼〟の言いたいことはすぐに分かった。

「顔がばれたら、面倒なことになるぞ」

「もう、昔の話だ」

「人間の記憶力は不思議なものだ」〝彼〟が左耳の上を人差し指で突いた。「肝心なことは覚えていなくても、どうでもいいことは記憶に残っていたりする」

「あれはどうでもいいことじゃない」少しだけムキになって否定した。「少なくとも俺の人生にとっては、最重要なことだった」

「ああ、想い出話に浸《ひた》るのは、もう少し後でいいんじゃないか?」〝彼〟が面倒臭そうに顔の前で手を振った。「とにかく、和倉に顔を見られたら厄介だろう」

「そこは何とか工夫する」

「相手は警察官だぞ」〝彼〟が目を見開く。

「和倉は体力勝負の機動隊員だ。刑事じゃない。そこまで勘が働くとは思えないな」

「甘く見ていると痛い目に遭う。あんたじゃなくて別の人間に受け取らせるのも手だ」

〝彼〟としばし、無言で睨《にら》み合った。ここは負けるわけにはいかない……もちろん、人質の監禁と監視は大きな仕事だ。この計画の肝と言ってもいい。しかし、動きがまったくないまま、これからの十数時間を耐えられるとは思えない。神経が参ってしまいそうだった。それなら広島まで飛んで、重要なポイントに立ち会いたい。こちらは顔を隠したまま、和倉の唖然とする表情を見てみたいという気持ちもあった。

「受け取るのは、俺が直接担当しなくてもいい」

「……分かった」〝彼〟が折れた。「明朝、杉井《すぎい》を向こうへ派遣しようと思っていた。チケットも確保してある。お前にそれを使ってもらおう」

「何時の便だ?」

「七時ちょうどの全日空便。向こうへは八時半に着く」

「空港から現場へは一時間だな」何度も通った広島の道路事情はよく分かっている。

「ゴールには十分間に合う」

「杉井をここへ呼ぶ。しっかり引き継ぎをして、明朝羽田に向かってくれ」

「分かった」胸が高鳴る。これで少しは、動きのある現場に行けるわけだ。ここで料理をしながら人質の面倒を見ることには、もう飽き飽きしている。泣き叫ばれるよりはましだが、精神的に相当参っていることは間違いない。だいたいあの人質は、ちゃんと食事もしない。人が精魂こめて作った食事を食べないのは、人間として失礼だ。まるで自分の全人格を否定されたような気分になる。

「とにかく気をつけてくれ」〝彼〟が念押しする。

「俺は、つまらない失敗はしない」

「そもそも失敗したから、こういう面倒なことになっているのでは？」

怒りが——自分自身に対するものだ——こみ上げ、顔が赤くなる。確かに、最初に計画を立てたのは自分である。それが失敗したのは、避け得ない事情——自然の力によるもので、責められても困る。ああいう状況は、誰にも予想できないのではないか？

「短時間で立て直しに成功したんだから、その件で批判されるいわれはない」

「まあまあ」〝彼〟が宥《なだ》めにかかる。「もちろん、お前の優秀さはよく分かっている。お前抜きでは、この計画は一歩も進まなかったからな……とにかく明日は、きっちり現場で成功を見届けてくれ。お前にはそうする権利もあるだろう」

「ああ。画面越しのやり取りはもうたくさんだ。実際に現場を見ないと、何も信用できない」

「結構だ」〝彼〟がうなずく。「それと、無事に回収できた後だが……すぐに本来の計画を実行に移す」

「向こうにはまだ気づかれてないんだな?」

「それは間違いない。気づいていたら、今頃大騒ぎになっている」

「確かに」騒ぐだけでは済まないだろう。重大なミスとして、命の危機を覚悟しなければならない。

汚れた皿をいつまでも目の前に置いておくのは気分が悪い。立ち上がり、二枚の皿を持ち上げてから「コーヒーは?」と〝彼〟に訊ねる。

「いただこうか。しかし、かって知ったる他人の家、という感じだな」

返事をせず、コーヒーの準備をする。本当は濃いエスプレッソが飲みたいのだが、〝彼〟は好まない。普通にペーパーフィルターで用意することにして、お湯を沸かした。

コーヒーの準備ができたところで戻ると、〝彼〟はドアを開けて人質の様子を確かめていた。子どもは寝ている……よく寝る子で助かったと思う。これぐらい小さい子の反応はまったく読めないのだ。大騒ぎして、結果的に最悪の事態にもなりかねない——心の底では覚悟していたのだが、今のところはどうやら無事に済んでいる。

コーヒーを前に、今後の計画を詳細に打ち合わせる。

「取り戻した後、ブツの輸送には問題ないか？」〝彼〟に訊ねる。

「ああ。小さいものだから警戒の目を気にすることもないだろう。ポケットに簡単に入る」

〝彼〟の表情には自信が浮かんでいた。それは間違いない……この状況があくまで「異例」なのである。アクシデントを解決できさえすれば、当初の予定通りに計画は進むはずだ。時間はだいぶロスしているが、この場合は直接的な影響はないだろう。

「予定通り東京へ運ぶ」〝彼〟がノートパソコンの画面を見ながら言った。

「車ではだいぶ大変だ。遠いぞ」

「飛行機や新幹線を使うわけにはいかないだろう」〝彼〟が鼻を鳴らした。「リスクが大き過ぎる。輸送には、時間ではなく安全を第一に考えなくてはいけない。時間は……そうだな、順調にいけば、明日の夜には東京へ戻れるだろう。それで十分だ」

頭の中で、素早く時間を計算する。ゴールは明日の正午頃――重大なアクシデントがない限り、それより少しは早くなるだろう。すぐにブツを奪取して移動を始めれば……広島から東京までは約八百キロ。気の遠くなるような長い道のりだ。警察の目につきやすい飛行機や新幹線を避け、高速で移動するとして、最短でも八時間は見ておかねばならない。交代しながら運転し、途中休憩を入れるとすれば、九時間。明日、東京へ戻って来るのは、だいぶ遅い時間になる。それを指摘すると、〝彼〟は問題ないとでも言いたげにうなずいた。

「日付けが変わるまでに戻れれば十分だ」

「計画のスタートは?」

「戻り次第。向こうも、長くは待てないだろう。それにこちらの失敗がばれると、まずいことになる」

「人質は?」いっそう声のトーンを落として訊ねる。

「もちろん、解放する」〝彼〟がさらりと言った。

「安全だと思うか?」

「お前が」〝彼〟がテーブルの上にぐっと身を乗り出した。「必要以上に喋っていなければ。声だけでも分かるんじゃないか?」

「それはないだろう」

「絶対にか?」

〝彼〟が念押しする。まるで子どものようだ、と少し白けた気分になった。何というか、この男には、少し偏執狂的なところがある。細部にこだわり過ぎて、計画全体の意味を見逃してしまうような……これまでのところ、計画はアクシデントを除いては上手くいっているが、それは自分がきちんと事態をコントロールしているからだ。〝彼〟にはカリスマ性——人を自然に惹きつける能力はあるものの、穴も多い。誰かがきちんとサポートしないと、どこかで大きなミスを犯す恐れがある。その役目は主に自分……難しい問題、面倒臭い局面への対処は、基本的に自分に任されていた。

それが不満だった。〝彼〟の弱点を知っているが故《ゆえ》に。自分こそが、上に立つべき人間だと思う。その機会はいずれ来る……来た時には絶対に逃してはいけないと心に決めていた。

「とにかく、人質は無事に解放してくれ」

「そのつもりだが、何か心配なことでもあるのか?」〝彼〟がしれっとした口調で訊ねる。

「いや」否定しながらも、〝彼〟のもう一つの問題点が心に引っかかった。平気で「面倒だったら殺せ」と言ってしまうことから明らかなように、〝彼〟には奇妙に残酷な一面がある。確認したことはないが、〝彼〟が手にかけた死体は一つ、二つではないと言われている。今頃はどこかの地中で骨になっているか、海を漂っているのかもしれない。

「人質が傷ついたら、まずいことになる。それが和倉に知れたら、全力で俺たちを追いかけ始めるだろう」

指摘すると、〝彼〟の顔から血の気が引いた。恐れているのではなく怒っている——経験からそれは分かっていた。

「和倉の背後には警視庁がいる。四万人の職員を敵に回したら、厄介なことになるぞ」

「証拠を摑まれなければ問題ない」〝彼〟が事も無げに言った。「奴らが混乱している隙に、こっちはさっさと海外へ行くだけだ。高飛びしてしまえば、日本の警察には手が出せない」

そんなに上手くいくだろうか……当初の計画には、人質を取って和倉を脅すことなどは、当然入っていなかった。これはあくまで、緊急事態に対する特別な対処であり、なければもちろん、その方がよかったのだ。このアクシデントがなければ、もっとスマートに目的を達成していたかもしれない。

ビビるな、と自分に言い聞かせる。元々これは、とんでもなく大規模な計画なのだ。一筋縄ではいかないと、心のどこかでは疑っていた。しかし、すんなりいかない——高い壁を乗り越える試練が与えられたからこそ、成功した暁には経験したことのない達成感が得られるはずだ。

金じゃない、と思う。

この達成感を得たいがために、自分は計画に加わった。人生におけるスリルは味わい尽くしたつもりでいたが、まだまだある——その一点においては、計画に誘いこんでくれた〝彼〟に感謝していた。

間もなく自分が〝彼〟にとって代わる。

「おい、レースが動いたようだぞ」

ノートパソコンの向きを変え、レースの様子をしっかり確認できるようにする。ドローンから撮影された画面は、トップグループを形成する三艘のシーカヤックを映していた。先頭の一艘が左側に進路を変える。その数十メートル後に続く残りの二艘も、引っ張られるように左側——東側に舳先《へさき》を向けた。

「潮流を抜けたんだ」画面を睨んだまま説明する。

「そうなのか？」

「おそらく」音声をオンにすれば、解説者が分かりやすく説明しているだろう。しかし聞こうとしたら、ヘッドフォンを使わなければならない……こちらが何をしているのか、人質には絶対に知られてはいけないのだ。

「潮流に乗るか、逆らうか……最終的にはゴールしてみないと分からないな」

「ギャンブルだな、こっちも向こうも」

〝彼〟の言葉に対して、反射的にうなずく。このステージの勝敗が、最終的に和倉たちにどんな影響を与えるかはまだ分からないのだが……和倉の気持ちは手に取るように分かっていた。焦《あせ》っているのは間違いない。何より大事な家族を人質に取られ、レースには勝たなくてはならず……彼が、他の三艘と違うコースを取ったのも、焦りの表れかもしれない。これは問題になりかねない。同じチームで、事前に打ち合わせができていなかった、あるいは打ち合わせを無視したから、こういうコースを選んだのではないか？

道路を走るコースと違って、海上では満足にコミュニケーションも取れないだろう。

チームワークが大事だぞ、と心の中で和倉に話しかけた。アドベンチャーレースの本質はチームワークである。気持ちがばらばらになったらレースには勝てない。

ドローンからの画面ではなく、GPSが示す光点を追った。先行する三艘は、ぐっと東側に曲がり、斎島へ直進するコースに戻ろうとしている。それに対して和倉たちのシーカヤックは少し遅れ気味になっているが、依然として直進コースに乗っているのは間違いない。潮流を越えてスピードが上がれば、先行する三艘を追い抜き、トップでゴールするかもしれない。

さあ、和倉、これからが勝負だ。俺たちのために、絶対に頑張ってくれ。

よし、抜けた。和倉は思わず雄《お》叫《たけ》びを上げた。安奈のパドルさばきも明らかに軽くなっている。リズムに乗ってしっかり水をかき、スピードが乗ってきた。これならいける——先行する三艘の姿は見えないが、結果的にこちらが先に斎島につけるだろう。もうひと踏ん張り……第四ステージは、既に半分を過ぎているのだ。

「これからスムーズになるぞ」安奈に声をかける。「リズムを崩さないでいこう」

「了解！」

安奈が怒鳴り返す。気合いが入っているというより、怒って聞こえる——それが心配だった。彼女は自分の行動を疑っている。家族に何かあったのだと、薄々感づいているに違いない。しかし絶対に話せない……迂《う》闊《かつ》に一人のメンバーに話せば、すぐに全員が知ることになるだろう。彼らの結論は簡単に予想できる。すぐに棄権して家族を助けろ——しかしこのレースも既に半分近く、最も難しい第四ステージの山場を過ぎたところで、絶対に棄権などできない。

「星名、俺は何でもないからな。心配しないでレースに専念しろ」

安奈の肩がぴくりと動く。しまった……これは逆効果だったか。今は彼女も必死になっている状態だから、俺のことなど忘れていたかもしれないのに。もう、余計なことを言うのはやめよう。今はひたすら、第四ステージの突破を目指す。

周囲はほとんど真っ暗になっていた。予想以上に時間がかかり、既に夜。前方に、斎島が黒い影のようになって見えているが、まだまだ遠いようだ。アドベンチャーレースにおいて、夜間の行動は危険と隣り合わせ……夜中に街灯もないようなコースや森の中を走ったこともあるが、今回の危険はそういう時以上だ。何しろ海の上で、少しでも判断を誤ると、命の危険に結びつく。最初の頃に悩まされた波が穏やかになっていることだけが救いだった。

安奈のパドルさばきは安定していて、シーカヤックは今や海面を飛ぶように進んでいる。和倉もこれまでは、コースを安定させることに神経を遣っていたのだが、今は漕ぐことに集中できている。今のところ、スピードは時速十キロぐらい……この二人の組み合わせで出せるマックスに近い。

それにしても、不安は募る。これほど暗くなると、果たして前方に見えている影が斎島なのかどうかも分からなくなっていた。

「星名、ちょっとストップだ」

「何ですか?」

「確認」

安奈がパドルを上げる。水平に保持したまま、振り返った。その間も、シーカヤックは惰性でゆっくりと滑って行く。横波が来て少しだけ揺れたが、気になるほどではない。

和倉はコンパスを取り出し、自分たちが進んでいる方向が正しかったことを改めて確認した。百メートルほど先の左側には漁船。誘魚灯は近場を煌々と照らし出しているが、その恩恵は和倉たちまでは届かない。周囲の暗さがどうしても気になって、和倉はヘッドライトを使うことにした。体を捻《ひね》ってバックパックを外し、中からライトを取り出す。

「少し明るくしよう」

安奈もバックパックを下ろそうとしたが、和倉はすぐに気づいて制した。彼女のバックパックのファスナーを開け、手探りでヘッドライトを取り出す。これまでの経験から、それぞれ必要なものはビニール袋に小分けされていた。防水対策も重要である。

今回チームで用意したヘッドライトは、LEDランプを使ったもので、四百ルーメンの明るさを誇る。「照射距離八百メートル」を謳《うた》っているが、さすがにそこまでは……しかし三つのライトをフル点灯させれば、それなりに遠くまで光は届く。しかも軽いのがポイントで、これを装着した状態でバイクを漕いだり、シーカヤックに乗っても、あまり違和感はない。

背中越しに、安奈にヘッドライトを渡してやる。自分も装着しようとしたが、疲れから手が震え、取り落としそうになった。慌ててキャッチする……これが海に落ちたら、さすがに一巻の終わりだ。うつむき、腕に負担をかけないように気をつけながら装着する。と言っても、それほど大袈裟なことではない。基本的には、伸縮性のあるベルトの前方に三つのライトがついているだけのシンプルな造りなのだ。ベルトは頭周り、それに頭頂部も通っていて、頭のサイズに合わせて調整できるようになっている。後頭部には電池ケース。和倉は、少しきつく締め上げることにした。軽く頭痛がしてくるぐらいだったが、これぐらいフィットさせておかないと、激しい運動には耐えられない——もちろん、シーカヤックを漕ぐ時には、頭を動かさないのが要点だが。芯がぶれると、それだけで体力を消耗する。

「よし」小声で言ってスウィッチを入れる。途端に強い白色光が、安奈の背中をくっきりと浮き上がらせた。彼女の背中が邪魔になるが、それでも周囲にも光が漏れ、一気に明るくなる。さらに安奈が自分のライトを点灯させると、前方が照らし出された。

「明るいですね」ほっとしたような口調で安奈が言った。

「ああ……少し水分補給しておくか？」

「そうします」

「ちょっと待て」和倉は、安奈のバックパックの横部分に入ったボトルを引き抜いた。だいぶ減っている。なるべく荷物を少なくするために、彼女が持ちこんだボトルは五百ミリリットル入りのものだった。途中の給水所で補給してはきたが、残りが心許《こころもと》ない。斎島では水を補給できるだろうか……今回のレースのルールでは、主催者側は水や食料を用意しない。ただし、参加者が買ったり、あるいは他の手段で調達する分には問題ない、ということになっていた。「他の手段」とは、地元の人に頭を下げて譲ってもらうことだ。問題は、斎島は離島で、住んでいる人はほんの二十人しかいないことである。そういう島で、民家のドアをノックして「水を恵んで下さい」と頼みこむわけにはいかないだろう……商店や自動販売機などがあるとは思えなかった。

安奈が水を飲み終え、後ろ手にボトルを渡してきた。落とさないように、慎重に……しかし手に力が入らず、ボトルは和倉の手から滑り落ちてしまう。慌てて右手を伸ばし、海に浮かんだボトルを拾い上げた。セーフ……休んで落ち着いたはずの鼓動がまた高鳴る。

「大丈夫ですか、キャップ」

「ああ、何ともない。ちょっと手が滑っただけだ」和倉は濡れたボトルを自分のウエアで軽く拭き、安奈のバックパックのサイドポケットに戻した。

何ともなくはない、と心配になる。手が震えたのは疲労のせいか、それとも心労のせいか。気になることがあると集中力が消え失せ、普段普通にできていることができなくなったりする。

和倉は、足元のわずかな空間に突っこんだ自分のバックパックからボトルを取り出し、少しだけ水を飲んだ。バックパックはそのまま、足元に突っこんでしまう。背中に戻す時に、海に落としてしまうのが心配だった。これでも何とか、シーカヤックの方向を決めるラダーの操作はできる。

「何か食べておくか？」

「もう少しだから頑張りましょうよ」安奈が諭すように言った。「あと十分か二十分ぐらいじゃないですか？」

「だろうな」和倉は唐突に空腹を覚えていたのだが、彼女の言う通りで、もう少しで第四ステージを突破できる。それなら一気に行ってしまった方がいい。心配事はできるだけ早くクリアしておきたかった。

「よし、行こう」

「了解です」

「右から」

安奈が肩を二度、三度と上下させ、パドルを構えた。右から水に突っこみ、ゆったりしたリズムで右、左と順番にパドルを操る。それに合わせて、和倉も漕ぎ始めた。互いに声を出し合うわけではないが、リズムはぴたりと合っている。今回のレースではシーカヤックが重要なポイントになることが分かっていたから、重点的に練習してきたのだ。
一、二……また一、二……眠くなるほどゆったりしたリズムなのだが、今は焦ることはない。二人のパドルさばきは、声をかけ合っているようにぴたりと合っていて、シーカヤックは海面を滑るように進んでいる。波も収まり、行く手を阻むものはない。左側に停泊していた漁船をあっという間に追い越し、さらにスピードに乗る。
順調に進んでいくうちに、他のシーカヤックの動向が気になってくる。重盛たちも、宮井たちのチームも、ずっと西の方へ流されて——潮流の流れに乗ったのだ——今は見えなくなってしまっている。果たしてどれだけ離れているのか、まったく分からない。もしかしたら自分の判断は間違いだったのでは、と心配になった。距離的にはぐっと長くなっても、潮流に乗ってスピードを上げた方が、結果的に早く斎島に辿りつけたのではないだろうか。既に上陸を果たしているとか……それだと、このステージでは自分たちの負けが確定してしまう。宮井たちのチームの二艘は、間違いなく同じルートを辿っているはずだ。多少の時間差があっても、ほぼ同時に斎島に到着してパンチングを終えれば……。

余計なことは考えるな、と和倉は自分に言い聞かせた。頭を空っぽにしろ。見えない敵——味方もだが——の存在を気にしても、気持ちが乱されるだけだ。

「星名、体調は？」

「問題ないです」

「シゲさんたちは見えないか？」

「いえ……」安奈の顔がわずかに左右にぶれた。前方を照射するＬＥＤの光が揺れる。

「見えないですね。どこにいるんでしょう」

「分からない。相当西へ行ったんだろうな」

「他の島の方へ流されて行っちゃったってことはないですよね」

「さすがにそれはないだろう」

大崎下島から斎島に至る直線ルートには、漁船が並んでいる。誘魚灯が海上の灯台の役目を果たしており、どれだけルートから外れても、それを頼りにすれば最短コースに戻れるはず、と主催者側からは説明を受けていた。だいたい斎島から西の方へ流れてしまうと、島がない……和倉は海図を頭の中で再現した。西の方へ進んでしまうと、次にぶつかる島は倉橋島《くらはしじま》。斎島よりもかなり西の位置——直線距離で二十キロほど離れている。連中もコンパスは持っているし、そこまで間違った方向へは行かないだろう。

「あ」安奈が声を上げた。

「どうした」

「右手、見て下さい」

言われるまま、首だけ動かして右方向を確認する。かすかな光……誘魚灯ではない。もっと白っぽいLEDの光。自分たちと同じようなヘッドライトに違いない。

「シゲさんたちでしょうか」

「宮井たちかもしれない」

「ライトは一つ……二つですかね」

安奈は目がいい。彼女がそう言うなら間違いないだろう。この暗さだと、間違いなくヘッドライトを点灯させているはずだが……三艘のシーカヤックは、かなりばらけているのだろうか。

「あ、今もう一つ見えました」

目を凝らしてみると、確かに光源は増えている。三つ……全部の艇がライトを点灯させたのだ。

「勝てるぞ」和倉は自分に言い聞かせるように言った。光源はかすかに上下左右に動きながら、間違いなくこちらに近づいて来ている。しかし和倉たちとの距離は相当開いており、最短ルートに戻すまでには、かなり長い時間がかかりそうだった。斎島に対して、真っ直ぐではなく斜めにアプローチしていくコースだ。一方こちらは、とにかくこのまま直進すれば、島の北側にある小さな港に入れるはずだ。

まさか、島の西側へのアプローチを狙っているのか？　シーカヤックは、港がなければ接岸できないというわけではない。砂浜があれば十分なのだ。和倉は頭の中で、斎島の地形を思い浮かべた。北側の港の他に、西側、そして南側にも、シーカヤックが辿りつけそうな砂浜がある。しかし、チェックポイントのことを考えると、そのルートを取るのは単なる無駄だ……チェックポイントは、島の北側の集落——集落はそこにしかない——にあるはずだが、西側、あるいは南側からアプローチするには、島のほとんどの部分を占める鬱蒼とした森を突っ切っていくしかない。そのコースの難易度がどれだけ高いか、事前には情報がなかった。それに、明日の朝のリスタート地点は、北側の港と決められている。結局、大きく迂回してでも、北の港に接岸せざるを得ないのだ。

よし、勝てる。

もちろん、重盛たちが遅れても、自分たちが先に到着してチェックポイントを見つけておけば、後で情報を伝えることもできるだろう。

「とにかく、先行しよう」

「了解！」

安奈の声にも力が入った。ゴールが見えてくれば、消えそうになっていた闘志にも再度火が点くものだ。これまでのレースで、和倉は何度もそういうことを経験していた。もう駄目だと思った瞬間、ぽっと胸に灯《とも》る灯《あか》り……。
一、二のリズムを取り戻す。無言の行——スピードが蘇り、筋肉がほどよく緊張してくるのが分かった。これは完全なチーム競技である。あらゆるスポーツの中で、「完全なチーム競技」は、ボートかラグビーのスクラムだけだとよく言われる。全員の力を同じ方向に向け、リズムを完璧に合わせなければならない。今、自分と安奈のリズムは完璧に合っていて、一つの機械になったような感じさえした。目標に向かって一直線、スピードはますます乗ってくる。
勝てる。勝たなければいけない。

何も考えるな——と考えずとも、頭の中は空っぽだった。この快感が、アドベンチャーレースの醍醐味《だいごみ》ね、と安奈は考えた。状況判断、決断を強いられる場面は多々あるものの、そうでない時はひたすら走り、漕ぎ、バイクに乗る。そういう時、自分は無になれると思う。日常のストレスは吹き飛び、生きている実感を得られる瞬間。

しかしふと、余計なことが頭に入りこむ。一番気になるのは、膝の痛みだ。ずっと無事に走ってはきたものの、痛みは残っている。本当はきちんと治療をすべきなのだが、そんな余裕はなかった。斎島に辿り着けば何とかなる——自分にそう言い聞かせる。

しかし、どうしても右の方が気になる。まだ灯りはちらちらと見えているだけだが、急速に大きくなっているような気がした。あれが果たしてシゲさんなのか、宮井たちなのかは、この距離では当然分からない。直進する自分たちと、斜めに進んで来る三艘のシーカヤック……どこかで交錯し、衝突して沈没、と余計な想像が頭に浮かんだ。

大丈夫、とにかく漕ぎ続ければいいんだから。余計なことは考えないようにしよう。何度、同じことを考えたことか。

今はリズムだけを頭の中で刻めばいい。一、二、一、二……ゆったりとしたこのリズムは、鼓動が打つタイミングと合っているようだ。膝の痛みは消えないが、鼓動は安定している——ほどよく緊張した状態。背中と腕は熱を持っているが、これはいつも通りだ。大崎下島から斎島まで直線距離で四キロ……これより長い距離を一気に進む練習もしてきたから、距離的には遠い感じはしない。途中の、潮流に逆らっている時のハードな動きは、予想してもいなかったが。

あれは本当にきつかった。海ではなく、もっと比重の大きい液体の中で、力ずくでパドルを動かしている感じ。液体ではなく、砂か土か……そう、スコップを土に突っこむ感じに似ていた。何度もくじけそうになったが、何とか乗り切った時の解放感は得も言われぬものだった。まさにレースを終えた直後のような解放感。

しかし実際には、レースはまだ道半ばと言ったところだ。第四ステージを終えても、明日の朝には同じコースで大崎下島に戻り、第五ステージに進まなければならない。自分の得意なバイクは最終盤……それまでは体力も温存しておかなければならないし、キャップの不可解な動きも気になっている。

そう、第四ステージで、わざわざ潮流に逆らうコースを選んだのは何故だろう。これはギャンブルだ。潮流は目に見えず、一度突っこんでしまうと、どこで終わるかが分からない。あくまで最短距離を狙ったのだろうが、潮流に乗って省エネで西を目指した三艘と、同タイムになりそうな気配である。となると、自分たちはタイムも稼げず、体力をロスしただけ……シゲさんたちは、潮流に身を任せていたはずで、その時点では軽く時速十キロは出ていただろう。パドルは「補助」として使うだけで……キャップ、海の上でギャンブルは危な過ぎませんか？

しかし、どれだけ疑問に思っても、海上では詰問《きつもん》できない。とにかく早く斎島に渡って、長い夜の間に話を聞き出さないと。

よし、いいリズムだ。背後からキャップの息遣いがはっきり聞こえてくる……それを聞いている限り、キャップも調子は良さそうだ。本当は、シーカヤックは得意ではないのに、必死に……それは自分も同じか。

気持ちは同じ方を向いているはずだ。キャップは何かを隠していて、私は疑心暗鬼……だからチームワークなんて滅茶苦茶のはずなのに、今のところは上手くいっている。不思議なものだ。勝利を目指す気持ちの高ぶりは、どうしても否定できない。

ふいに船体が揺れる。しばらく経験していなかった、横波。まだ海が荒れているのか、とうんざりしてきた。潮流に逆らって漕いでいる時は、上下動が激しくてパドルを安定して操れなかった。またあの繰り返しになるのか……。

「危ない！」キャップが叫ぶ。

危ない？　何が？　思わず振り返って確かめようとした瞬間、一際大きな横波が襲う。何もすることができないまま、二人が乗ったシーカヤックは転覆《てんぷく》していた。

17

何？　何が起きたの？　安奈は一瞬、パニックに襲われた。

最初に感じたのは、ひんやりした心地好さだった。全身汗みずくで、熱が籠っていた体が、芯まで一気に冷やされる。

しかし次の瞬間には、呼吸ができないことに気づいた。海の中？　そう、沈《ちん》したのだ。転覆して、下半身が船体に固定された状態で、逆さづりになっている。いや、逆さづりというか、逆立ちして上から船体で抑えつけられた感じ。冗談じゃない。安奈はすぐに目を閉じ、口もしっかり閉ざした。海水を呑んでしまったら、本格的に危ない。

すぐに目を開ける。周囲の状況を確認しないと、元に戻れない。だけど、どうする？　またもパニックに襲われた。この場合、脱出方法は二つ。体を引き抜いてから船体をひっくり返す――これだと確実に復元できるものの、船内に水が入る可能性が高くなり、レース続行が難しくなる。陸が近ければ、泳いで押して行くこともできるのだが、斎島はまだはるか向こうだ。となると、もう一つの方法――ロールでいくしかない。

腰を上手く捻り、パドルで水面を強く叩くことで勢いをつけて船体を回転させ、復元する――練習に練習を重ね、安奈は自分一人なら綺麗に船体をロールして復元させられるようになった。しかし二人だと、どうしても上手くいかない。水中で意思の疎通ができない状態では、タイミングを合わせられないのだ。

肩に手が触れる感触——キャップだ。置かれた手が三度、肩を叩く。一、二、三でロールだ、と瞬時に理解した。

予想通り、キャップが肩をもう一度三回叩く。安奈は腹筋に力を入れ、パドルで強く水を掻いた。ライフジャケットの浮力もあって上手くいく——船体は起き上がりかけ、安奈の顔は海面に出た。そのタイミングを利用して、思い切り息を吸いこむ。海水の飛沫《しぶき》が口に飛びこみ、気管に入りそうになったが、何とかセーフ。咳きこみでもしたら、それだけで窒息してしまう。

これで……駄目だ。起き上がり切れずに、シーカヤックはまたひっくり返ってしまう。しかし今度は心の準備ができていたので、それほどパニックにならずに済んだ。水中に戻ってキャップの合図を待つ。来た。また三度、肩を叩かれる。よし、次のタイミングで何とか……もう一度合図。先ほどよりも強く腰を捻り、水をかく。よし、いける——ところが二人のタイミングが微妙にずれてしまった。何とか船体は九十度まで復元したが、そこからはどうしても元に戻らない。再び水中に没しながら、これはもう、下半身を抜くしかないだろうと覚悟した。その後でまた乗れるかどうかは分からない。私の嫌いな賭け——でもキャップは、賭けに出るかもしれない。このレースでは、とにかくギャンブル続きなのだから。

キャップは、あくまでロールでの復元にこだわっている。三度目の合図。やるしかない……覚悟を決めて、安奈は必死に起き上がろうとしたが、やはり上手くいかない。何度もこんなことを続けていたら、体力を消耗するばかりだ。このままじゃ棄権――諦めが心を過《よぎ》った瞬間、パドルに他の力が加わった。水を叩き終えて海上に出たパドルを、誰かが摑んで押している。一瞬力が加わっただけだが、それでも一気にシーカヤックは元に戻った。

久しぶりに海上に出た瞬間、「危ねー」という誰かの声が耳に届く。危ないって、何が……周囲を見回すと、すぐ隣にシゲさんとマキが乗ったシーカヤックがいる。危なっかしく揺れているのを見て、安奈は瞬時に状況を悟った。二人のうちどちらかが、私のパドルを押して、復元に手を貸してくれたのだ。その結果、自分たちの船体が揺れて沈しそうになった……二人が巧みにパドルを操り、何とか船体を安定させる。

「大丈夫か！」シゲさんが叫ぶ。

「オーケイ」

キャップが声を張り上げる。どうやらまだ、体力を消耗し切った感じではない。安奈も返事しようとしたものの、息が継げなかった。荒く呼吸しながら、右手を上げるので精一杯だった。

「さっきのは、ひどい横波でしたね」これはマキの声。

「油断してたよ」キャップが弁解するように言った。

船体はまだ揺れている。島へ近づいて、また潮流が変わったのだろうか。

「少し休もうぜ」シゲさんが探りを入れるように言った。「相当無理しただろう？　それで沈じゃ、体力も限界だ」

「宮井たちはどうした？」キャップが鋭い口調で訊《たず》ねる。

「もう先に行ってるよ。抜かれたな、クソ」シゲさんが吐き捨てる。

「愚痴を言ってる場合じゃない」

キャップの言葉に続き、船体が前に出始めた。自分を無視してまた漕ぎ始めたのだとすぐに分かる。

「キャップ……」少し体を捻って声をかける。いくら何でも、そこまで焦《あせ》らなくても。正直、一分でいいから休みたかった。まだ呼吸が整わないし、恐怖と緊張のせいで体が震えている。これじゃとても、ちゃんとパドルを操れない。それでも、キャップ一人に負荷を任せられないと、安奈は必死でパドルを動かし始めた。腕がだるい……それに、やはり気管に海水が入ってしまったのか、咳きこんでパドルを操れなくなってしまった。

「おい、キャップ！」

後ろからシゲさんの声が飛ぶ。二人が乗るシーカヤックがすぐに追いついて、並走し始めた。ちらりと横を見ると、前に乗ったマキが、心配そうにこちらを見ている。本当に心配だよ……思わず弱音が心の中で膨らんだ。

「キャップ、少し休憩しろって！」

シゲさんが怒鳴る。しかし、背後から押される動きに変わりはない。安奈がサボっていても、自分一人の力で何とか斎島までたどり着こうとしているようだった。

「星名が動けないぞ！」

そんなこともない……しかし、パドルは動かしているものの、ほとんど推進力になっていなかった。咳を押さえようと体を折り曲げたために、パドルが宙に浮いてしまう。それでようやく、キャップが動きを止めた。惰性でシーカヤックはゆっくり前に滑っているものの、実際には海上で漂っているも同然である。

マキとシゲさんのシーカヤックがゆっくりと近づいて来た。かすかに接触し、一度バウンドして離れたが、すぐにシゲさんがこちらの船体を摑《つか》んで安定させる。マキが、自分のボトルをバックパックから抜いて渡してくれたので、長く一息に水を呷《あお》った。

「大丈夫ですか？」マキが心配そうな口調で訊ねる。

「……何とか」ようやく咳が収まった。マキにボトルを返すと、深呼吸してパドルを構える。

「星名、ちょっと待てよ」シゲさんが声をかけてきた。尖った口調で、怒りが滲《にじ》んでいるのが分かる。「少し休め。せめて呼吸が戻るまで」

言われるまま、深呼吸してみる。沈しただけなのに、この深いダメージは何だろう……肉体的な問題ではなく、相当なパニック状態に陥っていたのだと改めて意識する。シゲさんたちが助けに来てくれなければ、まだひっくり返ったままだったかもしれない。タンデムのシーカヤックを、ロールで復元させるのはやはり難しいのだ……。

「キャップ、焦ってもしょうがないだろう」シゲさんが諭した。「宮井たちのチームはとっくに先に行ったんだ。これからだと追いつけないよ」

「クソ！」キャップが毒づく。

「キャップ、今日のあんたはおかしいぞ」

無言……シゲさんは結構きつく言っているのに、キャップは反論しようともしない。

「何で焦ってるんだ？　コース取りもそうだよ。わざわざ潮流に逆らって行ったのはどうしてだ？　潮流の様子によっては、一度流れに乗って体力温存、迂回コースを取るっていう作戦になってたじゃないか」

「分かってますよ」キャップが吐き捨てる。

「事前の計画を変更するほどの問題があったのか？　俺には分からない」

「最短距離で行こうとしただけです」

「それならそれで、予めそういう作戦を立てておかないと……陸上ならともかく、海上でバラバラになったらトラブルの元だぞ。実際、あんた、溺れ死にそうになってたじゃないか」

「大したことじゃない」キャップが強がって言った。

「おいおい……俺たちが来なかったらどうなってた？　今頃棄権だぞ。だいたい、衛星携帯は無事なのか？」

「もちろん。ちゃんと防水対策はしている」

「使わずに済んでよかったな」皮肉を吐いて、シゲさんがパドルをこちらの船体に押し当てて離れる。その乱暴な動きは、チームワークの崩壊を象徴するようだった。

「マキ、行くぞ」シゲさんが声をかけ、パドルを水に入れる。

「いいんですか？」マキが遠慮がちに訊ねる。

「いいんだよ。俺たちは元気なんだから。沈するようなヘマはしてない……ほら、さっさと漕げよ！」

シゲさんが、ゆったりした動作でパドルを繰り出す。マキは前を向いているのに、後ろにいるシゲさんの動きが見えているかのようにぴたりとリズムを合わせている。何だかんだ言って、この二人は名コンビなのだ、と安奈は安心した。

「キャップ、行きましょう」呼吸も安定して、もう漕ぎ出せる——安奈は声をかけたが、キャップは動こうとしない。

「キャップ？」

「あ？　ああ……じゃあ、行くぞ」それまで気を失っていたのが急に意識が戻ったかのように、キャップが慌てて言った。

リズムを合わせて漕ぎだす。シゲさんたちはもう、かなり離れてしまっていた。このロスは大きい……斎島に到着しても、まだチェックポイントを探す作業が残っているのだから。先に上陸した宮井たちのチームは、もうチェックポイントを見つけてしまっているかもしれない。明日の朝は何分遅れのスタートになるのかと、ひどく心配だった。

すっかり暗くなった海上で、ひたすら漕ぎ続ける。まだまだ体力は残っていると思っていたが、どうしてもスピードが乗らない。シゲさんたちのシーカヤックも、どんどん遠ざかってしまう。潮流に逆らわずに行ったシゲさんたちの作戦が、やはり正解だったのか……安奈は倒れそうなほどの疲れを感じていた。体が熱いのに寒いという、不思議な感覚。全身ずぶ濡れ、しかも海風に吹かれているので、体温が急激に奪われているようだ。これはまずい。体の冷えは、どんな状況でも危険を生む。とにかく、島に上陸してしまわないと……濡れたウエアを乾いた新しいウエアに着替え、体を休める。そうしないと、体力云々と言う前に、風邪を引いてしまうかもしれない。

一気に不利な立場になってしまった。これはキャップの判断ミス……結局遠回りしたシゲさんたちの方が、体力を温存できたのだ。どうしてこんなに判断ミスを繰り返す？　今回のキャップは、いったいどうしてしまったのだろう。

防波堤を抜けて湾内に入ると、和倉は久々に「揺れていない」灯りを見た。この港は、陸地に向かって左側にフェリーが発着する桟橋があり、正面は砂浜になっている。そこに、無数の提灯《ちょうちん》が灯《とも》されていたのだ。光量に乏《とぼ》しいろうそくだろうが、それがいくつも並んでいると、それなりに明るい。ほっとして、和倉はラストスパートに入った。湾内はさすがに静かで、シーカヤックは滑るように進む。かなりダメージを負っていた安奈も、やっと普段のペースを取り戻したようだ。何というか……やはりタフな女である。タフというか、回復力が凄まじい。男の自分でも唖然とするほどだった。

最終的に、シーカヤックは浅瀬に乗り上げた。そこで乗り捨て、浅い海の中に降り立つ。脛《すね》から下を濡らすひんやりした水の感触で、疲れが抜けていくようだった。体全体はまだ濡れていて不快なのだが、それでも足が冷えるとリラックスできる。他に、シーカヤックが三艘、砂浜に乗り上げていた。和倉は水の中に入り、船体を押し出して砂浜に上げた。大変な負荷……下半身も腕も引き攣《つ》りそうになる。安奈が前から引っ張ってくれたものの、大したサポートにはならなかった。

先に到着していた重盛たちの姿は見えない。チェックポイントを探しているのだろう。それにしても、この小さな島のどこにチェックポイントが……事前に確認した限り、十数戸の家があるだけで、あとは鬱蒼《うっそう》とした森なのだ。

まばらな拍手を受けて、はっと顔を上げる。島民の出迎えか……確認している余裕もない。狭い砂浜を歩いていると、それだけで疲れを実感した。柔らかい砂に足が埋まる、重たい感触。砂浜の先はすぐに、細い道路になっている。堤防を兼ねているようだが、車も通れそうにない。そもそもこの小さな島に車はあるのだろうか。

砂浜の一角に、主催者のテントが張ってある。手持ち無沙汰のスタッフが四人。基本的に、選手に手を貸すことはない——トラブル対策で待っているだけなので、やることがないのだ。本当に忙しくなるのは明朝だろう。他のチームの選手たちが一斉に上陸するから、予想外のトラブルが起きる可能性もある。

民家は、北側の海岸沿いに集まっている。おそらくこの近くに、チェックポイントがあるはずだ。

「チェックポイントは神社ですよ、たぶん」前を歩く安奈が振り返って言った。

「ああ……このレースの主催者はその類が好きだよな」ここまでのステージのうち、一つは神社、もう一つは観音像だった。田舎の島故《ゆえ》、チェックポイントに使えそうな場所があまりないだけかもしれないが。

「神社は、ここをちょっと入ったところにあるはずです」安奈がずんずん先に進んで行った。体力を回復したどころか、今は完全に自分をリードしている感じである。

それにしても、他の選手はどうしたのだろう。まさか、チェックポイントはここからまったく見えない森の奥深くとか……すっかり暗くなり、ヘッドランプの灯りだけでチェックポイントを探すのは難しい。かといって、明るくなってからというわけにはいかない。明日の朝一番、できるだけ短いタイム差でリスタートするためには、一刻も早くパンチングを終えねばならない。

それにしても、何ともノスタルジックな街並みだ……新しい家は一軒もない。交通手段が船しかない離島とはこういうものか……そして静かである。浜には出迎えの人たちがいたが、多くの人はレースに興味もなく、家に籠っているのだろう。家には灯りが灯っているものの、人の気配は感じられない。何だか、打ち捨てられた無人島に上陸してしまったような気分だった。

浜のすぐ近くに、学校のような大きな建物がある。ただし灯りは灯っておらず、人の姿もない……もしかしたら本当に、廃校になった学校かもしれない。その横には診療所があったが、こちらも使われている形跡はなかった。医師も常駐していないのかもしれない。

「あ」安奈が声を上げる。「シゲさんです」

狭い道路から、重盛が姿を現した。げっそり疲れた表情だが、目は輝いている。すぐ後ろから牧山も現れた。

「そこの神社がチェックポイントですよ」牧山が言った。

「宮井たちは？」やはりそうか、と思いながら和倉は訊ねた。

「見てません……もうパンチングを終えたんでしょうね」牧山ががっかりした口調で答える。

「済ませてくる」

また地味な――小さな神社だった。パンチングのマシンはすぐに見つかり、チェックポイント通過完了……和倉は思わず、膝に両手をついて体を折り曲げた。完全にエネルギー切れ。体も冷え切っている。昼間は三十度近くまで気温が上がり、暑さに悩まされていたのに、今は逆だ。体を冷やさないようにしないと、体調が一気に悪化する。

「戻ろう」和倉は顔を上げ、先に立って歩き出した。今夜はどこで眠るか……どこで休むかも選手に全て任されているが、民家で一夜の宿をお願いするのはルール違反だ。結局、野宿になるだろう。

「どこで寝ますか?」疲れた口調で安奈が訊ねる。

「考えてない」

「雨、ですよ」

言われて空を見上げる。真っ暗で何も見えないが、顔にぽつりと雨滴が落ちた。

「今夜、雨の予報だったたか?」

「いえ。降水確率十パーセントだったはずです」

にわか雨か……しかし、まずい。すぐに降り止むだろうが、これ以上体を濡らしたくなかった。

「さっきの学校みたいな建物は、何だったんだろうな」

「本当に学校じゃないんですか? 廃校になったとか」安奈が気のない返事をした。復活したとはいえ、やはり体力は限界にきているのだろう。

民家の間を縫うような狭い道路を抜け、浜沿いの道路に出る。先ほどの診療所らしい建物の横……この先に、和倉たちが「学校」と見た建物があった。その建物の前に、重盛と牧山が立っている。自販機がある……しかし目を凝らしてみると、電源は入っていなかった。スポーツドリンクの味が喉に蘇ったが、残念ながら自販機は使えない。

「中へ入れますよ」牧山が明るい口調で言った。「宮井さんたちも、中にいるみたいです」

「勝手に泊まって大丈夫かな」

「鍵がかかってないんだから、大丈夫でしょう。たぶん、今回のレースの宿泊場所として想定されていたと思います」

「そうするか……問題があったら、スタッフが何か言ってくるだろう」

この建物から浜に張られたテントまでは、百メートルもない。こちらの動きは、向こうには丸見えだろう。

それにしても不思議な建物だった。学校かとも思ったが、学校の施設とは思えない、六角形の建物が併設されている。

「何なんだろうな」和倉はぽつりと漏らした。

「研修施設か何かだったみたいですね。学校を改装したんでしょうけど」牧山が顎を撫でる。最年少のこの男は、まだ元気満々だった。

四人は無言で、建物の中に入った。寒さと風から遮断され、ほっと一息つく。これなら、無事に島の一夜を過ごせるだろう。

同じように考えたのか、大きな部屋——たぶん元教室だ——の片隅に宮井たちが固まっている。和倉たちが入って来たのに気づくと、宮井がにやりと笑って右手を上げて見せた。

「半分使わせてやるよ」

子どもの陣取りかと苦笑しながら、和倉はうなずきかけた。教室の隅と隅――大声で話し合っていたら、会話は丸聞こえだ。

「着替えたら、ちょっと外へ出よう。作戦会議だ」和倉は三人に声をかけ、すぐにウエアを脱いだ。胸元に手をやり、カードホルダーを確認した。防水性なので、娘の写真は無事……ほっとしてバックパックを漁《あさ》り、乾いたウエアを取り出す。着替える前にタオルで体を拭き、頭をゴシゴシ擦る。それで体から水気が取れ、少しだけ温かくなってきた。

安奈は着替えのために教室の外に出た。牧山も重盛もむっつりと押し黙ったまま、着替えている。安奈はなかなか帰って来ない。まさか、その辺で倒れているのではと不安になって、和倉は部屋の外へ出た。その瞬間、戻って来た安奈とぶつかりそうになる。しかし安奈はびっくりすることもなく、嬉しそうな表情を浮かべていた。

「水道、使えますよ」

「そうなのか？」建物自体がもう使われていないようだから、水道も駄目だろうと思っていたのだが……実際、電気は通っていないようで、室内も真っ暗だった。

「とりあえず、水は補給できますね」

「飲んだか？」

「ええ」

「飲めたんだな？」

「私を実験台にしないで下さい」むっとして安奈が言い返す。

「ああ……そうだな。悪い」

謝ると、安奈が驚いたように目を見開いた。そういえば、こんな形で彼女に謝罪したことなど、一度もなかったはずだ。そもそも、謝罪するような状況に陥ったこともないのだが。

「ちょっと外へ出るように、皆に言ってくれ。宮井たちには打ち合わせを聞かれたくないんだ」

「分かりました」

うなずき、安奈が部屋に入って行く。水が飲みたかったが我慢して、和倉はそのまま外へ出た。体が乾いたので、空気の冷たさは何とか我慢できる。

外には、テーブルと椅子が置いてあった。埃《ほこり》でだいぶ汚れているが、無視して腰かける。屋根がさしかけられているので、雨も気にならなかった。足を組もうとしたが、左足を上げて右足に乗せるだけでも一苦労する。それだけ下半身も疲れている……今回はどうにも上手くいかず、体力の消耗も激しいようだ。これぐらいでへばっていたら、本格的に海外のレースに参加することなど、夢のまた夢だ。

三人がのろのろと外へ出て来た。二つあるテーブルに、二人ずつ分かれてつく。牧山は、和倉のバックパックを持ってきていた。

「作戦会議の前に、飯にしませんか？　栄養補給の時間ですよ」

「これは？」

言われてみれば……もう八時近いのだ。さっさと食べてさっさと寝る――明日に備えるにはそれが一番だ。

ささやかな晩餐《ばんさん》……こうやって座って食べられるだけましだ。徹夜で走り続けるレースの時など、走りながら食べたり飲んだりしなければいけない。それぞれが、自分の食糧を取り出してごそごそと食べ始める。何となく気持ちが乗らない。もちろん、豪華な晩餐ではないから盛り上がるはずもないのだが、普段はもう少し気楽な話題が出る。この嫌な雰囲気を作っているのが自分だということは、十分自覚していた。

和倉は敢えてゆっくりと食事をした。定番のシリアルバーにチョコレートバー。それに今回は、ビーフジャーキーを持ってきている。あまりかさばらないし、軽いのが良さそうだ、と思った。普通は高カロリーですぐにエネルギーになるものばかりを選ぶのだが、味のアクセントになるものが欲しかったこともある。和倉は自分の分のビーフジャーキーを取り出すと、袋を他の三人に回した。安奈と牧山は袋を受け取ったが、重盛は首を振って拒否……かなり怒っている。

取り敢えず無視しておくことにして、ビーフジャーキーをゆっくり噛んだ。甘ったるいシリアルバーの味が、香辛料の効いた塩味に駆逐《くちく》されていく。これは予想よりも胃に溜まりそうだ……今後、常に持参するようにしてもいいな、と思った。

横では、安奈がビーフジャーキーを嚙みながら、丁寧にみかんを剝《む》いている。袋の筋まで一本一本取って……彼女は、こういうところだけやけに神経質だ。重盛はいつものコンデンスミルク。あれは走っている時に食べる「行動食」のはずだが……手っ取り早くエネルギー補給するにはいいのだが、夕食としてはどうなのだろう。

和倉は、二つ目のビーフジャーキーに手を伸ばした。口の中でゆっくり繊維《せんい》を解《ほぐ》していく。時間潰《つぶ》しにもいい食べ物だな、と思った。しかし、いつまでも食事に時間をかけるわけにもいかない。さあ、そろそろ明日の作戦を話し合おう——。

「キャップ、さっきのコース取りはどういうつもりなんだ」

重盛がいきなり厳しい声で質問したので、慌ててビーフジャーキーを吞みこむ。この話を蒸し返してきたか……説明できないことを何度聞かれても、どうしようもない。

「あれが最短コースだった」

「それはそうだけど、効率が悪過ぎる。沈だって、体力を温存しておけば避けられたんじゃないか？」

「それは関係ないですよ。波は避けようがない」

「しょうがないって言うのか？　絶体絶命のピンチだったんだぞ。自分でロールできなかったじゃないか」

「そもそも、タンデムでロールは難しいですよ」

「キャップ……」重盛が溜息をついた。「いったいどうしたんだ？　何かあるのか？

ギャンブルし過ぎるよ。このステージだけじゃないぜ？　前のステージでも、コース選びはあれでよかったのか？」

「第三ステージまでは勝ち続けたでしょう？　結果オーライですよ」

「ああいうギャンブルは、キャップらしくないぞ。宮井たちに勝ちを譲るつもりか？」

「まさか」頭に血が昇るのを意識しながら、和倉は反論した。「何で俺がそんなことを」

「それは分からないけど……」重盛が唇を噛む。

「俺は勝つためにここに来たんですよ。しかも今回は、シゲさんの最終レースだ。勝つためには、多少のギャンブルも覚悟しないといけない。宮井たちは強敵なんだから」

「それは認めるけど、いつもと違うやり方を選ぶと失敗するぞ。慣れたやり方が一番だ」

「勝ちに行きましょうよ」和倉はムキになって言った。

「で、明日の作戦は？」

「次のステージまでになるべく差を縮める。陸上ではこっちが絶対に有利なんだから……」

嫌な沈黙が流れる。こんなことは、わざわざ作戦会議を開かずとも、全員分かっているだろう。和倉は人の気配に気づいて周囲を見回した。宮井たちが出て来たのかと思ったが、浜の方から大会スタッフが近づいて来たのだった。

「お疲れ様です」まだ若いスタッフが、愛想よく言った。雨はまだ降り止まず、雨合羽はぐっしょりと濡れている。「明日の朝なんですが、予定通り最初のチームは六時スタートになります」

「タイム差は?」和倉は反射的に訊ねた。

「五分——正確には四分四十秒です。タイム差通りに順次スタートで」

厳しい——シーカヤックを得意にする宮井たちは、復路でさらにタイム差を広げるはずだ。

「天気はどうなんですか?」和倉は訊ねた。ネットを使えないと、こんなことすら分からない。「今夜は、雨の予報じゃなかったですよね?」

「これはにわか雨だと思います」スタッフが両手を広げ、掌《てのひら》に雨を受けた。「明日の降水確率は十パーセントですから、雨の心配はいらないでしょう」

「後続のチームは?」

若いスタッフが、穏やかな——本音の読めない笑みを浮かべる。「それは言えません」と予想通りの答えを返してきた。現段階で後続のチームが斎島まで来ていないということは、気にする必要もないわけだ。少なくとも一時間ぐらいのリードを保っていることになるのだから……レース後半の展開は、自分たち「チームP」と宮井たちのマッチアップのまま進むだろう。第四ステージで負けるとは思ってもいなかったが。

「それでは、明朝六時に」若いスタッフが会釈《えしゃく》し、建物に入って行った。宮井たちにも同じことを伝えるつもりだろう。

降水確率十パーセント……今日のような海の荒れを気にする必要はないだろう。問題はむしろ、暑さかもしれない。今は結構冷えこんでいるが、今日の昼間並みの暑さになったら、海上では遮《さえぎ》るものは何もない。脳天を焼かれながらシーカヤックを漕ぐのは、拷問《ごうもん》を受けるのに近い。

「明日は、必死に漕ぐしかないな」

「潮流は気にしなくていいのか」重盛が皮肉っぽく言った。

「夕方と朝では、潮流が微妙に変わります。朝方は、気にしないで真っ直ぐ漕いでいけるはずです。最短時間――一時間で大崎下島に戻りましょう」

「問題は、どれぐらい差を詰められるかですね」牧山が心配そうに言った。「四分四十秒差は、結構きついですよ」

「そこは頑張るしかない……とにかく、大崎下島を目指して、最短距離で漕いでいこう」

三人とも納得していないようだった。どう考えても、これしか作戦がないのは明白なのだが……事情を話せないもどかしさを感じながら、和倉は打ち合わせを打ち切りにした。

「明朝、五時起床。朝食、体を解した後、復路に備える。今夜は十分休んで下さい」

言わずもがなの指示。これしか言えないのだが、仕方がない。和倉は荷物を片づけて立ち上がった。水を用意しておかないと……それより何より、今夜眠れるかどうかが不安だった。

ふいに、一つのアイディアを思いつく。もしかしたらルール違反かもしれないが、誰にも見つからなければ問題にはならないはずだ。住人二十人の島……監視している大会運営スタッフも数人しかいないから、見つからない可能性は高い。

よし。安心のためには、この作戦を実行するしかない。決行時間は真夜中。数時間寝て起き出す……もしかしたらそれまで眠れないかもしれないが。それほど心はかき乱されているのだ。

こんなことは初めてだった。

安奈は、雑魚寝《ざこね》には慣れている。二日以上に及ぶレースの時には、とにかく体を休めるために、どこでもすぐに眠りに落ちる習慣が身についていた。今日はまだ、ましな方だろう。広い部屋――やはり元は教室だったようだ――で、埃っぽいことを除けばそこそこ快適である。雨は避けられるし、風も吹きこまない。

キャップに聞きたいことはあったが、これ以上突っこむとチームの輪を乱すことになるかもしれないし、キャップに機嫌を損ねられては困る。疑念を抑えこんで、安奈は何とか眠りについた。三人が固まって寝ている場所から少し離れて、バックパックを枕にする。タオルを体にかければ、もう準備完了。床が硬いので、明日の朝には体ががちがちになってしまうかもしれないが、これより悪い環境で寝たことは何度もある。時には、歩きながらうたた寝することさえあるのだ。この話を友人たちにすると「まさか」と一笑に付されるのだが、本当なのだからしょうがない。極限状態になると、体と脳の働きを切り離せるようなのだ。

――ふいに目が覚めた。誰かが脇を通り過ぎる気配。足音を殺そうとしているようだが、音はしなくても気配はする。やはりレース中は気が張っているのか、安奈の眠りも浅い。針が落ちた音が聞こえただけでも、完全に眠りから引きずり出されただろう。

寝ていよう、と思った。寝なければ。しかし気になってしまうと、もう寝つけない。元々神経質な方なのだ。

ゆっくり目を開けると、誰かが部屋を出て行くところだった。レギンスの色――黒――からキャップだと分かる。左腕を持ち上げ、腕時計で時刻を確認すると、間もなく午前零時である。こんな時間に……トイレだろうかと訝《いぶか》ったが、そうではないという勘が働いた。

ゆっくり、音を立てないように起き上がる。体の節々が痛く、特に膝は熱を持っているようだった。この膝が、後でトラブルの種にならなければいいけど、と思いながらゆっくりと屈伸を繰り返す。大丈夫、ちゃんと動く。この痛みはあくまで打撲によるものだと自分に言い聞かせ、安奈は部屋を出た。

建物から出るとすぐ、キャップの姿を見つけた。浜沿いの細い道路を、背中を丸めて歩いている。まるで何かを探すように……こんな場所で？　安奈は首を傾げながら、十分距離を取るように意識して尾行を始めた。何しろ人っ子一人見当たらない離島の夜である。キャップが振り向いたら、すぐに安奈に気づくだろう。

最初、キャップはシーカヤックの方へ向かうのではないかと想像した。宮井たちが明日使うシーカヤックに何か細工して……まさか。思い切り頭を振り、今浮かんだばかりの想像を追い払う。あのキャップが、そんな卑怯な真似をするわけがない。

キャップは浜の方へは降りていかずに、民家が並んでいる一角に入って行った。どこかの家に行こうとしている？　何のために？　食べ物でももらいに行くつもりだろうか。それは確かに、夕食は十分とは言えなかった。あれだけエネルギーを使ったのだから、本当は量たっぷりの夕食でカロリー補給をしたいところだ。だけど、何もこんな時間に食べ物をもらいに行かなくても……だいたい、こういう行動はキャップらしくない。

昔、少し酔っ払ったキャップが言っていた言葉を思い出す。

「レース中は完全に孤独だよな」

どういう意味だと聞いてみると、彼はレース中、周囲の状況を完全に遮断《しゃだん》することができるのだという。そしてそういう状態が好きなのだ、とも。

アドベンチャーレースは、様々な環境の中を走る。人気のない山の中のこともあれば、都市型マラソンのように、大都会の真ん中を走り抜けて行くこともある。垂直にも思えるような山岳コースをバイクで行くことも……しかしレースに集中していると、何も気にならなくなるのだという。目の前のルートにだけ集中してしまう。

「結局、アドベンチャーレースをやってるのは、日常からの逃げかもしれない」とキャップは続けた。仕事。家族。毎日きちんと対峙しなければならない日常を、レースの最中だけは忘れられる。体と精神を痛めつけ、ひたすら勝つことのみを考える時間――それを経て、また日常に戻ってくるわけだ。

その感覚は、安奈にもよく分かった。

それ故、今のキャップの行動が理解できない。レースの最中――今は休憩中だけど――に関係ない人と接触しようとするなど、あり得ないことだった。

どうもキャップは、特定の家を目指しているわけではないようだった。会うべき人がいるわけではないらしい……慎重に、家々を覗きながら歩いて行く。細い道路をどんどん歩いて行って、やがて集落の一番端まで来てしまった。そこでようやく、一軒の民家に近づく。ここが目的地？　他の家と何が違うのかはすぐに分かった。

この家には灯りが灯っている。

まるで、キャップが来るのが事前に分かっていたかのように。キャップは私たちに知らせず、斎島に住む人と連絡を取り合っていたのだろうか？　でも何のために？　意味が分からない。しかも家に近づく訳にはいかないので、ストレスが溜まる一方だった。仕方なく、かなり離れた民家の塀を利用して、自分の姿を隠す。この距離だと、話をしていてもまったく聞こえないだろう。

だがすぐに、怒鳴り声が聞こえてきた。

「こんな時間に何じゃ！」

それに対して、キャップはどうやら、ぼそぼそと低い声で何か説明しているようだった。当然、内容はまったく聞こえてこない。何度も頭を下げているのは見えたのだが……こんなに低姿勢のキャップを見るのも珍しかった。

「じゃあ、入りんさい」

許可が出た？ びっくりして、安奈は丸めていた背中を伸ばした。こんな夜中に、見も知らぬ人を家に入れる？ いくら田舎とはいえ、これは防犯的に褒められたことではない——つい、警察官的発想で考えてしまった。

キャップは玄関の中に消えた。安奈は反射的に腕時計を見て、ストップウォッチで時間を計り始めた。問題の家の玄関を凝視したまま、時間が過ぎるのをじりじりと待つ。出て来ない……まさか本当に、何か食べさせてもらっているとか？ あるいは風呂に入れてもらっている？ いったい何なんだと、混乱するばかりだった。

ドアが開く音がしたので、ストップウォッチを停止する。ちらりと見ると、三分十五秒しか経っていなかった。短い……トイレでも借りたのだろうか。

キャップは夜空に顔を向け、もう降っていない雨を受け止めているようだった。下を向くと、ウエアの首元に手を突っこんでカードホルダーを取り出す。レースの時にいつも持ち歩いている娘さんの写真だ……そこに視線を落とし、しばらくそのまま固まっていた。まるで娘さんの身の上を案じるように。やはり、家族に何かあったのだろうか。

キャップが、こちらに向かって歩いて来る。どうする？　今すぐ立ち去れば、顔を合わせずに済むだろう。でも、それでは何も分からず、疑念が募るだけだ。あれこれ考えて眠れなくなり、明日のレース展開に悪影響が出る……聞いてみよう、と決めた。今日何回も「何かあったんですか？」「何もない」という会話を繰り返して来たが、今度こそ言い逃れは許さない。絶対に本音を聞き出してやる――。

安奈は塀の陰に潜み続けた。いきなり顔を出してやった方が、動揺を誘えるはずだ。動揺すれば、人間はつい本音を吐く。普段、容疑者の取り調べをするわけではないが、そういうやり方は先輩たちから聞かされて知っていた。

キャップが五メートルまで近づいたところで、安奈は塀から出た。ぎょっとした表情を浮かべてキャップが立ち止まる。

「星名……」声が闇に溶けた。

「こんな時間に散歩ですか？」安奈は皮肉っぽい台詞を吐いた。わざとらしく腕時計を掲げ、「もう十二時を回ってますよ」と告げる。

「いや、別に……」

「さっき訪ねて行った家は何なんですか？　知り合いですか？」

「いや」

否定の声に力はない。一瞬、安奈は「気の毒だ」と思った。何があったかは分からないが、彼が打ちひしがれているのは見ただけで分かる。暗闇の中に溶けこんでしまいそうな顔は、ひたすら暗かった。

「キャップ、今回は本当におかしいですよ」

「何が?」

「コース設定も滅茶苦茶です……本当に勝ちたいんですか?」

「もちろんだ。一番で最終ステージまでクリアしたい」

「そんな風には思えないんですけど」安奈はキャップの目を真っ直ぐ見た。「今の家で何をしてたんですか?」

「いや、別に……」曖昧《あいまい》な答えを繰り返す。

とても納得できなかったが、これ以上追及する材料もない。これじゃ自分は絶対に刑事になれないな、と情けない気分になった。

「事情を話してくれる気はないんですか?」

「事情も何も、別に話すことはないから」

「本当に?」

「君に嘘ついてどうするんだ」

「ご家族のことじゃないんですか? 今、娘さんの写真を見てたでしょう。すごく心配そうでした」

「離れてるんだから、心配に決まってるじゃないか。まだ二歳なんだぞ」

「病気とかじゃないんですか? だったら本当に、レースどころじゃないでしょう。シゲさんだって、棄権しても文句は言わないと思いますよ」

「そういうことはない」

「さっきの家で電話を借りてたんでしょう。家に連絡を取るためじゃないんですか？心配事があるから……」

「違う」

キャップの顔が強張《こわば》る。それを見て、彼は間違いなく嘘をついていると安奈は確信した。しかしそこは、追及しないことにする。

「そうですか……一つだけ、約束してくれませんか？」

「何だ？」

「無理しないで下さい。それと、本当にこのままレースを続けるつもりなら、冷静に考えて下さい。勝つためにどうしたらいいか……今回のキャップは、ギャンブルし過ぎです」

「シゲさんに勝たせたいんだ」

それが言い訳に過ぎないことを、安奈は悟っていた。だが、そこから先へは進めない。自分の弱さを情けなく思ったが、あてずっぽうで適当なことは言えない。

「とにかく……」キャップが咳払いした。「勝ちたい気持ちが強過ぎるのは確かだ。今回は、ちょっと気持ちが先走りし過ぎているのは間違いない」

「スタート前には、こんな感じじゃなかったですよね」

「そうだな……スタートしたら、いろいろ考えるようになっただけだ。とにかく、戻ろう。もう寝ないと、明日に差し障る」

キャップが歩き出す。安奈は彼の横に並んで、歩調を整えた。雨の名残のせいか、湿気が強い。できたら明日は、からっとした天気になって欲しいと安奈は切に願った。長い距離を走るレースでは、湿気も大敵なのだ。湿度が高いと、余計な汗をかき、体が重くなってくる。

「明日は晴れそうだな」キャップがぽつりと言った。

「だといいですね」安奈は話を合わせた。

「大丈夫だろう。とにかく、大崎下島に戻ってから頑張ることだな」

「それが作戦ですか？」

「今のところは」

やっぱり釈然としない。

「キャップ、本当に……ご家族に何かあったんですか」

「いや」

「でも、心ここに在らずじゃないですか。キャップが心配することなんて、ご家族のことぐらいでしょう」

「何もない」

キャップの口調は強張っていた。こういうことも滅多にない。安奈は、次第に不安が募ってくるのを意識した。これじゃ、睡眠不足とは関係なく、調子が狂ってしまう。

「とにかく、早く寝よう」

あなたが夜中にうろつかなければ眠れていたのに、と恨み節が出そうになる。しかしキャップに、そんなことは言えない。

暗い夜空の下、二人は無言で歩き始めた。ふと上を向くと、満天の星空……東京では絶対に望めない、まさに降るような星だ。こんな状況でなければ感動して、しばらく立ち止まって眺めていただろう。でも今は、とてもそんな気になれない。


失敗だった。

硬い床の上で横になった瞬間、和倉は先ほどの行動を反省した。まさか、安奈が気づいて追跡してくるとは……行動そのものも、尾行に気づかなかったのも失敗だ。途中で気づけば、あそこまで行かずに引き返したのに。寝つけなくて夜中の散歩だったと言えば、安奈も納得してくれただろう。しかし、地元の人の家に入りこんでいたのを見つけられたら、どうしようもない。

それは、単純ミスによる失敗。

もう一つ、どうしようもないことだが、心配は募る一方だった。

和倉は、電話を求めて深夜の徘徊を始めたのだった。レース開始前には妻に電話する暇がなかったし、運営側から渡された衛星携帯電話を使えばすぐに失格だ。しかし、ここなら民家が——電話がある。灯りが灯っている家を探して歩き回り、集落の一番端で見つけた時の安堵感……「こんな時間に何じゃ！」と怒鳴られた時にはびびったが、広島弁というのは普通に喋っていても怒鳴っているように聞こえるのだと気持ちを持ち直して、事情を説明した。

自分は「とびしま24」に参加している選手だが、どうしても東京にいる家族と連絡を取りたい。しかしルールで携帯電話は没収されていて連絡手段がないので、電話を貸してもらえないだろうか。

家の主人は当然レースのことを知っていて、結果的には気軽に電話を貸してくれた。玄関先で電話を借りて、まず自宅の番号を呼び出す。出ない、やはり誘拐なのか……これで一気に不安が高まった。小さな子がいるのに、夜中に家を空けるわけがない。埼玉の実家に帰っているのではないかと思ったが、さすがにこの時間に実家の電話を鳴らすのは気がひける。代わりに携帯にかけてみたが、「電波が届かないか電源が入っていない」というメッセージが流れるだけだった。いったいどこにいるのか……一応、留守番電話にメッセージを残したが、それだけではまったく安心できなかった。何しろ向こうが気づいても、こちらに連絡してくる手段がないかもしれないのだ。

メールならどうだろうと思い、主人に「携帯は持っていないか」と訊ねたが、「こんな島で携帯は必要ない」と笑われた。

クソ……こんなことなら、電話などかけなければよかった。不安が増すばかりで、かえって状態が悪化している。

頭の後ろで両手を組み、目を開けたまま天井を見上げる。だだっ広い元教室に、八人……隣では牧山が軽い寝息を立てている。俺と安奈が出て行ったのに、まったく気づいていない様子だった。こいつは基本的に図太いんだよな、と羨《うらや》ましく思う。重盛は、寝息さえ立てない。いつもこうだが、まさに死んだように寝てしまうのだ。この二人は明日の朝には体力を取り戻し、万全の態勢でレースに臨めるだろう。羨ましい限りだ……自分は精神的にも肉体的にも、最悪のコンディションでリスタートすることになる。安奈も同じだろう。

何度打ち明けようと思ったか、分からない。言ってしまえば、気持ちもぐっと楽になるかもしれない……しかし言ったところで何の解決にもならず、安奈も不安に巻きこむだけだと気づいた。

事情を知ったら彼女は、自分一人の胸に秘めておくことはできないだろう。重盛と牧山に話せば、二人は「棄権しよう」と言うに決まっている。すぐに警察に連絡して家族を捜せ、と言い出すのは目に見えていた。だがそれでは、家族の身に危険が迫るかもしれない。犯人側の要求に従うしかないと、和倉は覚悟を決めていた。

だからこそ、安奈には話せなかった。決心が揺らいでしまう可能性が高かったから。

ゆっくりと息を吐き、頭の後ろから手を抜く。胸元からカードホルダーを引っ張り出した。ほとんど暗闇の中でも、娘の顔は浮かび上がっているように見える。どんなに暗くても、その顔だけは光り輝くのだ。こんなことなら、このレースに連れてくればよかった。娘は状況を理解しているのかどうか、レースが終わった直後に抱き上げてやると、最高の笑顔を見せる。それを見守る妻は、俺にとってはまさに聖母だ。

溜息をつき、ちゃんと枕になるように、バックパックを調整した。中にいろいろ入っているので、ごつごつした感触が気になる。普段は意識しないが……頭をつけた途端に寝てしまうのだが、今日ばかりは細かいことが気になった。

今はとにかく、少しでも寝ることだ。リスタートすれば、残りは六時間。六時間後には全てが解決しているはずだ。

そうやって自分に言い聞かせようとしたものの、不安は膨らむ一方である。

警察官として考えてみよう、と思った。和倉は刑事ではなく機動隊員だが、警察官として、事件に対する勘のようなものはある。

不思議なことだらけだが……頭の中で列記してみる。そうすると、状況はむしろシンプルだと分かった。
①犯人は、このコースの途中――第六チェックポイント付近で何かを失った。
②その回収を和倉に命じてきた。
それは分かるが、どうしても不自然さは拭えなかった。犯人の要求が正確なら、問題の「ブツ」は崖の下にあるはずである。そんなところに何故、という疑問が最初からあった。

また、どうして和倉に回収を命じてきたかも分からない……いや、だいたい想像はついた。今回は、自治体挙げての大会ということで、ボランティアや警察官がコースのあちこちに散っている。その中に入りこんで妙な動きをしたら目立ってしまう、と恐れたのではないだろうか。あるいは、崖があまりにも急過ぎて、自分たちでは現場に降りることも上がることも叶わない——一方和倉は、軽いフリークライミングならこなせる自信がある。普通の人だったら近づけない崖を何とか降りて、「ブツ」を回収して戻ることは可能だろう。

ドローンではないかとピンときた。急速に普及しているドローンは、あらゆる局面で使われるようになっている。

今回はおそらく、犯罪絡みだ。

こういう手荒な方法——家族を人質にとってまで脅す——を取るということは、間違いなく犯罪につながる話である。クソ、自分は犯罪の片棒を担がされているのか……警察官失格だと思ったが、どうしようもない。とにかく「ブツ」を回収してゴールしないと、家族が危ういのだ。

家族のためなら、この手を汚しても構わない。しかし、仲間たちは……それが心配になった。自分はどうなっても仕方ないと思うが、重盛たちに迷惑をかける可能性を考えるとぞっとした。

しかし……様々な考えが頭の中をぐるぐると回る。ふいにぱっと思いついた。

犯人は絶対に、俺の顔見知りだ。

和倉が普段からアドベンチャーレースに出ていて、フリークライミング的な局面の経験もあることを知っているのが前提で、しかも「とびしま24」に出場することを承知している。

誰だ？　和倉は知り合いの顔を順番に思い浮かべてみたが、ピンとこない。だいたい、犯罪者に知り合いなどいないのだ。

クソ、今夜は絶対に眠れない。人生最悪の夜だ。


夜明け。

午前五時、まだ空気はひんやりしている。和倉は、寝たのか寝ていないのか、自分でも分からなくなっていた。

体に痛みはないが、強張った感じはする。硬い床で寝た後はいつもこうなる……しかし体を動かしていれば、すぐに解れるはずだ。

一人、先に起き出した和倉は、建物を出た。浜沿いの道路をゆっくりと歩きながら体を解す。歩幅を広げることを意識し、時に両腕を空に向かって突き上げ、背中を伸ばしてやった。疲労は濃い……それでもまだやれるはずだ、と自分に言い聞かせる。

いや、やらなければならない。

まだ夜は明け初めず、薄暗がりの中、波の音が遠くで聞こえる。スタートまではまだ間があるので、スタッフも姿を見せていなかった。そう言えば運営スタッフはどこで寝たのだろう。宿があるのか、あるいは民泊したのか。

もう一度だけ、電話を借りようかと思った。昨夜訪れた家を再訪するのは気が進まなかったが、他の家なら……田舎のこととて、どの家も朝は早いだろう。

だが、同じような結果になることは目に見えていた。妻の理沙も、娘の彩も、やはり家にはいないようだ。連絡が取れない場所に閉じこめられているに違いない。傷つけられているかもしれないと考えると、ぞっとした。もしもそんなことをされたら……自分の責任だ。万が一の場合は、アドベンチャーレースから完全に手を引こうと決める。四六時中——は不可能にしても、できるだけ一緒にいてやらないと。

やはりもう一度、何とか手を見つけて電話してみるべきではないだろうか。遠くを歩いている島の人の姿が見える。頼みこんで、何とか……歩みを速めようとした瞬間、背後から声をかけられる。

「よう、早いな」

びくりと身を震わせて振り返ると、宮井だった。気力充実、体調も万全という感じで、顔が輝いて見える。こいつ、第四ステージでリードしたので、気を良くしているな。家族のことを瞬時忘れ、和倉はレースへの執念を思い出していた。

「眠れなかったんだろう」からかうような口調で宮井が言った。

「ああ。リードされるとは思ってなかったから、悔しくて眠れなかった」和倉は半分だけ本音を口にした。残り半分は不安……いや、不安が九割というところか。

「勝負はこれからだな」

「もちろん」和倉は体を捻って、宮井と正面から向き合った。こいつとは、何度戦っただろう……勝ったり負けたり、トータルでは和倉の方が成績はいいはずだ。それだけに、宮井が今回のレースに賭けているのは分かっている。やはり、大きなレースの第一回は大事なのだ。歴史の一ページ目に名前が残る。

「昨日、沈したんだって？」

「何で知ってる？」運営担当者が余計なことを言ったのだろうか、と和倉は顔が赤くなるのを感じた。他のチームの情報を、簡単に漏らされたら困る。

「まあまあ、情報源は秘密だ……しかし珍しいな。お前、今までシーカヤックで沈したことなんてなかったんじゃないか？」

「たぶん……記憶にはないな」

「よほど急に波が来たのか？」

答えられず、和倉はうつむいた。実際に波は来た。だから転覆したのは間違いないが、通常の状態だったら耐え切れたと思う。周囲に目を配り、タンデムしていた安奈と息を合わせれば、絶対に転覆は免れた。二人の意図がばらばらだったが故の沈……重盛たちが助けに来てくれなかったら、どうなっていたか分からない。

「これがあるから、アドベンチャーレースは怖いよな」しみじみした口調で宮井が言った。「俺、時々心配になることがあるよ。もしも事故で俺やお前が死んだら、新聞記事の扱いが一段大きくなる。人の命を救う消防士や警察官がこういうレースで死んだら……なあ?」

「縁起でもないこと、言うなよ」

「ああ、そうだな」宮井がうなずく。「だけどお前、今回は自爆してるみたいだぜ?」

「何が」一緒に走っているわけでもないのに見抜かれているのか、とぎょっとした。

「昨日、何であんな無茶なコースを選んだんだ? 潮流に逆らって行くなんて、常識外れだよ」

「俺は最短ルートを選んだだけだ」

「あり得ないな」宮井が呆《あき》れたように首を横に振った。「体力を消耗するだけ……たとえ沈しなくても、俺たちの方が先に到着してたぞ」

「そうかもしれない」

「実際、そうだったんだ」宮井が言い張った。「勝ちたい気持ちは俺も一緒だけど……無理するなよ。事故になったら元も子もないぞ」

「分かってる。ご忠告、感謝するよ」

宮井が和倉の顔を正面から見た。和倉の「感謝」を本気で受け取っていないのは明らかだった。和倉は思わず目を逸らしてしまった。

この男にも嘘はつきたくない。嘘を言わないためには、目を合わせず、何も言わないのが一番だ。

自分の周りには、真っ直ぐな人間が多過ぎる。

「スタート！」

大声の合図で、和倉がシーカヤックを湾の中に押し出す。浮いたところで和倉も乗りこみ、船体が安定するのを待った。

「よし、行こう」

まず安奈がパドルを振った。右、左……ゆったりしたリズムの一、二。最初の一掻きは安奈だけに任せたからスピードは乗らなかったが、次からは和倉も参加する。船体がぐっと前に押し出される感触——湾の中なので海面は鏡のように凪《な》いでおり、水の抵抗もほとんど感じられなかった。

寝不足だ……結局どれぐらい寝たのだろう。目はしばしばし、体には疲れが残っているのを意識したものの、まだまだ戦える。とにかく大崎下島に戻れば、自分が一番苦手なステージが終わるのだ。

よく晴れている……まだ朝もやが海面低く漂っているが、それでも左に豊島、右に大崎下島がくっきりと見えている。思ったよりも近い。昨日、斎島へ漕いで来る時には、はるか遠い感じがしたのだが、これは島の大きさが違うせいだろう。豊島も大崎下島も、斎島よりずっと大きいから、近く見えるのだ。

シゲさんとマキが先導するのも昨日と同じ。キャップの説明では、朝方は潮流がほとんどない、あるいは弱いから、最短の直線コースで大崎下島を目指すことになっている。そのことだけは、朝方のミーティングで何度も確認していた。二人も特に異論はなく、今朝は議論にはならなかった。

それだけでほっとしてしまう。レース中、「チームP」はよく議論する。エキサイトして、時には「口論」のレベルに達してしまうこともしばしばだ。しかし昨日の険悪なやり取りは、そういうものとはまったく性格が違っていた。一触即発の雰囲気は、これまで経験したことのないもので——非難の矛先は、全てキャップに向いていたのだ。自分も例外ではない。一人、どっちつかずの態度を取っていたのはマキ。マキの場合、キャップに心酔しているし、職場も同じだから逆らうわけにもいかないのだろう。仕事の関係をこういう場に持ちこむのはどうかと思うけど。

とにかく、今日は何事もなくレースが再開した。またキャップが暴走しないといいのだけど……これればかりは何とも言えない。レースの展開次第では、昨日よりひどくなる可能性もある。

後はとにかく、時間との戦いだ。タイムリミットまで、もう六時間を切っている。大崎下島まで、海上を一時間。その後、第五チェックポイントまでは一時間で軽く走り切れるはずだ。そこから中ノ島の第六チェックポイントまでは二キロもないはずだから、とにかく第五チェックポイントまでどれだけ早く到達できるかが重要になってくる。

第六チェックポイントを過ぎれば、後は一番得意なバイク……スタート・ゴール地点の広公園までは三十キロほどで、どんなに難儀しても二時間で走り抜ける自信はある。そう計算すると、タイムリミットには余裕でセーフだ。

ただし、自分たちと宮井のチーム以外は、ゴールできないかもしれない。何しろ、大崎下島と斎島の往復だけでも、最低二時間はかかると見ておかねばならないのだ。これはコースと時間設定のミス……早朝スタートならば、その日のうちにゴールできるかもしれないのに。ただしこれは、台風の影響もあってのことだから、一概《いちがい》には主催者を責められない。

他のチームのことは、取り敢えずどうでもいい。まずは自分たちがベストを尽くすこと。そして、今は背中も見えない宮井たちのチームに一刻も早く追いつくこと。

湾を出ても、海面は依然として凪いでいた。右側から、朝日が強烈な光を投げかけてくる。風は正面からしか感じない——漕いでいるスピードそのままの風速。疲れはあるが、快適と言ってもよかった。

よし、ここは頭を真っ白にしよう。一、二、一、二……そのリズムだけを頭の中で刻み、パドルを操る。単調と言えばこれ以上単調なことはないが、アドベンチャーレースにはこういう側面もある。

意外なことに、シゲさんとマキのシーカヤックはそれほどスピードが乗っていない。あっという間に追いつき、しばらく並走する格好になった。

「シゲさん、疲れてるんですか？」大声で問いかける。

「当たり前だろうが」シゲさんが怒鳴り返した。「お前、何でそんなに元気なんだ？」

「さあ」確かに、よく分からない。疲れているはずだし、自分でもそれは意識していたが……もしかしたら、疲れているのがかえってプラスに働いているのかもしれない。余計な力が抜けて、体の動きに無駄がなくなっているとか。総じて、スポーツでは「力の入り過ぎ」が一番よくない。筋肉は緊張し、動きが小さくなって、本来のパワーが出せなくなる。今は大きく腕を動かし、広背筋《こうはいきん》を使うことだけを意識して、リズムを崩さなければそれでいい。七割ぐらいのパワーをキープし続ければ、自然にスピードも乗るはずだ。

シゲさんたちは、依然として悪戦苦闘している。

「お先に」

一応声をかけて、並走から頭一つ抜け出す。疑念、疲労……しかし爽快感が勝る。

遥か先に、二艘のシーカヤックが見えている。その差、どれぐらいだろうか。追いつけると強がることはできないけど、とにかく離されないで行くしかない。食らいつくのだ。そして勝つ。

羽田空港、午前六時半。

フライトを待つ間、タブレット端末で、レースの様子を食い入るように見守った。画面が小さいので、首を曲げるようにして見入らねばならず、軽い頭痛がしてくる。何しろ昨夜はほぼ徹夜で、早朝、アジトを出て来たばかりなのだ。いろいろ気になることもあるものの――特に監視を引き継いだ杉井が心配だ――飛行中は無理にでも寝ておこうと決めていた。フライトは一時間半ほどだが、座ってシートベルトを締めた瞬間に意識を失うだろう。そして、着陸まで目が覚めなければ、意識はすっきりする。典型的なショートスリーパーで、普段から三時間でも眠れれば、きちんと一日動き回れるのだ。

電話が鳴る。杉井……かけるなと言っておいたのに、どうして勝手なことをする？　舌打ちしたが、無視するわけにもいかず、結局電話に出た。

「はい」

「そろそろか？」

「遅れはない。あと三十分だ」言わずもがなのことをどうしてわざわざ確認するのだろう。杉井の鈍さというか頭の悪さには、毎度苛々《いらいら》させられる。どうしてこんな男を仲間に引き入れたのだろうと、疑問に思うこともしばしばだった。「そちらは？」

「特に問題ないよ」

「食事だけはきちんと出してやってくれ。もう朝食の時間だ」

「この状況じゃ、食べないだろう」杉井が鼻を鳴らす。「しかし、あんたもマメというか……よく飯を作るよな」

「食べないとやっていけない。食べることは人間の基本だ」

「そりゃそうだけど、一日二日放っておいても死ぬわけじゃないだろう」

「それでは人質に対して失礼だ」

「人質は人質だぜ？　生きてりゃ何でもいいじゃないか」

「お前、余計なことを考えてるんじゃないだろうな」思わず凄んでしまう。

「余計なこと？」杉井がしれっとした口調で言った。「俺は単に、時間まで監視を続けてるだけだぜ。無事に取り引きが終わったら、ここを引き払うだけだ」

「大きな声を出すな！」杉井は必ずしも大声を出していたわけではなかったが、反射的に鋭く忠告した。こちらが何を狙っているか……人質に聞かれたら後々まずいことになる。耳栓もしておくべきだったと悔いた。それにしても、杉井の無神経なこと――この男は、何かのきっかけで切らねばならないだろう。そうしないといずれ、足がつく。間抜けな人間が一人いると、失敗する可能性が高くなってしまう。

「とにかく余計なことはしない。不必要なことは喋らない。そこで大人しくしていてくれ」

「子どもと遊ぶのは？　俺は子どもが大好きなんだ」

「絶対に駄目だ。顔を覚えられたらどうする？」本気なのか？　冗談なのか？　顔から血の気が引くのを感じる。

「子どもだぜ？　人の顔なんか覚えてるわけがない」

「駄目だ」低い声で念押しする。「目出し帽は被ったままでいろ。絶対に顔は見せるな」

「目出し帽は暑いんだよな……」杉井がぶつぶつと文句を言った。

「用心しない奴は、絶対に失敗する。失敗したら、それで終わりだ。お前、切られるぞ」

「へいへい」杉井が呆れたように言った。「そこまで神経質になる必要はないと思うがね。そんなにピリピリしてると、そっちこそ失敗するんじゃないか」

「俺は失敗しない」お前とは違う、という言葉を呑みこむ。杉井のことはまったく信用していないが、わざわざ刺激するようなセリフを吐くことはあるまい。ぎすぎすした人間関係は、最後には失敗を招く。

電話を終え、苛々した気持ちを抱えたまま、タブレットの画面に戻った。

大崎下島に戻るコースはまだ道半ば……約四キロの半分ほどまで来たところだった。GPSの追跡で確認すると、現在のところ消防庁チームの二艘がほぼ並走してトップを行き、そこから二百メートルほど離れたところに「チームP」の一艘、さらに百メートルほど遅れてもう一艘が続いている。さらに、「往」コースには大量のシーカヤックが……消防庁と「チームP」以外のチームは、全て昨日の夕方のタイムリミットに間に合わず、今朝になってから一斉に大崎下島から漕ぎ出したのだ。この連中は、タイムリミットまでにゴールできるのかと心配になる。レース全体の展開はまったく自分には関係ないのだが、あまりにもごちゃごちゃしていると、トラブルの元になるのではないだろうか。

「チームP」が遅れを取っているのも心配だった。独走で無事にブツを回収してもらう――それがこちらの希望だったが、第四ステージで消防庁のチームに逆転された。これは期待外れの展開で、今後の流れが気になる。もちろん、これから自分が現地に行っても、何ができるわけではないのだが。

搭乗案内が始まった。立ち上がった瞬間に全身に強い凝りを感じ、思い切り背伸びしたくなったが、何とか抑える。目立った動きは禁物だ。

それにしても、朝一番の広島便がほぼ満席なのには驚いた。日本人は実によく働く……広島空港着は八時半の予定で、そこから広島市内までは一時間ほど。九時半からは商談や会議に入れるわけだ。まったく、そんなに働いてどうするのだろう――かくいう自分も、ほぼ徹夜のまま、朝一番の便に乗ろうとしているわけだが。

満席かと思っていたが、たまたま隣の席は空いていた。それで横になれるわけではないが、脇が空席だとそれだけで気分が楽になる。シートベルトをきちんと締め、タキシングが始まった瞬間に目を閉じる。離陸の瞬間はショックが大きいから眠れないだろうと思っていたのだが、たちまち意識がなくなった。

目覚めた時には、もう広島空港へ向かって降下が始まっていた。一時間以上、完全に眠っていた……左腕を持ち上げ、時刻を確認する。午前八時過ぎ。一瞬寒さを感じて身を震わせたが、疲れも眠気もすっかり抜けていた。ショートスリーパーは、やはりこういう時には便利だ。これで準備完了。現地で何があっても、完璧な集中力で対応できる。

これからが正念場だ。
失敗は絶対に許されない。

5

さあ、レース再開だ。

いや、もちろん今までもレースだったのだが、シーカヤックはやはり、和倉にとっては「仮舞台」だった気がする。陸上でこそ、本当の力を発揮できる。

大崎下島に上陸した後、一番気になったのは宮井たちとのタイム差である。結局シーカヤックでは追いつくことはできず、かなりの差が開いたままのようだ。三分か、四分か……しかしタイム差に関する情報は、運営スタッフには教えてもらえない。昨夜は、リスタートにかかわる情報だったから、例外として教えてくれたのだろう。

先着した和倉と安奈は、重盛たちを待った。遅れること百メートルほど。その間に呼吸を整え、緊張し切った筋肉をストレッチで解《ほぐ》してやる。腕と広背筋《こうはいきん》が特に重かったが、何とか筋肉は柔らかくなってきた。水を一口……それにしても暑い。今日の予想最高気温も三十度だが、朝七時過ぎにして、既にそこまで上がっているようだ。腕時計に気温計もついているので、すぐに現在の気温も分かるとはいえ、わざわざ確認する気にはなれない。改めて数字で思い知ると、うんざりしてしまう。

重盛たちがようやく到着する。前に乗った牧山の顔を見た瞬間、和倉は二人のダメージを悟った。出発する時は元気一杯だったのに、海上ではひどく苦労していた……今日は潮流の影響も受けなかったはずなのに、昨日の疲労が相当なものだったのかもしれない。むしろ、昨日苦労した自分たちの方がよほど元気だ。

「シゲさん、すぐ行けますか？」

「ちょっと……ちょっと待て」浅瀬を、ジャブジャブと音を立てながらこちらに向かって来る重盛が、げっそりした顔で人差し指を立てながら言った。「一分くれ、一分」

乾いた砂浜まで上がって来ると、重盛がその場にへたりこんでしまう。後から来た牧山もその隣に座りこんだ。牧山は両足を伸ばしてストレッチを始めたが、重盛はそれすらできないようだった。両手両足を広げて大の字になり、荒い呼吸で胸を上下させる。これほど大きなダメージを受けた重盛を見るのも初めてだった。

「シゲさん、水分補給して下さい」和倉は思わず声をかけ、自分のボトルをさし出そうとした。

「腹が減ったよ、俺は」重盛が意外なことを言い出した。

「朝飯はちゃんと食べたじゃないですか」

「もう、胃の中がすっからかんだ。エネルギー切れだよ」

力ない言葉とは裏腹に、重盛は腹筋を使って勢いよく上体を起こした。何だ、まだ余力があるじゃないかと呆れたが、簡単には立ち上がろうとしない。体を揺らすように深呼吸を繰り返しながら、何とか落ち着こうとしているようだった。首を振って、和倉が差し出したボトルを断り、自分のボトルから水を一口含む。口の中でぐるりと回してから砂浜に吐き捨て、それからゆっくり、長く飲んだ。それでようやく一息ついたようで、長く息を吐いてからやっと立ち上がった。一足先に立ち上がった牧山は、体についた砂を勢いよく叩き落としている。

和倉はもう、完全に落ち着いていた。ほとんど寝ていないので完全な寝不足、しかもばてていたはずなのに、不思議と体力、気力とも充実している。勝ちたいという意思が強すぎるからだろうか……無事にゴールしたら、その場で気を失ってしまうかもしれない。普段は八十パーセントの力をずっとキープしているのだが、今回は九十パーセントを超えている。

それでも、無事にミッションをこなして勝てばいい。今までの苦労が全て報われる。

「よし、リスタートしよう」

和倉は全員に声をかけて、安奈をちらりと見た。当たり前といえば当たり前だが、船上では一切会話がなかった……とはいえ、彼女が依然として自分の行動を疑っているのは間違いない。

それを除いても、膝の具合も心配だ。シーカヤックでも、下半身に負担はかかる。

「星名、膝の具合は？」

「何ともないです」

安奈がむっとした口調で否定した。本当に何ともないのか、あるいは強がっているだけなのか、和倉には判断できなかった。何度も同じことを問われれば、鬱陶《うっとう》しく感じることもあるだろう。

「よし、じゃあ、リスタートだ。目標まで七キロ、一時間以内に到着が目標だ」

「コースはどうしますか?」牧山が訊《たず》ねる。

「南側ルートだな。山ルートの方が距離は短いけど、アップダウンがきつ過ぎる」

「今日は常識的な判断じゃないか」重盛が皮肉っぽく言った。

「いつも最適な判断をしてますよ」むっとして和倉は言い返した。「とにかく今は、議論している暇はありません。行くしかないんです」

和倉は先頭に立って、砂浜を横切った。短い階段を登って道路に戻る。相変わらず人も車もいない……だがこれは、和倉にとってはありがたい状況だった。できるだけ静かに走りたい。

走り始めると、牧山がすっと前に出る。先ほどまでは完全にへばっていたのだが、走る段になると、自分の役目を思い出したようである。他の三人をリードし、引っ張る。牧山に挑発されるようにタイムを短縮するのが、「チームP」のいつものやり方だった。

県道三五五号線は、ひたすら海辺を走る。右側からずっと海風が吹き続け、ぐんぐん上がる気温を相殺してくれるので、昨日よりはずっと快適だった。しかも道路はほぼ平坦。予想通りカーブも緩く、ペースを上げて走るには最高のルート選択だった。右に海を、左側に崖を見るルートがずっと続く。風光明媚ではあるが、同じような光景に飽きてくるし、そもそも景色を楽しむ余裕もない。

第五チェックポイントまで半分ほど来ただろうか……和倉は、初めて足に痛みを感じた。右のふくらはぎ——それで急に不安が募る。ここは古傷なのだ。二年ほど前に痛めて、三か月ほどまともに走れなかったことがある。少しペースを落とし、最後は歩く……最後尾を行く安奈が、追い抜きざまに「どうしました？」と訊ねる。

「大丈夫だ。先に行ってくれ」

和倉は立ち止まり、慎重に右足を後ろに出して筋肉を伸ばした。単純な疲労だったと悟ってほっとする。ふくらはぎが伸びると、痛みは瞬時に消えた。おそらく、攣《つ》る寸前だったのだろう。これは解消しようもなく、だましだまし行くしかない。一度痙攣《けいれん》してしまうと、なかなか元のペースに戻れないのだが、今から心配しても仕方がない。

もう一度走り出す。もう痛みはなく、何とか普通のペースでいけた。先行する三人は、既に数十メートル先に行ってしまっている。しかし焦ってはいけない、と自分に言い聞かせた。遅れを取り戻そうと無理にスピードを上げると、筋肉に無用な負荷がかかる。百メートル走るうちに五メートル差を詰めるぐらいの感じでいけば、いずれは追いつくだろう。焦ることはないのだ。

チームPは縦一列になって——和倉はだいぶ遅れていた——走った。先行する宮井たちの姿はまったく見えない。かなりリードされているのだと改めて意識する。ああ、飛べればなあ、と馬鹿なことを考えてしまう。しかしいずれ、本当に「飛ぶ」コース設定をする主催者が出てくるかもしれない。ハンググライダーなどで、一気に谷を越えるとか。そうなるとこちらはまた、新しいスポーツに慣れなければならない。しかしそれこそが、アドベンチャーレースの醍醐味なのだ。体力の限界を感じてレースから引退したら、次はレースを「設計」する方に回るのもいいな、と考えた。選手が悲鳴を上げるような難コースを考えて、にやにやしながらレースを見守るのも面白いだろう。

だがそれは、もっと先の話だ。

自分はまだ現役であり、余計なことは考えるべきではない。

膝がきつい……一晩経って、痛みは引くどころか、むしろ悪化していた。満足な治療も受けていないから当然とはいえ、安奈は走り出した瞬間に不安を抱えこむことになった。マキ、速過ぎるわよ……少しだけペースを落としてもらいたいけど、弱音は吐きたくなかった。

前を走るマキとシゲさんとは、だいぶ距離が開いてしまった。一度立ち止まったキャップにも追いつかれる。

「どうした」キャップが荒い息を吐きながら訊ねる。

「いえ……」

「膝じゃないのか」

「大丈夫です」

強がりを言っても何にもならない——後で迷惑をかける可能性もあるけど、今は「痛い」とは言えない。ここで一旦ストップして治療しているような時間はないのだ。とにかく少しでも前に進むのが大事。

「無理するな」

「無理します」

言ってしまってから、失敗だ、と思った。無理していると自ら認めるのは、まずかったのではないか。しかしキャップは気にする様子もなく、安奈のすぐ後ろをずっと同じペースで走っている。歩道が狭いので、追い抜くのは危険なのだ。

「凍結注意」の黄色い看板を見て、安奈は驚いた。こんなに暖かい島でも、道路が凍るのだろうか。真冬でも気候は温暖な気がするのだが。

その看板を通り過ぎると、道路は大きく左にカーブし、急な下り坂になる。下りだと足に負担がかからないような気もするのだが、実は登りとはまったく別の筋肉を使うので、別種の負荷がかかる。スピードが「出ないようにする」ためにも、力は必要なのだ。下り坂でスピードが出過ぎると転倒する危険もあるから、ここは十分注意していかないと。

カーブに入ると、マキもシゲさんも見えなくなっている。あの二人、海から上がった時は死にそうだったのに、陸《おか》でいきなり復活したわけ？　それにしても元気過ぎるのではないだろうか。あまりにも先行されると、チームとしてのペースが乱れてしまう。

ほぼ九十度曲がるような急カーブ。そこを抜けると短い直線になり、シゲさんの背中が見えた。ただしすぐに、右カーブの向こうに姿を消してしまう。

どんどん走る——そのうち、膝の痛みが消えているのに気づいた。どういうことか、はっきりとは分からないが、下りだと膝にそれほど負担がかからないようだ。第五チェックポイントまでは、あと三十分ほどだろうか、と予想する。

安奈は右手を持ち上げ、手首にはめたリストバンドで額の汗を拭《ぬぐ》った。ついで、左手の時計の操作ボタンを押し、気温を確かめる。二十九度……うんざりだ。今日は間違いなく、最高気温が三十度を超える。午前中にレースは終わる予定だが、それでもバイクに乗るまで、スタミナを温存できるかどうかが分からなかった。膝も不安である。ランとバイクでは、使う筋肉が微妙に異なるのだ。バイクの方が、膝に直接着地のショックはこないが、代わりに屈伸のペースが早くなる。

今心配しても仕方がない。バイクに乗ってみて具合が悪ければ、その時に対応すればいいだけだ。

だけど、この膝は最終区間まで持つかどうか……様々な不安が脳裏を過《よぎ》り、ペースが落ちてしまう。ここへきて歩道が広くなったせいか、最後尾を走っていたキャップが追いつき、横に並んだ。

「膝、本当に大丈夫なのか？」

「普通に走ってるじゃないですか」言われると痛みを意識する。余計なこと、言わなくていいのに。「ところで今、二十九度です」

「それは知りたくなかったな」

ちらりと横を見ると、キャップは本当に嫌そうな表情を浮かべている。ちょっとやりこめられたかな、とにやりとしてしまう。この男は、数字――特に気温や湿度を異常に気にするのだ。

「とにかく、三十度にならないことを祈るよ」

「二十九度も三十度も同じじゃないですか」

「全然違う。三十度になると、大台に乗った感じだ」

それはそうだけど、と安奈は吹き出しそうになってしまった。安奈自身は、二十九度だろうが三十度だろうが、それほど差はないと思っている。むしろ気になるのは湿度だろうか。むしむししていると、汗の出方が不快になる。さらさらと流れていかず、肌に止まってしまう感触が大嫌いだった。今日は……まあ、乾いていると言っていいだろう。昨夜降った雨の影響も残っていないようだ。

「シゲさんたち、ずいぶん飛ばしてるな」

キャップの指摘通り……その差は五十メートルほど開いている。しかも二人の走りは、疲れを一切感じさせないダイナミックなものだった。シーカヤックではへとへとになっていたのに、あっさり回復したようだ。

「少しでも早く宮井たちに追いつきたいんだろう」キャップが分析した。

「私たちも追いつかないと、意味ないじゃないですか」

「プレッシャーはかけられる。追いつかれたと思えば、嫌な気分になるだろうし。それでペースが乱れれば、こっちの思うツボだ」

「そうだといいんですけど」

安奈は腕の振りを強く意識した。ランでは、「下半身」ばかりが注目されるが、実は「腕」も大事である。腕を思い切り振ることで、体を前に引っ張っていく——推進力は「下半身」で、リードするのが「腕」という感じだろうか。

腕の振りを大きくすると、膝の痛みが少しだけ薄れた気がする。よし、これでいこう……シーカヤックで上半身の力は使い切ったと思っていたけど、ここは頑張るしかない。とにかく腕を振る。見えない手すりを摑んで体を引っ張るように。

「ちょっとペースを上げないと危ないですよ」ちらりと腕時計を見て時刻を確認した安奈は、思わず声を上げた。

「分かってる」キャップが小声で答える。「三十分以内には、第五チェックポイントを通過する」

それでは予定よりも少し遅くなるのだが……ここにきて少しでも遅れたら、最終的に致命傷になるかもしれない。

まずい。

キャップにも、まずい事情があるのでは？　どうしても真っ先にゴールしなければならない理由は何なのだろう。彼の焦りは、風のように安奈にも伝わってくる。

焦るな、と自分に言い聞かせる。車を借りたのがそもそも失敗だったかもしれない……呉駅前に向かうリムジンバスに乗れば、レースの様子をチェックしながら現場に近づけたのだ。しかしそれでは移動に時間がかかり過ぎるし、この後の行動も制約を受ける。どうしても自分たちだけの「足」が必要だった。

広島空港から呉市に向かうルートは、基本的にずっと山の中だ。山陽自動車道から分かれて東広島・呉自動車道に入っても景色が変わるわけではない。単調な光景……それでも緊張感が抜けないのは、中央分離帯もない上下二車線という道路構造のためだ。かなりのスピードで走るので、対向車線の車を常に気にしていなければならないし、トンネルも多いからどうしても緊張を強いられる。

ようやくほっとしたのは、東広島・呉自動車道の終点、阿賀《あが》インターチェンジを降りた時だった。やっと街らしい雰囲気になる。国道一八五号線を西へ行けば呉の中心部に入るが、目的地はJR呉線の広駅付近だ。確かこの近くには警察署もあるから、十分気をつけないと……しかしこの段階では、自分はまったく警察に目はつけられていないはずだ。びくびくしていたら、かえって怪しく見えるだろう。ついているのは、今日は眩しいほどの晴天であることだ。サングラスをかけてもまったく違和感のない陽気——サングラスは、人相をだいぶ変えてくれる。

信号で停止するのを待って、ワイシャツの胸ポケットに入れていたサングラスをかける。運転中に余計なことはしない——事故も怖いし、警察に見つかるのもまずい、慎重過ぎる性格だと自分でも分かっているが、今回の計画では用心に用心を重ねなければならないのだ。一度失敗している——マイナスからの再出発。最初の計画通りに進んでいれば、警察の動きなど気にする必要はなかったのだが、今はそういうわけにはいかない。黒瀬川《くろせがわ》を渡る。午前中早い時間の太陽がもろに顔に当たり、実際サングラスがないと眩しくて運転できないほどだった。

助手席に置いたスマートフォンが鳴る。当然無視したが、ちらりと見ることだけは自分に許した。高崎《たかさき》……現地にずっと張りついている男だ。こちらが到着する時間を見計らって電話してきたのだろうが、やはり無神経な男である。こちらが車を運転しているのは分かっているはずなのに。

しかし、早めに連絡を取らなくてはいけないのも事実である。空港を出た時に、一度電話を入れておくべきだった……ガソリンスタンドを見つけ、レンタカーを乗り入れる。ガソリンは満タン状態からほんの少し減っているだけだったが、この国道には、車を停める適当なスペースがないので仕方がない。

「すぐ満タンになると思いますけど」スタンドの店員に愛想を振りまきながら言って、車を降りる。スタンドの建物に入って缶コーヒーを仕入れ、高崎に電話をかけ直した。

「電話ぐらい出てくれませんかねえ」高崎の声には焦りが滲《にじ》んでいた。

「運転中だったんだ」

「今どこですか？」

「もうすぐ広駅だ。どこで待ち合わせる？」

「それは決めてないんですけど」

思わずスマートフォンを耳から離し、舌打ちをする。時間はたっぷりあったのに、どうしてこんな簡単なことも決めていないんだ……高崎のような能無しは、絶対に仲間に入れるべきではなかった。こういう馬鹿がいると、緻密《ちみつ》な計画に穴が開く。おそらく、昨夜も散々呑んだに違いない。本番中なのに、緊張感の足りない男だ。

「ゴール地点の近くは駄目だ」

「と言っても、他に適当な場所はないんですけど……」

「今どこにいる？」

「オークアリーナのすぐ近くにあるコンビニです」

「分かった」ゴールの近くだが仕方がない。「取り敢えず、そこで待ってろ。ピックアップするから、その後で待機する場所を探そう」

「分かりました」

高崎がほっとした声で答える。この馬鹿が……お前がきちんと計画を立てておくべきなのだ。どうして俺が、こんなことまでやらなくてはいけない？　〝彼〟がこんな状況を知ったら、激怒するだろう。もしかしたら高崎を殺すかもしれない。

そういうことは絶対に避けないと。死体が転がったら、計画が破綻《はたん》する可能性が高くなる。

「とにかく待て、五分か十分で到着する」

「分かりました」

ガソリン三リットル分の料金を払い、スタンドを出る。急ぐな……しかしできるだけ早く到着しないと、高崎が何かヘマをしでかすかもしれない。粘っこい汗がこめかみを流れたので、ウィンドウを開けた。エアコンの温度設定を下げた方がいいのだが、今は自然の風で体を冷やしたかった。

「あの馬鹿が……」思わず口にしてしまう。煙草が吸いたくて仕方なかったが、それも我慢した。唾液の残った吸い殻は、証拠の宝庫である。血液型、ＤＮＡ型——自分を指す矢印を警察に提供するようなものだ。

わずかに深くアクセルを踏みこむ。この辺りも交通量は多く、あまりスピードは出せないのだが、どうしても気が急《せ》いた。

スタンドを出てから五分後、約束のコンビニエンスストアを見つける。その前にスタート・ゴール地点である広公園の前を通る——今はまだ静かだった。選手たちを出迎える人で埋まるのは、もう少し先だろう。それから表彰式、閉会式と大騒ぎのイベントが続く。人は多く、騒ぎは長続きするはずで、どうやって「ブツ」を回収するかも問題だった。顔の割れている自分ではなく、高崎にやってもらうしかないのだが、今は不安しかない。この男が失敗する場面が頭に浮かぶだけなのだ。

指示した通り、薄いグレーのスーツを着た高崎は、サングラスを額の上に跳ね上げた状態で、店の前に立っていた。目立って仕方がない。車を駐車場に乗り入れると、高崎がすぐに駆け寄って来てドアを開けた。中に入った途端、アルコールの臭いが漂う。クソ、こいつはやはり駄目だ。作戦は既に本番中。その状態で酒を楽しむなど、許されない。

「どこで待機するか、決めたか」

「取り敢えず、山の方へ行きませんか?」

「山?」

「ちょっと走ると山になるんですよ。この近くに吉松山《よしまつやま》というのがあって」

「分かった。どっちだ?」

「真っ直ぐ走って右の方です」

高崎が右手の人差し指を正面に向ける。それではまったく案内になっていないのだが……彼の道案内はあてにせず、ナビの画面で確認した。確かに、右手の方は山になっている。道路も曲がりくねって、登山道のようになっているのは容易に想像できた。

走っているうちに、くねくねと曲がった坂道を見つけ、車を乗り入れる。坂のスタート地点に「船津《ふなづ》神社」の看板がある。まあ、取り敢えずはそこを目指していけばいいだろう。九月のこの時間帯、神社にお参りする人がいるとは思えない。

道路は車がすれ違えないほど狭く、傾斜は急だった。道路の両側には鬱蒼《うっそう》と雑草が生い茂り、まるで低いトンネルの中を走っているような気分になる。

脂汗が流れ始める前に、何とかまた船津神社の看板を見つけた。しかし、ここへ車を乗り入れたらやはり目立ちそうだ……他の車をまったく見かけないから、誰かに目撃されたら覚えられてしまうかもしれない。結局、今登ってきた道路の右側にある待避所に車を一時停止させた。こういう待避所がないと、車のすれ違いもできそうにない。

本当に山の中だった。傾斜を利用した狭い畑、小さな墓地……車を降りると、暑さとむっとした草いきれが襲いかかってくる。すぐに煙草に火を点け、草の臭いを追い払った——こういう、田舎を感じさせる臭いは本当に嫌いだ。

ガードレールの向こうに、広の街が見えていて、結構高いところまで上がって来たことを意識した。山に近い辺りには古い一戸建ての民家が固まっているが、駅に近い方には結構立派なマンションが何棟も建っている。空には雲一つなく、九月の日差し——八月と変わらず凶暴だった——が遠慮なく脳天に降り注いでくる。

高崎も煙草に火を点けたが、煙草のパッケージとライター以外には何も持っていない。

「携帯灰皿は?」と思わず厳しく追及した。

「そういうのは、使わないんですよ」

「煙草の吸い殻一つでも、証拠になり得るんだぞ」

「よくご存知で」

高崎がからかうように言ったので、睨《にら》みつけた。こっちはプロなんだ……しかし高崎はまったく応《こた》えた様子がない。度胸があるというか鈍いというか、こういう性癖は犯罪にとってはプラスマイナス両方の側面がある。今のところ大きな失敗はしていないが、やはりマイナス面しか見えていない。

「十時か」腕時計を確認した。空港に到着してからここまで、一時間半。意外に時間がかかってしまった。「レース展開はどうなってる?」

「先頭の二チームは、一時間半ほど前に第五チェックポイントを通過しました」

「あと二時間か……間に合うだろうな」

「と思いますけど、保証はないですね。こっちが走ってるわけじゃないんで」高崎が肩をすくめる。

「どっちがリードしてる?」

「今のところ、消防庁のチームです。ほとんど差はないですけどね。ドローンを使った上空からの映像を見ても、差はよく分からないんですよ」

「ウエアの色が違うだろう」

「いや、上からだと、基本的には頭しか見えませんから」

思わずうなずいた。それも理屈ではある……ふと思いついた。

「大会本部は、オークアリーナの中にあるんだよな?」

「ええ」

「忍びこめないか? あそこなら、リアルタイムで正確な順位やタイムが分かるだろう」

「いや、まさか」高崎がびっくりして目を見開く。「無理ですよ。人の出入りは頻繁ですけど、スタッフじゃない人間が入りこんだら、絶対にばれます」

「そうか……」だいたい高崎には、そういう任務は荷が重すぎる。かといって、自分が忍びこむわけにもいかない。万が一だが、知り合いがいないとも限らないのだ。アドベンチャーレースは、日本ではまだまだ競技人口は少ないのだ。

「やめておきましょう」高崎は明らかに腰が引けていた。「危険は冒さない方がいいんじゃないかな」

「そうだな」

高崎も、たまにはまともなことを言う。半分ほど吸った煙草を携帯灰皿で揉み消し、高崎に渡してやる。高崎も煙草を慎重に消した。

「どこかで煙草をポイ捨てしてないだろうな？」

「大丈夫ですよ」

高崎が嫌そうな表情を浮かべて顔を擦《こす》り、携帯灰皿を返した。もう一本吸いたいところだが、ここは我慢する。それほど煙草に頼らなければならない状況——ストレスを抱えこんでいるとは思いたくなかった。

「ここであと二時間待っているわけにはいかないな」

「ええ」

「かといって、オークアリーナの近くに車は停めておけない」

「たぶん、規制が入るでしょうね」高崎がうなずく。

「だったら、離れたところに車を置いて、歩いてゴール地点に接近だな……俺は車で待機しているから、予定通りお前がブツを受け取って車に戻って来る——それですぐに逃げるのが、一番安全で効率的だ」

「俺が行くしかないんでしょうねえ」高崎が表情を歪《ゆが》める。早くも逃げ腰になっていた。

「俺は顔を知られているかもしれないんだ」

「そんなに気にすることはないと思いますけどね」

「念には念を入れないと」

「分かりました」高崎が溜息をつく。「この後、上手くいくんですかね……」

「それは、この作戦が成功するかどうかにかかっている。ここで失敗すれば、俺たちは終わりだろうな」

「終わり……ですか」高崎の喉仏が上下した。

「刑務所で一生を終えるかもしれないということだ。そもそも、それぐらいの覚悟はできてなかったのか？」

高崎は反応せず、無言で煙草をくわえた。ライターの火を移そうとしたが、手が震えて上手くいかない……弱気な人間がいると、計画が破綻する可能性が高くなる。この男の処遇をどうするべきか、と真剣に考え始めた。

大崎下島の東端にある御手洗地区は、確かに「町並み保存地区」の名前が相応《ふさわ》しい一角だった。新しいものが何もない……明治、あるいは江戸時代の街並みがそのまま残ったような地域で、そぞろ歩きが楽しそうだった。海岸沿いを走る県道三五五号線から島の内部に少し入ると、細く曲がりくねった石畳の路地が姿を現す。それがまた何とも、クラシカルな光景だった。黒い板塀、瓦屋根、古民家をそのまま利用した店舗。このまま、時代劇のロケに使えそうだ。

そんな中を走って行く自分たち……和倉は必死だった。予定よりかなり遅れており、しかも疲れ切っている。エネルギーは尽きかけていたが、ここで倒れるわけにはいかないという思いだけが体を支えていた。

事前に調べておいたところでは、ここは江戸時代中期の中継貿易港で、その頃に建てられた建物が実際にまだ使われているという。人家が建ち始めたのは寛文六年……というから一六〇〇年代だ。その後、宝暦九年、一七五九年に大火に襲われた記録があるから、現在残っている最も古い建物は、十八世紀半ばのものだろうか。

チェックポイントは御手洗天満宮《てんまんぐう》だった。また神社かと苦笑してしまったが、これといったランドマークもない島を巡るレースだから、どうしてもこうなってしまうのだろう。ここが、このレースの最大の山場かもしれない。天満宮の中には、このレースに名前を冠された中村春吉を顕彰する碑《ひ》があり、そこがパンチングのポイントになっていた。

宮井たちに先行され、焦っているにもかかわらず、つい碑文を読みこんでしまう。

「1872年　豊町御手洗で誕生」

「日本初の『自転車による世界一周冒険旅行者』」

「一九〇二年から　中国、東南アジア、インド、中近東、ヨーロッパ、アメリカを一年半で廻る」

石碑には、中村春吉と自転車が一緒に写った写真がはめこまれている。自転車には日本国旗……しかし、とても世界一周をするような装備には見えなかった。ただし中村春吉は、自転車愛好家にとってはある種のヒーローらしい。何しろ日本人で初めて、自転車で世界一周したと言われている人物である。

「何だか、山賊みたいな人ですね」牧山が漏らした。

「確かにな」和倉も同意する。「世界一周無銭旅行なんて、まともな人間の考えることじゃないよ……でも、星名にとってはヒーローという感じかな？」

「まさか」安奈が苦笑した。「スパイじゃないかっていう説もあるみたいですよ。二十世紀の初めの人ですから、貧乏旅行のふりをして、各地の情勢を偵察していたとか……でも、元々一カ所にとどまれない人だったのは間違いないみたいですね」

そもそもがハワイ移民。それが帰国してから世界一周を思い立ったというのだから、スケールの大きい人間だったのは確かだ。ある意味彼の旅は、アドベンチャーレースのルーツのようなものだったと言える。危険度は、今の自分たちよりはるかに高かっただろう。目的が何だったかはともかくとして……。

「そろそろ行こう」珍しく重盛が急《せ》かす。「宮井たちとの差が読めない。一秒でも詰めていかないと」

「そうですね」

重盛の言う通り、上陸してから一度も彼らの背中を見ていないのが不安だった。もしかしたら宮井たちは、島の南周りではなく、北周りのルートを辿ったのかもしれない。シーカヤックを降りた後、御手洗地区のチェックポイントまでの距離は、北周り、南周りでほぼ同じなのだ。もしかしたら、こちらがいつの間にか先行していた可能性もある……いやいや、甘いことを考えてはいけないと、和倉は自分を戒めた。

「ちょっと、ちょっと、これ持っていきんさい」

走り出そうとした瞬間声をかけられ、びくりとする。見ると、腰が曲がりかけた女性が、籠いっぱいのみかんを差し出しているのだった。

「いや……」和倉は躊躇《ためら》った。食べ物をもらったら、ルール違反になるのではないか？

「あ、すみませんね」和倉の心配と裏腹に、重盛が気楽に手を伸ばしてみかんを一つ手にした。

「シゲさん、それはヤバいんじゃないですか？」和倉は忠告した。

「いや、ルール上は問題ないはずだよ。自分で何でも調達するのが基本だけど、人から物を貰っちゃいけないっていうルールはない。ねえ？」

重盛が、チェックポイントを守るスタッフに気さくに話しかけた。スタッフは苦笑するだけで、何も反応しなかったが、重盛はそれを「イエス」と受け取ったようだった。

「ほら、さっさと貰って行こうぜ……おばあちゃん、すみませんね」

「あんたら、頑張っとるけえ」皺《しわ》だらけの老婆の顔に満面の笑みが浮かぶ。「ほら、持っていきんさい」

好意を無にするのも悪いと思い、和倉もみかんを受け取った。結局四人全員が、一個ずつもらう。ゆっくりその場で食べているわけにはいかず、取り敢えず走り出す……安奈は食べるわけにはいかないだろうな、と思った。みかんを食べる時はいつも綺麗に筋を取っているから、走りながらではとても無理だろう。

和倉は皮を剝いた。小ぶりの早生《わせ》なので、そのまま口に押しこんでしまう。かなり酸っぱい——その奥にある薄い甘味が口中の粘膜に染みこんでいく。急に意識がはっきりし、疲れが消散したようだった。ああ、自分に足りなかったのはビタミンCだったのか……よし、これでまだ頑張れる。ラストスパート——犯人の要求通りにブツを引き揚げ、後はゴールまで一直線だ。

ただしそれまでには、まだ問題がある。他の三人をどうやって納得させるか……一人で勝手にルートを外れようとすれば、絶対に引き止められるだろう。かといって、正直に話せば、棄権を勧められるに決まっている。どちらの手を採っても上手くいかない。

「第三の手」も思い浮かばなかった。

いや、まてよ……ぎりぎり、問題のポイントが近づいたところで、思い切って打ち明ける手はある。第六チェックポイントをクリアするだけになった今、さほど時間をロスするとは思えない。タイムリミットの十二時までには、楽々ゴールできるだろう。最後に、バイクで必死に頑張ればいいのだ。

みかんを食べて、頭の働きまでクリアになったかと思ったが、思い違いだった。このやり方には大きな問題がある。

たぶん、勝てない。

宮井たちはまだリードを保っているはずで、こちらがブツの回収で時間をロスしたら、ますますリードを広げられてしまうだろう。重盛の最後のレースを、自分のわがままで負けるわけにはいかないのだ。

ジレンマ。

県道三五五号線に戻り、すぐに御手洗港の前を通り過ぎた。デジタル時計がちらりと見えて、焦る。猶予《ゆうよ》はほとんどないと言っていいだろう。犯人グループが、わざわざ自分にブツの引き揚げを命じたのは、それだけ特殊な場所だからに違いない。犯人には不可能だが、様々な経験を持つ和倉ならできる——恐らく、フリークライミングに近い感じになるだろう。いや、ある意味逆か。フリークライミングは、「登って下りる」。今回は「下りて回収して登って戻る」。どちらが難しいかは分からない。それに今回、対象になるのは、フリークライミングのような「岩」ではないはずだ。崖……瀬戸内海の島では、岩がむき出しの断崖絶壁はほとんど見当たらない。恐らく、木や雑草が激しく生い茂った急斜面のはずだ。手がかり、足がかりはいくらでもあるだろうが、逆に行く手を阻まれる恐れもある。

右手に海を見ながら走り続ける。何とか疲れは消え、快調——腕もよく振れているし、足が痙攣する予兆も消えた。ほどなく、町並み保存地区を抜けたようだ。普通の——今風の建物が目立つようになってきたのでそれと分かる。廃校になった小学校の脇を通り過ぎる途中でバス停を見つけた。ああ、この小さな島にもバスは走っているんだ、と不思議に感心する。

クソ、こんなことで感心している場合じゃない。何か上手い手を考えないと、ほどなく八方塞がりになってしまう。考えろ、ひたすら考えろ。お前には経験があるはずだ、と和倉は自分を鼓舞した。しかし次の瞬間には、こんな経験——家族を人質に取られ、犯人から訳の分からない要求をされる——は一度もなかったと思い知る。まさに、人生を左右するような出来事だ。

すぐに、小さな橋を通り過ぎる。当然、わずかに上り坂になっているのだが、今はそれも苦にならなかった。むしろ大変なのは頭——ヒートアップし、爆発しそうになっている。しばらく行くと、もう一本の橋を渡る。遥か右前方に、コース最後から二番目の橋——平羅橋《へいらばし》が見えてきた。

あそこを渡れば平羅島、そしてすぐに最終チェックポイントの中ノ島だ。ただ、中ノ島のどこにチェックポイントがあるのかは、まったく予想できていない。これまで渡って来た島と違い、第六チェックポイントがある中ノ島は無人島なのだ。これまでチェックポイントが置かれていた神社などもない。ややこしい——辿り着きにくい場所にチェックポイントが置かれている可能性もある。そこでまた時間をロスしたら……。

考えれば考えるほど不安になる。これまではたっぷり考える時間——不安になる時間があったが、今は時間がないことが不安の原因になっている。

最後は反射神経の勝負になるかもしれない。

オークアリーナへ戻る。周辺にはもう、車を停めておけなくなっていた。人が一気に増え、既に選手たちを出迎える祭りの気配が横溢《おういつ》していたのだ。窓を下ろすと、ＢＧＭとして流れているスピード感に溢れたロックナンバーが耳に飛びこんでくる。オークアリーナは住宅街のただ中にあり、まだゴールまではかなり時間があるのに迷惑だろう。もっとも近所の人たちも、お祭り騒ぎでここに出て来てしまっているのかもしれない。あるいは騒ぎを避けてどこかへ遊びに行っているのか。

適当な待機場所を探すのに、まだ苦労していた。ずっとここにいた高崎がやっておくべきだった作業……この男に対しては「愚鈍」という言葉を贈ろう。〝彼〟がどうして高崎を仲間に引き入れたのか、さっぱり分からなかった。何か個人的な関係でもあるのだろうか。引くに引けなくなった、ということも考えられる。「期待のルーキー」としてチームに迎えたら、実はとんでもない食わせ者だった、とか。しかし一度秘密を知ってしまった以上、放逐《ほうちく》するのも危険である。こういう駄目な男は、何の気なしに重大な秘密を漏らしてしまったりするものだから。結局最後までつき合わせ、きちんと分け前を渡してから別れるしかないのだ。

それでいいのか？ もっと厳密に秘密を守る方法を考えるべきでは？

〝彼〟は、人を見る目はないようだ。杉井にしろ高崎にしろ、この計画ではほとんど何の役にもたっていない。せいぜい力仕事を担当するぐらいで、いくらでも取り替え可能な人間である。何かのきっかけで、この計画について誰かに喋ってしまう恐れもある。口を閉じたままにさせておく方法はないものか……。

「昨夜は寝てないのか」思わず皮肉に訊いてしまった。

「二時間か三時間、寝ましたけどね」

「俺は徹夜だった」

厳しく言うと、高崎が黙りこむ。指示してもその通りに動けず、突っこめば言葉をなくす――今時、小学生でももう少し使えるだろう。

ゆっくりと車を流しながらオークアリーナを観察する。近くには学校がいくつもあり、アリーナと道路を挟んだ向かいには二十四時間営業のディスカウントストアもあった。当然、駐車場は広い。レースの関係者が結構車を停めているようだが、それでもまだ余裕はあった。とはいえ、ここだとあまりにも近過ぎる。ブツの回収は高崎に任せるとして、それを待つのに、道路の向かいのディスカウントストアというのはリスクが大き過ぎる。ある程度オークアリーナから離れないと、安全に逃げ出せないだろう。

駅も近いはず……呉線の広駅まで行ってみた。オークアリーナから五百メートルほどで、ゴール地点からは遠過ぎる感じがしたし、駅前のロータリーにはタクシーが待機しているので、自分たちの車を停めておく場所がない。人待ちのふりをして──実際に高崎を待つのだが──停めておいても文句は言われないかもしれないが、誰かに目撃される危険を冒す訳にはいかない。駅を使う人の送り迎えぐらいならよくあることだろうが、三十分もずっと停めておいたら、駅員たちの記憶に残ってしまうかもしれない。

結局、オークアリーナの西側にあるショッピングセンターを待機場所に選んだ。屋内駐車場なのですぐに出られないのが難点だが、高崎が店内に入りこんでしまえば、追跡されにくくなるという利点はある。

一番の心配は、警察署がすぐ近くにあることだ。ただし、堂々としていれば、警察の目は簡単に欺《あざむ》ける。警察官は、挙動不審の人間を見つけるのは得意だが、普通に歩いている人には声をかけないものだ。どんなに凶悪事件を起こしても、きちんとスーツを着こんで上等なブリーフケースを持ち、胸を張って歩いていれば、警察の目は誤魔化せる。

「今のうちに何か食べておくというのは？」高崎が遠慮がちに切り出した。

「駄目だ」即座に否定する。「そんな余裕はない」

「朝飯も抜きだったから……」

「きちんと栄養補給しておくのも、社会人としての義務だ。いざという時に腹が減って動けない、では洒落《しゃれ》にならない」

「まだ時間はありますよ」高崎がわざとらしく左腕を上げて腕時計を見た。「この辺、飯が食える場所はいくらでもあるし」

「パンでも食っておけ」苛立ちが頂点に達しつつある。

「じゃあ、コンビニに寄って貰っていいですかね」

口論する気力も失い、近くのコンビニエンスストアの駐車場に車を乗り入れた。こちらはとても何かを口にする気になれない……だいたい、コンビニで売っているものなど、もう何年も口にしていない。料理は栄養バランスと味を考え、きちんと自分で作るべきだ。

高崎がすぐに、馬鹿でかいビニール袋を抱えて戻って来た。いったいどれだけ食べるつもりなのか……すぐにサンドウィッチを取り出し、乱暴に包装を破いて頬張り始める。嚙む音がまた、くちゃくちゃと下品で……再び軽い殺意が募り始めた。

「あ、これ、どうぞ」

思い出したようにミネラルウォーターのボトルを取り出す。水なら問題ない……受け取って一口飲むと、異常に喉《のど》が渇いていたのだと意識する。そう言えばずいぶん長い時間、何も口にしていない。東京を離れる直前に小さなパンを一つ食べただけで、飛行機の中では完全に熟睡していてコーヒーも貰わなかった。もちろん、飛行機で出るコーヒーなど、焦げ臭いだけで飲めたものではないのだが。

「上手くいきますかね」

「それは全て、お前にかかってるんだ」

「ビビりますよねえ」

「ビビっても構わない。ちゃんとやってくれれば」緊張していると、だいたい失敗するのだが。

「レース、どうなってるんですかね」

言われてタブレット端末を取り出す。そろそろ第六チェックポイントを通過しているべき時間……しかしレースは止まっていた。例によってドローンからの空中撮影なのだが、道路脇に選手たちが固まっているのが見える。何かを待っているか、相談しているような感じ……ユニフォームの色は紫。すなわち、「チームP」ではない。現在は実況中継も切れているので——これはゴール間近になると再開するようだ——何がどうなっているかがさっぱり分からない。GPSによる追跡も行っていないようで、順位もよく分からなかった。

だいたい、このチームは今、どこにいるのだろう。ドローンの高度が中途半端なので、広い視界で場所を確認できない。道路の右側が海、左側が山……いったいどこの島なのか。まだ大崎下島にいるとしたら、十二時のタイムリミットまでにはとても間に合わない。

「何なんですか？」

サンドウィッチを頬張って口をもぐもぐさせながら、高崎が身を乗り出してきた。パン屑がこちらの膝に落ち、苛立《いらだ》ちが頂点に達する。乱暴に払い落としてタブレットを少し傾け、高崎が見やすいようにしてやった。

「協議中、という感じだな」

「何を協議してるんですかね」

「チェックポイントが分からないとか」

「これ、『チームP』の連中じゃないですよね」高崎が人差し指を伸ばし、タブレットの画面に触れた。

「ああ、ウエアが違う。『チームP』の連中は黒いウエアだ」

「消防庁の連中か……完全に止まってますね」

様々な状況が想像できる。ただし情報が少な過ぎて、画面を見ているだけでは何とも言えなかった。一番ありそうなのは、チェックポイント探しで迷っていることだが……。

「ま、待つしかないですよね」

高崎の呑気な言い方はカンに障るが、事実ではある。現時点で、こちらから手を出せることは一切ない。

「受け取りですけど、場所とか時間は決めてあるんですか？」

「ああ。きちんと指示してある」

「確認させて下さい」

こいつには何も話していなかったかな、と首を捻《ひね》る。自分の性格からして、然るべきタイミングできちんと説明していないわけがないのだが。本当に覚えていないとしたら高崎は本物の間抜けだが、ここはちゃんとしておかないと、計画が頓挫《とんざ》する。

「正式のゴール地点は、オークアリーナの隣の広公園だ。そこで、広公園の中にある遊具——青い滑り台の下のところで待つことになっている。連中はゴールしたら、オークアリーナの控室へ向かう前に、こちらに渡す手はずだ。混雑しているはずだから、ちょっと変則的な動きをしても目立たないだろう」

「滑り台ですか？　何だか間抜けな感じですね」

「他に適当な場所がない。広公園は、基本的にただのだだっ広い広場なんだ」

「だからスタート・ゴール地点にはいいんでしょうけどねえ」納得したように高崎が言った。

「ああ……向こうはすぐにお前を見つけ出すと思う。スーツ姿の人間なんか、現場にはほとんどいないはずだからな。大会スタッフは全員、揃いのウエアを着ている」

「あの間抜けなウィンドブレーカーですよね。黄色いウィンドブレーカーの集団がいると、急にイベント色が濃くなるんだけど、どうしてですかね」

「目立つからだろう」ああ……この男と話していると、どんどん頭が悪くなりそうだ。さっさとおさらばしたいが、無事にブツを回収しても、東京へ戻るまではずっと車の中で一緒にいなければならないかもしれない。「とにかく、スーツ姿の三十歳ぐらいの男を探せ、と言ってある。それと、お前の方で向こうを見つけるはずだと……和倉の顔写真は大会のホームページに掲載されているから、よく頭に叩きこんでおけ」

「分かりました」高崎がネクタイを撫で下ろした。「それにしても、肩が凝りますよ。普段、スーツなんか着ないですからね」

実際その通りだろう。スーツが体に合っていない……サイズが合わないというより、着なれていない感じなのだ。和倉には「スーツが似合わない男を探せ」と言っておくべきだったかもしれない。

「しかし、クソ暑いですよね」高崎がネクタイの結び目に人差し指を突っこんで緩める。だらしない感じが、そのまま下品さにつながった。

「日本はもう、熱帯なんだから、しょうがない。我慢するしかないだろう」

「ですよね……ちょっと、トイレを借りてきます」

高崎が車を降りて、またコンビニエンスストアに入って行った。一人になって何となくほっとしたところで、スマートフォンが鳴る。〝彼〟だった。

「どうなってる？」

「今、高崎と打ち合わせして、待機中だ」

「奴はどうだ」

「殺した方がいい。役に立たない……一番大事なポイントを任せるのは心配だ」

「お前が受け取る訳にはいかないか」

「顔が知られてるからね」

「それが一番厳しいところだな」

〝彼〟の声は深刻だった。

「ただし、こういう状況でないと、この作戦は思いつかなかった」

「高崎が役に立たないのは、織りこみ済みだ。何とか我慢して、作戦を遂行してくれ」

「最善は尽くす」溜息を漏らしそうになったが、何とか堪《こら》える。不満は多いが、〝彼〟が現時点で自分たちのリーダーであるのは間違いないのだ。和倉が「チームP」のリーダーであるのと同じように。

和倉と〝彼〟のどちらが、リーダーとして優れているか……何とも言えない。しかし、現在はこちらが圧倒的に有利なのは間違いないだろう。しかけたのはこちらだし、何よりナンバーツーである自分が優秀だからだ。リーダーは、どんと座って辺りを睥睨《へいげい》していればいるだけでいい。実務を取り仕切るのは、常にナンバーツーであるべきだ。

和倉に対しては複雑な気持ちがある。あの男は結局、俺を切り捨てた。信頼していた人間にあっさり切られた口惜しさは今も消えていない。ナンバーツーとして、和倉を散々支えてきたのに。

だから今は、切り捨てられる恐れがあるナンバーツーではなく、トップにならなければいけない、と確信していた。だから〝彼〟ではなく、自分がその座にいるべきだ。

もしもう一人のリーダー——和倉と今でも一緒だったらどうなっていただろう。その機会は完全に失われたが、想像することはないでもなかった。
摑《つか》めなかった理想、夢。

自分は今、夢の入りこむ隙間がまったくない現実の中で足掻《あが》いている。小さなミスが大きなトラブルにつながり、今や計画全体が風前の灯火《ともしび》なのだ。しかも和倉に計画を投げてしまった後は、自分でできることは何もない。

じりじりと待つしかない時間。常に攻めて生きてきた自分にすれば、じれったいことこの上ない。自分で何とかできれば一番よかったのだが、それは物理的に不可能だ。

本当にこれでよかったのか？　〝彼〟は「最良の作戦だ」と言っていたが、時間がない中での立案だったので完璧とは言えない。穴も多過ぎる。上手くいくかどうか、未だに自信がなかった。

スマートフォンをシャツのポケットに落としこみ、タブレットに視線を戻す。消防庁のチームは、依然として一塊になったまま動かない。何か相談しているのではなく、深刻なトラブルを抱えこんでいるのではないか？　よくよく見ると、メンバーの一人がその場で座りこんでいる。両足を投げ出し、他のメンバーは心配そうに見守っている感じ……怪我か？　おそらく。怪我であってくれ、と祈った。「チームP」は遅れを取っているようだが、消防庁のチームが棄権することにでもなれば、完全な独走態勢になるはずだ。他のチームは全て、今朝になって第四ステージに入ったばかりだから、どう考えてもトップには追いつかない。独走態勢になれば、和倉は精神的にも余裕を持って、ミッションを遂行できるだろう。

「怪我しててくれよ」つい声に出してしまう。昔の自分だったら、絶対にこんなことは言わなかった。相手の不運を祈るのではなく、自分が力を完全に発揮できるように努力していただろう。

自分は変わってしまったのだ。あの日から。昔の自分はもうどこにもいない。

小長港フェリー乗り場……これで「おちょう」と読むんだ、と安奈は感心した。感心する余裕ができていた。道路からずっと奥に見えているのが旅客ターミナルだろうか。これだけ橋でつながっても、瀬戸内の島々を結ぶのに、今でも船は重要な交通機関なのだと思い知る。

平羅橋が近づいてきた。安芸灘《あきなだ》諸島をつなぐ連絡架橋のうちでも小さな橋で、橋長は百メートルもない。唯一のコンクリート橋で……というのは今の自分たちには関係ない、無駄な知識だ。

安奈はずっと、貰ったみかんを握り締めていた。筋をきちんと取らないと食べられないので、走りながらでは無理だ。これはどこか——第六チェックポイントを通過した記念にでも食べよう。

平羅島を走り抜けると、中の瀬戸大橋が待っている。平羅島と中ノ島を結ぶ橋で、中ノ島までが広島県である。その先、岡村島《おかむらじま》からは愛媛県に入る。奇妙な話だが、岡村島は陸路で広島県とつながっているのに対し、愛媛県——本土の今治市へ行くには実質フェリーを使うしかない。ちなみに岡村島は、本土へ行くのに実に七つの橋を渡っていかなければならない島で、これは国内では最多だという。

雑学知識ばかりが身についてしまった。でもこれは、事前の下調べを入念にやっている証拠。

中の瀬戸大橋に向かって走って行く。これまで、橋に乗る時には急坂を上がっていくパターンがほとんどだったが、ここは比較的緩やかな坂だった。

緩い右カーブを上がって行く。膝には依然として痛みがあるが、悪化していないのが不思議だった。怪我の場合、動かし続けていれば必ず悪化して、最後は動かせなくなる。これは「怪我」ではなく「状態」なのではとぼんやりと考えた。痛みを気にしていると走りが乱れる……安奈は頭の中で、ひたすらリズムを取り続けた。長く一回吸って短く二回吐く。長距離を走る時には、このリズムを絶対に崩してはいけない。

「みかん、食べたらどうだ？」キャップが声をかけた。

「走りながらじゃあ、無理ですよ」

みかんを見てみると、いつの間にか柔らかくなっていた。知らぬ間に力が入って、強く握ってしまっていたのだろう。

「俺は一気に元気になったけど」

確かにキャップの走りは大きくなっていた。わずかな水分、それに酸味と甘味で体がリフレッシュされたのかもしれない。みかんのカロリーなど高が知れているから、エネルギー補給にはならなかっただろうが。

「そうかもしれませんけど、私は無理です」

「次のチェックポイントで食べておけよ。もうラストだから、一、二分のロスは大丈夫だろう」

「宮井さんたち、どこまで行ったんでしょう」

キャップが黙りこむ。それは読めないのだ……走るコースは限られているから、どこかですれ違うか目撃してもおかしくないのに。もうとうに第六チェックポイントを通過して、バイクに乗っている可能性もあるが、向こうはそこまでリードしていないはずだ……そう信じたかった。

ちらちらとキャップの様子を確認する。走りは安定している……表情は厳しいが、それはレースの最中には当然のことである。考えてみれば、第五ステージの後半再び走り始めてからは、おかしな判断は一度もしていない。ギャンブルができるようなコース設定でもなかったのだが。これからとんでもない行動に出るとは思えないが、まだ分からない。終わるまで終わらない――誰かが言った格言めいた台詞《せりふ》が脳裏に蘇る。

「第六チェックポイントの目処《めど》はついてるんですか？」

「いや。何もない島なんだ」

「神社とかじゃないんですかね」

「神社もない」

実際、目ぼしい場所のない無人島なのだ。橋から見ている限り、みかん畑はあるものの、それは島の外に住む人が「通い」で耕作しているのだろう。全体には海から持ち上がった小さな山という感じで、平地はほとんどない。基本的には道路——広域農道が一本走っているだけの島だった。

「最後の最後で難問ですね」

「ああ」

アドベンチャーレースが、オリエンテーリングの要素を持つと言われる所以《ゆえん》である。チェックポイントは、必ずしも分かりやすい場所にあるとは限らない。事前には曖昧なポイントしか教えられておらず、「その付近」を探すうちに、時間が経ってしまうこともしばしばだ。逆に言えば、オリエンテーリングは「距離の短いアドベンチャーレース」と言えるかもしれない。オリエンテーリングといえば呑気《のんき》なレジャーだとばかり安奈は思っていたのだが、アドベンチャーレースをするようになって調べてみると、ほとんどクロスカントリーレースである。ポイントからポイントまでは全力疾走。距離と時間が短いだけで、ハードさはアドベンチャーレースと変わらない。

橋の欄干《らんかん》には、みかんの意匠。いかにもな風景を見ながら、細い歩道を縦一列になったまま走り続ける——いつものようにマキが先頭、シゲさんが二番手につき、安奈が三番目、キャップがしんがり。前を行くシゲさんの足取りも、さすがに重い。無類のタフさを誇るマキも、この緩い上り坂で最後のエネルギーを使い果たしてしまったようだった。見る間にスピードが落ち、膝を痛めている安奈が追いつきそうになってしまう。

「もう一踏ん張りだ、マキ！」

橋の中央を過ぎて緩い下り坂になったところで、キャップが気合いを入れる。マキが右手を上げて振ってみせたが、やはり力が入っていない。しかしスピードは少しだけ蘇った。

「キャップ！」マキが突然大声で叫ぶ。

「どうした」

「宮井さんたち、いますよ」

マキが前の方を指差す。目を凝らすと、橋を渡りきったところ、その左側に確かに宮井がいた。何をしているのだろう……橋の終わりが近づくに連れ、消防庁のチーム全員がその場に集合しているのが分かった。あそこがチェックポイントなのだろうか。

「キャップ、どうします？」安奈は振り返って訊ねた。「宮井さんたち、トラブルじゃないんですか」

手出し無用、がアドベンチャーレースの暗黙の了解だ。走れないような状況になったら——最悪遭難《そうなん》とか——主催者に助けを求めるのが筋で、他のチームは手を貸す必要はない。もちろん、人命がかかったような危急な状況なら助けるのは、人間として当然だが。

「ちょっと話してみるか」

キャップが即座に言ったが、声の調子がどこかおかしい……安奈は振り向き、彼の顔色を確認した。うつむいているのではっきり分からないが、異様に緊張している。普段もレース中は険しい表情なのだが、それともまた違う。まるで大規模な警備現場にいるような……何だろう？

キャップがマキに声をかける。

「マキ、橋を渡り終えたらちょっと止まってくれ」

「宮井さんですか？」マキが振り返って怒鳴り返す。

「ああ。様子を見たい」

了解、のサインにマキが右手を軽く上げる。シゲさんも振り返ってキャップを見た。特に険しい表情ではない……彼も、何か異変があったと察したのだろう。シゲさんも人情に厚い方だから、ピンチなら助けるのは当然と考えているのだろう。安奈自身は、ここでのロスは致命傷になるのでは、と考えていた。そもそもキャップの様子が変ではないか？　あれほど勝ちにこだわり、タイムを気にしていたのに、ここにきて宮井たちを助けようとするなんて。うかうかしていたら、こちらもタイムリミットに引っかかってしまう。

橋を渡り終えると、マキが左に寄って行った。道路の左側にわずかに開けたスペースがあり——その先は鬱蒼《うっそう》とした森だ——宮井たちはそこに集まっていた。

「宮井、どうした？」キャップが声をかける。

「ああ」宮井が顔を上げる。弱り切った表情が浮かんでいた。「ちょっとトラブルだ」

「怪我か」

「そういうこと」

見ると、消防庁チームの一人が、座りこんでいる。両足を投げ出し、シューズも左右とも脱いでしまっていた。血は見えないが、相当痛そうで、表情は歪《ゆが》んでいる。

「肉離れか？」キャップが訊ねる。

「たぶん、な」屈《かが》みこんでいた宮井が背中を伸ばす。「これが限界かもしれない」

「何とか頑張れないのか？」

「頑張れる怪我と頑張れない怪我があるよ」

二人の会話を聞いているうちに、安奈はまた膝の痛みを意識し始めた。自分だって万全じゃない。だけどもう少し……第六チェックポイントを通過すれば、残りは得意のバイクだけなのだ。それを考えれば我慢できる。実際今まで、一度もスピードを緩めることなく、走ってこられたのだし。

「棄権か」

「まだ決められない」

宮井の顔が歪む。ここまできて諦め切れない気持ちは、安奈にも十分理解できた。どこで棄権しても悔しいものだが、レースの最終盤でとなったら、これまで積み上げてきたものが全て、一気に崩れ落ちるように感じるだろう。結果はもちろん大事だけど、それもレースを完走できてこそついてくるものだ。棄権したら記録すら残らない。第四ステージ、第五ステージの勝ちも消えてしまう――あるいは参考記録になるのか。

「無理するなよ。怪我だけはしょうがないんだから」

「ああ」宮井が唇を嚙み締める。「そっちはこのまま行けそうか?」

「まだ分からないけどな……やることもあるし」

「キャップ、やることって――」安奈は思わず詰め寄った。もしかしたら、彼が異様な行動に出ていたのは、その「やること」のためなのか?

「ちょっと待っててくれないか」キャップが真顔で言った。

「待つって、何をですか」

「五分でいい。それぐらいなら、大したロスにはならないだろう」

「キャップ?」

安奈はキャップの腕を摑《つか》もうとしたが、彼女が腕を動かすより先に、歩き出してしまった。行き先は……舗装が途切れた先、鬱蒼とした茂みの方。

「キャップ!」

もう一度呼びかける。キャップは立ち止まろうとせず、茂みに分け入ってしまった。こんなところにチェックポイントがあるはずもないのに。

2

いきなり行く手を阻《はば》まれる。島の斜面を鬱蒼と覆《おお》い尽くす木立――いや、これは森だ。目の前に次々と木が現れ、斜面を最短距離で降りていけない。こいつはなかなかの難物……和倉は木の幹を頼りにしながら、慎重に、かつできる限りのスピードで斜面を降りた。

「キャップ！」

安奈の声が上から降《ふ》って来る。気にはなったが、上を向いて確認している余裕がない。しかし、すぐに下生えや木の枝をガサガサと揺らす音が聞こえてきた。まさか、ついて来るつもりか？　さすがにそれはまずい。「誰にも言うな」と釘を刺されているのだ。いくら仲間とはいえ、これは自分だけが背負うべき問題である。

「キャップ！　待って下さい！」

先ほどよりも声が近づいている。小柄で体重も軽い安奈の方が、こういう場所では自分よりも有利なのかもしれない。和倉は木の幹を摑んだまま、上を見上げた。安奈は、二メートルほど上まで迫っている。

「来るな！」和倉は声を張り上げた。

「待って下さい！」安奈も真剣だった。「何してるんですか！」

「いいから、来るな！」

怒鳴り合いが終わり、静かな空気が流れる。ほとんど人もいない、車も通らない中ノ島の斜面……木々の隙間から、中の瀬戸大橋の裏側、そして向かいにある平羅島が見えている。平羅島まではほんの数百メートルほどか。二つの島の間に横たわる「水路」は川のようなものに違いない。しかし、海面自体はまだ見えなかった。木々に阻まれているせいもあるが、和倉がかなり高い位置にいるのも間違いないのだ。

安奈を無視して、和倉は再度斜面を降り始めた。一歩一歩足元を確認し、踏みしめて……斜度はかなり急で、まるで梯子《はしご》を降りているようなものだった。必然的に、木の幹を握る手に力が入り、エネルギーをロスしてしまう。体重を支えきれなくなり、ずるりと左手が滑ると同時に鋭い痛みが走る。慌てて右手一本で体を支え、左の掌を顔の前に持ってきた。血。クソ、こんな下らないことで怪我してしまうとは……レースには影響はないが、この回収作業には支障を来すかもしれない。

「キャップ、大丈夫なんですか」

安奈の声がすぐ側《そば》で聞こえた。いつの間にか彼女は完全に追いついてしまい、手を伸ばせば届く場所まで来ている。それだけではなく、牧山も迫っているのが見えた。

「何やってるんだ、マキ！　戻れ！」

怒鳴ったが、牧山は動きを止めようとしない。しかし……さほど苦労することなく、長い手足を上手く利用して、木の間を渡るように降りて来る。

結局三人は、それぞれ木を背負う格好で向き合った。まさか、こいつらが追いかけて来るとは……呼吸を整えながら、和倉は首を捻《ひね》って下を見下ろした。木々の隙間から、かすかに海が見える。海面まで二十メートルほどだろうか。しかし、どうもこの先は完全に切り立った崖になっているようだ。手がかり足がかりになる木もなく、最後の数メートルは飛び降りねばならないかもしれない。降りる分には問題ないが、上がる時にはどうするべきか……脱落、そして家族が危うくなる。和倉は瞬時に絶望感に襲われた。

「どういうことか説明して下さい、キャップ」安奈が冷たい口調で迫る。

「シゲさんはどうしてる？」質問を無視して和倉は訊ねた。

「上でチェックポイントを探してます。みかん畑に続く階段があったでしょう？　たぶんあの辺ですよ」マキが答える。「とにかく、早く戻りましょう。タイムオーバーになりますよ」

「駄目だ」和倉は瞬時に否定した。「下に行く必要がある」

「何でですか」安奈が険しい表情を浮かべる。「下にチェックポイントがあるわけじゃないでしょう？　ただの海ですよ」

「そこに用事があるんだ」

「何の用事ですか」安奈は追及の手を緩めなかった。「レースと関係ないでしょう」

「ああ、レースとは関係ない」和倉は認めた。「でも、行かないと駄目なんだ」

「意味が分かりません」安奈が首を横に振った。

「とにかく、二人とも戻ってくれ」

「キャップ、下まで——海まで降りるつもりですか？」マキが訊ねる。

「ああ」

「そこに何があるんですか？　そもそも、一番下まで降りられるんですか？」

「それは、見てみないと分からない」

和倉は急に自信を失っていた。自分はそれほど身軽な方ではない。アドベンチャーレースを始める前に、フリークライミングを試してみたことがあったのだが、自分には合わなかった……若い女性が易々《やすやす》とボルダリングをやっているのを見て、不思議に思うことがある。和倉の場合、指先や足が弱いのか、フリークライミングに必要な筋肉が鍛えられていないのか。

「水島がいればな」つい、愚痴が口をついて出る。

「水島さんって、昔一緒にやっていた人ですよね？」安奈が訊ねる。

「ああ。君たちがチームPに参加する前の話だ」

「警視庁も辞めたんですよね」

「ああ」和倉は眉を顰《ひそ》めた。「ちょっとしたトラブルがあって……でも、その話は今はいい」

「そうです。肝心なのは、キャップの話ですよ」安奈が話を元に引き戻した。

こいつらには隠しておけないか……和倉は瞬時に後悔の念に襲われた。もっと早く話しておくべきだったのではないか？　仲間を信頼して、レースに参加しながらも対策を練るべきだったのではないか？　これは、一人で抱えこんでおくには大き過ぎる――難し過ぎる問題だ。取り敢えず、誰よりも先にこのポイントに来ることしか考えていなかったので、ブツの回収については何のアイディアもなかった。現場の様子が分からなかったとはいえ、少しは考えておけばよかった。

一人でどうにかなることではなかったのだ。

俺は最初から判断を間違っていた。和倉はゆっくりと深呼吸して、二人の顔を順番に見た。安奈、牧山――意を決して口を開く。

「実は――」

情報不足は人を不安にさせる。第六チェックポイント近く、中の瀬戸大橋を渡り終えた付近でストップしてしまった消防庁のチームの様子は画面に映っているが、説明が一切ないので何が起きているかは分からない。

助手席では高崎が、かすかにアルコール臭い息を吐きながら軽い鼾《いびき》をかいていて、先ほどまではそれは不快でならなかったのだが、今はそんなことは気にもならない。

だが……身を乗り出すことになった。

画面に動きがあったのだ。

消防庁のチームと、チームＰの連中は、しばらく何かを話し合っていたのだが、急に人が消えたのだ。和倉だろうか……突然走り出したかと思うと、島の斜面を覆う木立の中に姿を消す。よし、と思わず拳を握り締めた。間違いなく和倉だ。ついに回収に乗り出したのだろう。しかしそれに二人が続いたのは想定外……和倉は、仲間たちにも状況を話したのだろうか。だとしたらまずい。こういう情報は漏れると、一気に広がってしまいがちなのだ。そしてチームPの人間は全員が警察官。このまま何もなく、無事に終わるとは考えられない。

ただし、まだ本番は始まったばかりだ。これからどうなるかはまったく分からない。こちらとしても、GPS情報である程度場所が特定できているだけで、現場がどうなっているかはまったく把握できていないのだ。もしかしたら、水中深くに没している可能性もある。それを回収するとなると、一手間では済まないのは間違いない。いや、あの辺の水深はそれほど深くないはず……あれこれ考えてもどうしようもなかった。やっと本番というのに、不安は大きくなるばかりである。

呻《うめ》き声を漏らしながら、高崎が目を覚ました。

「よくお休みのようだな」思わず皮肉を飛ばしてしまう。

「昨夜、全然寝てないですからね」

酒を呑むのに忙しかっただけだろう、とまた皮肉に考える。この男と話していると、こちらの精神状態もおかしくなってしまう。

「ようやく回収にかかったようだ」

「マジですか」

高崎が身を乗り出してきたので、タブレットを渡してやった。高崎が目を細め、画面を睨《にら》む。「分かりませんよ」とぽつりと言った。

「もうとっくに降りてる」

「あ、そうなんですか」高崎がしれっとした口調で言ってタブレットを返した。

画面を凝視して、人数を確認する。消防庁のチームは、四人全員が揃っている。対して、チームPは一人。ということは、やはり和倉を筆頭にして三人が下へ降りたようだ。まずいな……スマートフォンを取り出し、〝彼〟に電話をかける。まるで待機していたかのように、呼び出し音が一度鳴っただけで電話に出た。

「連中が回収にかかった」

「こちらでも確認していた」

〝彼〟の声は不機嫌だった。自分と同じ懸念に襲われているのだろう、と分かる。情報が広がるのはまずい……これは、最初に想定していなかった事態だった。和倉の性格からして、仲間にも事情を話さないだろうと予想していたのだ。厄介事に他人を巻きこむはずがない。

「三人で回収にかかったということか？」

「恐らくは」

「まずいな……この後の展開も考えておいた方がいい」

「ああ」

「まずは、無事にこちらが入手できるかだ。仮に向こうが三人がかりできたら、相当難しくなる」

「人質を抑えている限りは大丈夫だ」

「警察を舐《な》めてはいけない」〝彼〟が慎重な口調で言った。「何らかの形で連絡をとる可能性もある」

「アジトを移すか？」

「それも危険だ」

「だったらどうする」

〝彼〟が黙りこむ。結局この男も、アイディアに溢《あふ》れた男ではないのだ、と今更ながら思い知る。最初にきっかけを作ったのはこの男だが、作戦の細部を詰めたのは自分だ。最後も自分で何とかするしかない。責任を負わされるのは嫌だが、自分で作戦を決定して手をつけた以上、最後まで責任を負うしかないのだ。今さらながら、性格というのは変わらないものだと思う。もっと無責任に生きてもいいのに。

「賭けるか。和倉はチームPのメンバーには事情を話していないかもしれない」

「だったら、どうして三人で降りて行った？」

「和倉が抜けたから、慌てて跡を追ったのかもしれない。キャップが一人で暴走すれば、他のメンバーは慌てるだろう」

「それでも、下まで行けば事情が分かってしまう」

「大丈夫だ。こちらには人質がいる」

結局、そこの線で押していくしかないのだ。和倉の性格を考えれば、家族を見殺しにするとは考えられない。もちろんあの男は人一倍正義感が強いし、自分が犯罪に加担することになると知れば、葛藤するだろう。だが、回収しただけでは、自分が何をしているかは分からないだろう。余計なことで迷って欲しくはなかった。

「気を揉んでも仕方がないな」〝彼〟が自分を納得させるように言った。

「ああ。状況が変われば、その場で対応するしかない」

「そこは任せていいな？」

「もちろんだ」俺は大丈夫。しかし高崎は心配だ。何とか近くで見守りながら指示を飛ばすしかない。そのための方法も準備してあったが、予行演習している暇はないだろう。ぶっつけ本番でやってみるしかない。まあ、あんなものは素人でも何とか使えるだろう。

問題は、自分が現場近くにいなければいけないことだ。ショッピングセンターの駐車場で待機していては、状況は分からない。会場の中に紛《まぎ》れこんで現場の様子を見つつ、指示を飛ばす――危険と背中合わせだが、やるしかない。ぎりぎりの場面はむしろ、自分が好む状況なのだし。

「今後も、連絡を密にしてくれ」〝彼〟が話をまとめにかかった。「東京の方では準備を進めておく」

「必ず無事に回収して離脱する」

「頼む」

〝彼〟にしては弱気な発言だった。だが気持ちは分かる。誰もが疑心暗鬼に、弱気になっているのだ。だがここで、自分はしっかり気持ちを持たねばならない。結局、この作戦の肝は自分なのだ。自分が折れたら、作戦は全て失敗する。その先に待っているのは――長い裁判と刑務所暮らしだ。

「キャップ……どうして今まで黙っていたんですか」安奈は溜息混じりで訊ねた。

「言えるわけないだろう」

「言ってくれれば、何とかなったかもしれないですよ」

「無理だ」キャップが首を横に振った。「レースの最中にはどうしようもない。相談している暇もなかっただろう」

「昨夜は時間がありましたよ」安奈は口を尖らせて抗議した。

「……とにかく、どうします？」マキはそれほどショックを受けていない――もう自分の中で咀嚼《そしゃく》し終えたのかもしれない――様子で、ごく普通の口調で訊ねた。

「まず、ブツの回収が優先だ。あとはゴール地点まで運ぶ……やることはシンプルだ」

「じゃあ、俺が行きますよ」マキが手を挙げる。「行けると思います」

「懸垂《けんすい》下降になるぞ」キャップが指摘する。

「こんなこともあろうかと……」マキがニヤリと笑い、バックパックを前に持ってきた。中に手を突っこみ、ロープを取り出す。

「何でそんなもの、持ってるの？」安奈は呆《あき》れて訊ねた。「余計な荷物になるだけでしょう？」

「ロープは、何かと役にたつんですよ」

「今回、使う状況はなかったでしょう」

「今、使うことになりましたよ」マキがあっさり言った。

何となく気にくわない生意気な言い方だが、ここで喧嘩しても始まらない。

「とにかく……一人なら十分支えられますから」

「だったら俺が行く」キャップが緊張した面持ちで宣言した。

「いや、しかしここは――」

「俺が行く」キャップがマキの言葉を遮った。「だいたい、俺の方が体重は軽いだろう」

「まあ、そうですけど……」マキは不満そうだった。

「とにかく、俺が行く。二人はバックアップを頼む」

言い残して、キャップがまた斜面を降り始めた。どうにも危なっかしい感じ――普段、自分たちがやっていることとはかけ離れた行動故《ゆえ》、慎重になるのは仕方がない。安奈はマキと顔を見合わせた。

「やれると思う？」

「どうですかねえ」マキが肩をすくめる。「下の状況が分からないので」

「ロープの長さは？」

「十メートル」

「それで間に合う高さならいいけど」

「最後は飛び降りれば――」

「そういう状況だと、戻る時に大変よ」

「正直、そこまで考えてませんでした」

マキが頭を掻く。まったく、この男は……しかし、こんな状況は誰も想定していなかったのだから、仕方がない。

「とにかく、行きましょう。大丈夫ですか？」

「もちろん。本当なら、私が下へ降りるべきなのよ。一番体重が軽いんだから」

「そうですけど、ここはキャップに任せた方がいいと思います……キャップの気持ちの問題もありますから」

「上がる時に大変そうだけど」

「何とか手を考えますよ」

うなずき、安奈は最初の一歩を踏み出した。湿った葉が斜面に積もっていて、ずるりと滑り、膝に痛みが走る。慌てて木の幹をつかみ、何とか落下を防いだ。急に汗が滲《にじ》み出す。深い木立のせいでほとんど陽光は射しこまず、空気は滞留している。風はほとんど通らず、熱された空気の中で激しい運動をしているせいで、エネルギーのロスが大きい。この状況は、レースそのものに悪影響を与えるのではないか、と心配になった。

キャップの姿は、もう木立の奥に消えている。何とか体を安定させながら降りると、やがて木立が切れ、海面が見えてきた。確かに、この先はほぼ垂直の崖……まるで、海の流れに抉《えぐ》られたようだった。その時、頭上から声が降ってくる。

「チェックポイント、見つけたぞ！」

シゲさんだった。ただ待っているだけではなく、レースをきちんと成立させようとしている。これなら、無事に回収して上に戻れば、最低限のタイムロスでレースを再開できるだろう。

私は諦めたくない。

キャップから事情を聞いた後の今は、普段の彼らしからぬ判断ミスの原因も理解できている。というより、ミスするのは当たり前だ。こんな状況で、よくここまでレースを続けてこられたと思う。キャップにとっては、家族よりもレースなのか……いや、違う。ここまで無事に辿り着き、犯人の要求に従うのが、家族を無事に助ける唯一の方法だったのだから。

それにしても、冗談みたいな話だ。犯人はいったい、ここで何をなくしたのだろう。キャップの推測通り、ドローンだろうか。確かにドローンは、コントロールを失ったり、強風で飛行不能になったりして、墜落することもあると聞いている。だが、ドローンにいったいどれほどの意味があるのか……この件については、マキと話し合ってみたかった。謎があれば知りたい、分からなくても推測するのが、人間の本能なのだから。しかしさすがに、この状況で話し合っている暇はない。

木の枝が折れる音に続いて、マキが短い悲鳴を上げる。ついで、どさりと大きな音。慌てて振り向くと、マキが斜面を滑り落ちてくるところだった。安奈は思わず体を硬くした。このままだと、ぶつかってしまう。自分の体重ではマキを支えられるはずもなく、二人で崖の下まで一気に転落だ——しかしマキは、何とか木を摑んだ。

「クソ」短く悪態をついたが、何とかその場で止まる。

「マキ、大丈夫?」

「問題ないですよ」余裕のある台詞ながら、マキの声は震えていた。

「マキ、どうした!」下の方からキャップの声が聞こえてくる。

「大丈夫です!」マキが怒鳴り返した。すぐに体勢を立て直し、慎重に斜面に立つ。

「怪我は?」心配になって安奈は訊ねた。

「これぐらい、平気ですよ」マキはもう、平常運転になっていた。精神的に図太いというか、あるいは鈍いだけなのか……しかし、こういう場ではやはり頼りになる。

木立が途切れる。キャップは、木の幹に摑まった状態で身を乗り出し、海面を見下ろしている。高さは五メートルほど……飛び降りても何とかなるかもしれないが、やはり怪我は怖い。ロープを使って少しでも海面に近づき、飛び降りる高さを低くするしかないだろう。リスクは残るが、そもそもアドベンチャーレース自体がリスクとの戦いだから、仕方がない。

キャップから少し離れた場所で、安奈も木の幹にしがみつく格好で下を覗きこんだ。凪《な》いだ海……先日まで台風で荒れていたのが嘘のような穏やかさだが、瀬戸内海はもともと、こういう海だ。海の色を見た限り、非常に浅い――それが少し先へ行くと急に色が濃くなり、水深が深くなっているのが分かる。だからこそ、頻繁に船が行き来できるのだ。

横を見ると、マキが無言で作業を始めていた。ロープを肩にかけ、端を木に結びつけている。機動隊員なら誰でも、レンジャー訓練はするものだ。慣れた手つきでロープを固定すると、キャップに声をかけた。

「キャップ、行けますよ」

「分かった」

緊張した様子で、キャップが横ばいするような格好でマキに近づいて行く。ロープを握って何度も思い切り引っ張り、強度と結び具合を確認する。マキにうなずきかけると、木に結ばれていない方の端を自分の腰に巻きつけ、木から近い位置で握った。

「必要な道具がありませんから、無理しないで下さい」マキが声をかける。

「懸垂下降はやらないよ。ロープはあくまで補助だ」

「了解です」

マキが緊張した表情でうなずく。キャップがうなずき返し、ゆっくり腰を折り曲げた。勢いをつけずにロープを使ってぶら下がる。安奈は思わず身を乗り出して確認した。つま先がしっかり崖にかかっている。これなら、ロープにかかる体重はだいぶ軽減されるはずで、時間を気にしなければ確実に下までたどり着けるだろう。

マキはロープの結び目を注視していた。少しでも緩んだらすぐに対処できるように……ロープはピンと張り切っていて、結び目が緩む気配はない。それでも安心できないようで、マキはロープの端を握った。腕に力が入り、筋肉が太いロープのように浮き上がる。

「大丈夫そう？」さすがに心配になって訊ねる。

「ロープは問題ないですよ」マキが自信なげに言った。

「木は？」

「今のところは平気ですけど、こういう木がどれぐらい丈夫かは分かりませんね」

安奈は慎重に木に近づき、根元を蹴飛ばした。びくともしない。崖の端なので、しっかり根を張っているかどうか心配だったのだが、取り敢えずは心配なさそうだ。キャップはそれほど重いわけではないし。

安奈は木の幹を摑んだまま、身を乗り出した。

「キャップ、大丈夫ですか？」

キャップが呻くような声で返事をした。「大丈夫」と言ったのか、「ああ」と言ったのか……ちゃんと返事をする余裕はなさそうだ。上から見ていても、肩と背中の筋肉が盛り上がり、動いているのが分かる。つま先は依然として崖の斜面に引っかかっているのだが、そちらはさほど頼りになっていないだろう。あくまで腕の力で降りる。これが正しいやり方かどうかは分からないが、できる範囲でキャップが努力しているのは分かった。

四メートル、三メートル……ジリジリとしか下へ行けない。見ているだけで、安奈は胃が痛くなってきた。ここはやはり、一番体重の軽い自分が行くべきだったのではないだろうか。

キャップがいきなり、手を離して飛び降りた。まだ地面までかなりの距離があるのに——。「キャップ！」安奈は思い切り叫んだ。こんなの、自殺行為だ——。

長い時間が経ったようだった——自分はいったいどこにいるのか。心配になった瞬間、足裏から膝にかけて、強烈な衝撃が襲う。膝を曲げてショックを逃すと同時に、自分の周囲で跳ね上がる水を浴びて、意識がはっきりした。狭い砂浜から少し外れ、浅瀬に飛びこんでしまったようだ。しかしその分、ショックは軽減されたはず……和倉はすぐに立ち上がり、頭上の木立を見上げた。木々の隙間から、安奈と牧山が心配そうにこちらを見下ろしている。

クソ、こんなに上手くいかないものだったのか。和倉は苛々《いらいら》して、胃に痛みを感じ始めていた。もっと簡単だと思っていたのだ。つい先ほどまでのことを思い出す。つま先が崖の斜面を捉えてさえいれば、腕力にあまり頼る必要はない——しかし斜面は土がむき出しで、つま先に力を入れる度にぼろぼろと崩れていく。足を外すと両腕に力がかかり、肩がぐっと引っ張られてしまう。ただぶら下がっているだけならともかく、降りるとなると、腕と足に上手く力を分散させなければならない。ところが、その足がほとんど役に立たなかった。

思いつき、和倉は斜面に思い切り右足のつま先をめりこませた。つま先が土の中に埋まるほどではないが、これで何とか安定する。ロープを降り、今度は左足を突っこむ。よし、これもＯＫ……ようやくリズムを摑み、和倉は慎重に崖を降った。

ちらりと下を見る——もう、残り二メートルほどだ。二メートルの高さから落ちたら死ぬか？　いや、大丈夫だ。頭から落ちればともかく、きちんと足から着地できれば問題ない。しかも下は柔らかそうな砂浜である。海の中に飛びこめば、さらにショックは和《やわ》らぐだろうと判断した。

和倉は、腰に結びつけたロープを外した。これが絡まったら、体がひっくり返って頭から落ちてしまうかもしれない。

よし——手を離し、右足で斜面を蹴る。同時に左足を斜面から引き抜いた。すぐに十分膝を曲げ、着地のショックに備える。結果、何とか無事に着地。

「大丈夫だ！」声を張り上げると、二人の顔にほっとした表情が浮かぶ。そもそも、そんなに心配する必要はない——和倉は冷静なふりを装ったが、その実、鼓動は高鳴っていた。レースでは経験できない垂直の動きに、心を揺らされた。

「見つかりますか?」安奈が声をかけてきた。

「これからだ。ちょっと待っていてくれ……いや、星名は上へ戻れ。シゲさんと合流して、先にパンチングを終えてくれ」何も、彼女までここで待機している必要はない。

「ここにいます」安奈が怒鳴り返す。「上に戻る時、人手が必要かもしれないでしょう」

確かに……ロープがあるにしても、自力だけで崖を攀《よ》じ登れる自信はない。

しかし戻ることを考える前に、ブツを見つけないと。

和倉は、「水中ドローン」というものがあるのを知らなかった。要は、自律型の小型潜水艦のようなもの。「小型」と言っても、長さは一メートルほどもあると説明を受けていた。場所は間違いなくこの辺りのはずで、見つけるのに時間はかからないはず……ただし、水中に没していたらそれまでだ。泳いで探す羽目になったら、どれだけ時間があっても足りない。

和倉は一度、水中から砂浜に上がった。砂浜と言っても、幅は二メートルもない。ドローンが間違って砂浜に乗り上げ、動きが取れなくなってしまったのではないかと想像して周囲を見回してみたが、何もない……もしかしたら、バッテリーが切れて水中に没しているのか。

それにしても、自然が濃い。島の水際にはまったく人の手が入っておらず、木の根が突き出している様は、熱帯の森のようにも見えた。ただし、右側に視線を転じると、中の瀬戸大橋の橋脚がどっしりとそびえ立っている。

何となく、和倉はそちらへ近づいた。根拠があったわけではない。本当は、もっと効率的に探すべきなのだ。鑑識課員たちがよくやっているように、現場をマトリックスに分けて、一つ一つの枡を潰《つぶ》すように確認していく――だが今は、そこまでやる必要はないだろうと思った。何しろ相手は、長さ一メートル。橋脚しか人工物がないこの現場では、あれば分かるに違いない。しかし見当たらない……和倉は次第に焦《あせ》り始めた。

いや……あれか？　和倉の視界の端に、この場に似つかわしくない色――紺色の物体が映った。和倉はそこへ向かってダッシュした。足首まで埋まりそうな砂の上を走ると、大変な負荷がかかったが、今は一刻を争う。

あった。間違いない。

問題のドローンは、先端が砂浜に埋まる格好になっていた。台風のせいで海からここへ突っこんできて、先端が埋まってしまい、動かなくなったのだろう……まあ、その辺のことは考えても仕方がない。とにかくドローンの特徴は、スタート前に電話をかけてきた男の説明通りだった。

動かしても危険ではないはずだ。和倉はドローンの前にしゃがみこむと、先端を持って思い切り引っ張った。かなり重い……十キロか二十キロか。まさに、超小型の潜水艦という感じだ。青く塗られたドローンの長さは、説明通りに一メートルほど。直径は約二十センチ、水の抵抗を減らすようなことはあまり考えていないようで、流線形ではなくほぼ円筒形だった。前後に二対、計四枚のフィン。後部にスクリュー。ただ、スクリューは奇妙にねじ曲がっている。どうやら壊れたようだ。使用不可能なので、ハードディスクだけを回収する必要があったのか……いや、今はそんなことを考える必要はない。自分に出された指示に従うことを考えるだけだ。

前部フィンの少し後ろ、上部に開けられそうなスペースがある。鍵が必要なのではないかと思ったが、実際には完全防水の蓋《ふた》がきっちりはまっているだけだった。小さなつまみを回すと、ネジが外れる。つまみを持ったまま蓋を引き上げると、中身が現れた。メカニズムはまったく分からないが、水中で何らかの作戦行動をするためには、かなり長時間、自律して動けなければ意味がない。このボディの大部分がバッテリーであろうことは容易に想像できた。

縦二十センチ、横十センチほどの四角い穴を覗きこみ、ハードディスクを確認する。ハードディスクと言っていたが、実際は小型の外付けＳＳＤだった。ＵＳＢで繋がれているだけなので、少し力を入れると簡単に外れた。

思わず、その場にへたりこんでしまう。こんなもののために自分は家族を危険な目に遭わせ、レースを台無しにするところだったのだ。一瞬怒りがこみ上げ、ＳＳＤを海へ放り投げてしまいたい衝動に駆られる——まさか。命令通り、後は相手に渡すだけだ。当然、レースも勝つ。

急いで戻らないと。ここからだと、声をかけても安奈たちには聞こえないだろう。しかしロープを垂らした場所へ戻る前に、和倉は証拠保全をしておくことにした。このドローンは絶対、犯罪絡みの存在だ。この後、警察が捜査を始めるとしたら、まずこれが最大の証拠になる。

蓋を閉め、ドローンを持ち上げる。やはりそれなりの重さがあり、一瞬よろけてしまった。どうするか……隠しておく場所はいくらでもあるが、後ですぐに見つけられないと意味がない。結局、コンクリート製の橋脚の脇にそっと横たえた。こんなところまで来ていじる人間もいないだろう――そうか、こういうところだから、自分に回収が任されたわけだ、とようやく理解した。このドローンの位置については、今でも犯人がGPSで把握しているだろう。ただし、回収は困難を極めるはずだ。船で接近するか、あるいは上から降りてくるか、いずれにせよ技術的に難しいし、しかも今、この周辺には普段よりもはるかに多くの人がいる。「とびしま24」に参加する選手、スタッフ、それに大会を無事に運営するために現場に出ている警察官と海上保安庁。特に犯人は、警察官と海保を恐れているはずだ。少しでも怪しい動きをしたら、間違いなくチェックを受ける。

このSSDには、絶対に見つかってはいけない情報が入っているに違いない。軍事情報、と頭に浮かぶ。自衛隊の基地が、それほど遠くない場所にあるのだ。海中から接近して何か機密情報を撮影し、戻ってきたのを回収して任務完了――のはずが、何らかのアクシデントで失敗したに違いない。ただし、どうしても回収しなければならず、俺に触手を伸ばしてきた。

筋は合う。

だが、まだ謎は残っていた。犯人はどうして俺を選んだ？　「とびしま24」が開催されていて、和倉が参加していることを知っており、しかも和倉ならこういう回収作業をこなせると判断してターゲットにする——顔見知りだ、と思った。俺のレースの実績や運動能力まで摑んでいる人間でないと、こんなことを思いつかないだろう。

「誰なんだ」和倉は一人つぶやいた。知り合いの顔を一人ずつ思い浮かべる。そうしているうちに、ある男の顔が突然、大きくなった。まさか……いや、あり得る話だ。胃の中に硬い物を吞みこんだような不快感を覚える。

しかし今は、気にしても仕方がない。こんな場所で、真相を追求している時間も手もないのだ。

とにかく早く戻ること。全てはその後だ。

和倉はSSDをバックパックにしまった。食料を順調に消費しているので、バッグには余裕がある。重さもまったく気にならなかった。あとは無事に崖を登り切れば……フリークライミングの練習もしっかりしておくべきだったな、と悔いる。おそらく、フリークライミングをやっている人なら、あれぐらいの崖は何でもないだろう。彼らは、ほんの数ミリの亀裂や突起を手がかりにして、ほぼ垂直——あるいはオーバーハングの崖や岩面をあっさり上がっていく。

「やるしかないな」と自分に言い聞かせるようにつぶやく。

砂に足を取られながら走り始める。脛《すね》に嫌な緊張感が走ったが、スピードを緩めることはできない。

垂れ下がったロープの下まで戻ると、心配そうな二人の顔が見えた。

「回収した」

報告すると、ようやく二人の顔から緊張が抜ける。牧山が腕時計を見て、「七分三十秒のロスです」と告げた。ロープで砂浜に降りてから、もうそんなに時間が経つのか……急がないと、ゴールのタイム設定に間に合わなくなってしまう。

和倉はロープを二度、三度と引いて、安定していることを確認した。よし、大丈夫。牧山のロープの処理は完璧だ。バックパックが安定していることを確認し、つま先を斜面にかける。ロープを握る手に力を入れ、ぐっと体を引っ張り上げた。腕が痛い……これまで全く使っていなかった筋肉を、短時間に酷使してきた証拠だ。だが、まだまだ大丈夫。シーカヤック対策で、腕と広背筋《こうはいきん》はしっかり鍛えている。ロープをよじ登る際には、この筋肉が役にたってくれるはずだ。

「いけますか？」上から覗きこむようにして、安奈が訊ねる。

「大丈夫だ」

体を動かす時は、常にリズムを意識……しかし今回はそういうわけにはいかなかった。

まず足場を固め、体を引っ張り上げて、という動きを繰り返すのだが、一歩ごとに足場が固定されたことを確認しなければならないので、どうしても同じペースで進めない。上を見上げると、二人の顔がはるか遠くに見えた。わずか五メートルほどの距離なのに、永遠にたどり着けないような気がする。

馬鹿な。

たかが五メートルなのだ。棒高跳びだったら一発で飛び越せる高さ。二階の屋根までよじ登る程度の高さなのだから、自分にとっては何ということもない――と言い聞かせてみたものの、上手くはいかない。俺の体はこんなに重かったか？　両腕に力を入れ、思い切り上半身を引き上げる。次いで足を上に持ってきて、つま先をしっかり固定できそうな柔らかい場所を探す。足場が確保できたら、曲がった膝を伸ばすと同時に、ロープの上部を摑む――決まり切った簡単な動きだが、足場を確保するのに時間がかかり、それ故リズムに乗れない。もしかしたら、足場を気にせず、両腕の力だけでロープを登れるかもしれないと思ったが、さすがにそれは無理だった。

子どもの頃の棒登りを思い出す。あれは得意だったのだが、固定された棒だったからだろう。ゆらゆらと不安定に揺れるロープが相手では、上手くいかない。そのうち息が上がり、肩と腕がパンパンに張って、動きが取れなくなった。

「キャップ、ちょっとそのままでいて下さい」牧山が怒鳴った。ロープを摑み、必死で引き上げにかかる。姿の見えない安奈は、その後ろに控えて手伝っているのだろうか。

ましだろう。

ゆっくりと体が上がり始める。少しでも牧山の負担を減らそうと、和倉は両足を崖に突っ張った。これでどれだけ牧山が楽になるかは分からなかったが、何もしないよりはましだろう。

あと一メートル……もう少しで崖の縁まで手が届く。木の根が張り出しているのが見えているから、あれを摑めば、後は安全だ。ミッション完了。

だが、山登りは頂上付近に落とし穴があるものだ。もう少しで手が届きそうだと思った瞬間、足が滑る。つま先に力を入れていたせいか、衝撃は大きく、一気に牧山に体重がかかってしまった。牧山まで巻きこむわけにはいかない……「離せ！」と叫んだが、手遅れだった。牧山が、和倉の背中側を通り越して落ちていく気配が感じられる。和倉の体も、崖に叩きつけられた。その衝撃の後に、今度は宙に浮く感覚。

「キャップ！」

安奈の悲鳴が聞こえたが、どうにもならなかった。今自分にできることは……和倉は崖を蹴った。背中から落ちたら、ＳＳＤが壊れてしまうかもしれない。何とかバックパックを守らなければ——この時点では、自分の体のことは何も考えられなかった。

どさり、と音がする。牧山は無事に着地したのだろうか。身軽な男だから大丈夫だと思うが……和倉の視界の中で景色が反転する。どうなっているのか——まずいと思った瞬間、和倉は体の右側に激しい痛みと強い衝撃を覚えた。

クソ、ＳＳＤは無事なのか……自分の体のことよりも、まずそれが気になった。バックパックは無事なはずだが……と考えたところで、すぐ側で倒れて呻いている牧山に気づいた。

「マキ！　大丈夫か！」

にじり寄って肩を揺する。マキが苦笑しながら上体を起こした。

「何とか……大丈夫だと思います」

「怪我はない？」

「たぶん」

牧山が慎重に立ち上がる。あくまで慎重になっているだけで、体の動きの滑らかさはいつも通りだった。顔をしかめながら、ゆっくりと膝を屈伸させる。どうやら何ともないようだ。五メートル近くを一気に落ちたのに、タフな男だ……今度は自分の番である。和倉はまず、その場で胡坐《あぐら》をかいた。痛みが残っているのは右腕。肩か腕をやってしまったのではないかと思ったが、ゆっくりと肩を回してみると、何とか動く。痛みは残るが、骨や腱《けん》には異常はないだろう。立ち上がってみると、下半身にも問題はない。そこで初めてバックパックを下ろし、ＳＳＤを確認した。小さな箱は、見た目は何の異常もない。ＳＳＤは耐衝撃性も高いはずだが、この落下でどれだけの衝撃を受けただろう。中身は……そんなことはどうでもいい。渡してしまえば、その後のことは自分の責任ではない。

「それが問題のブツなんですか？」牧山が怪訝《けげん》そうな視線を向けてきた。

「ああ」

「外付けのＳＳＤですよね？　何なんですか？」

「それは俺にも分からない」和倉は首を横に振った。「何か、重要なデータが入っているんだろうが、今は中身を見られないしな」

「渡すのは、中身を確認してからの方がいいんじゃないですか？　犯罪に関係していたら……」

「間違いなく関係している」

断言すると、牧山の顔が強張《こわば》った。警察官が犯罪に関わってしまった……正義感の強いこの男にすれば、絶対に許し難いことだろう。だから彼らには話したくなかった。結果的に巻きこんでしまったことを思い切り後悔する。

「悪かったな」

「いえ……あの、いろいろ言いたいことはあるんですけど、後にしましょう。今は、ここを抜け出すことを考えないと、タイムアップになります」

「ちょっと時間がかかりそうだな」和倉は、頼りなく揺れるロープを見つめた。ロープそのものは頑丈で問題なさそうだが、一人ずつ登っていかないと駄目だろう。それでは時間を食ってしまう……仕方ない。ここは重盛にも助けを求めるしかないだろう。安奈に上まで走ってもらい、助けを呼ぶ。

「星名！」和倉は呼びかけた。木の幹に手をかけたまま身を乗り出し、安奈が首を突き出すようにした。「シゲさんに助けを貰ってくれ」

「分かりました」

安奈がすぐに姿を消す。しかし……一度上まで行って戻って来るまでには、かなり時間がかかるだろう。腕時計を見て、和倉は焦りを感じた。上でチェックポイントを通過して……と考えるとほとんど時間がない。

安奈の背中が見えた。上へ行ったのではないのか？　傾斜が急過ぎて、一人では上がり切れない？　いや、もしかしたら……和倉はさらに嫌な予感を覚えた。もしかしたら敵か？　ゴールまで待ちきれず、ここへ回収に来たとか。そうだったら、もはやレースどころではないだろう。

ここで終わりなのか？


「宮井さん……」安奈は呆然と立ち尽くした。

「何やってるんだ、お前ら」宮井は呆れたような表情を浮かべていた。

「ちょっとしたトラブルで……」それしか言えない。自分たちはキャップの秘密を知ってしまったが、これ以上情報を広げるわけにはいかない。

「おいおい……あいつら、下で何やってるんだよ」宮井が思い切り首を突き出し、下を見下ろして怒鳴る。「和倉！　何なんだ！」

和倉は答えない。答えられないのだと安奈には分かっていた。どうする？　キャップはどうするつもりだろう。自分はどうすればいい？　判断できぬままその場に立ち尽くしていると、今度は重盛がやって来た。

「いい加減にしろ。何なんだ」重盛はむっとしていた。レースを放棄されたとでも思っているのかもしれない。

「それが……」安奈は開きかけた口を閉ざした。重盛には教えてもいいが、やはり宮井には聞かれたくない。

「和倉！」宮井が安奈を無視してまた呼びかける。「そこはチェックポイントじゃないだろう！」

キャップも困惑していた。話ができない距離ではない——声を張り上げれば、会話は成立するだろう。だが、話していいかどうか迷っているのだ。本音は、宮井にはこの場をさっさと立ち去ってもらいたい、だろう。しかし宮井は、この状況がやけに気にかかっているようだった。

宮井が、安奈に向き直る。

「どういうことか、説明しろ……したくないっていう顔をしてるな」続いてシゲさんにも顔を向ける。「重盛さんは、知っているんですか？」

「うちのキャップは、何か悪い病気にかかっているのかもしれない」シゲさんが真顔で答え、うなずく。「まあ、放っておいて……そっちには、怪我人がいるんだから」

「もう救援は呼びましたよ。それより、そっちも怪我人じゃないんですか」

シゲさんに向かって言いながら、宮井の視線は安奈に向いたままだった。シゲさんではなく自分を攻めれば喋る、とでも信じているように。実際、この状況から脱するには、宮井に助けてもらうのが一番だ。事情を説明して助けを求めよう——と思った瞬間、宮井が前に出る。ロープを握り、思い切り引っ張って感触を確かめた。安奈に向かって、「事情は分からないけど、二人が上がってくればいいんだろう？」と言った。

「ええ」

「分かった。手を貸す」

「事情は聞かないんですか？」

「そっちの事情だろう？　説明できないこともあるだろうよ……おい！」

宮井が声をかけると、消防庁のチームのメンバーが一人、降りてきた。すぐ近くで待機しながら、ここの様子を見ていたのだろう。

「和倉、引っ張り上げるからロープを摑め！」

キャップはまだ戸惑っている様子だが、取り敢えずロープを握り、端を腰に巻きつけた。それを確認して、宮井が音頭を取り、四人で一斉にロープを引っ張る。最初はタイミングが合わずに力が集中しなかったが、すぐに声をかけずとも引き上げるリズムが身に染みついた。安奈も必死で引っ張る。ほどなくキャップの頭が崖のてっぺんに現れた。

木の根を摑み、横ばいになってキャップは生還した。

自分の呼吸を整える間もなく立ち上がり、ロープを下へ投げる。今度は五人でマキ一人を引っ張りあげるだけだから、さらに楽だった。マキはすぐに崖上《がいじょう》まで上がって来た。

オーケイ。

安奈はさすがにその場にへたりこんでしまった。掌と二の腕がぷるぷる震え、力が入らない。レース終盤になって、思わぬ体力の消耗だった。

それでも何とか、レースを再開できる。腕時計をみると、タイムリミットまで二時間と少し。すぐにリスタートできれば、ぎりぎり間に合うだろう。そこでふいに、他のチームの動向が気になった。消防庁のチームは棄権だから、計算にいれなくていい。だが、後続のチームは……チームPと消防庁チームを除く他のチームは、完全に遅れていたはずだが、ここのタイムロスで追いついてきているかもしれない。

「キャップ、急ぎましょう」安奈は急《せ》かした。

「分かってる」キャップはいつの間にか一団の先頭に立ち、急斜面を登り始めていた。疲労も痛みもあるだろうに、まったく平然とした様子……使命感、というか危機感で、体力の衰えもカバーされているに違いない。

ふいにキャップが立ち止まる。振り向き、安奈に向かって「先に行け」と短く告げる。木の幹を摑んだまま、休憩するように斜面に立つ。何をするつもりなのか……心配になったが、レースに復帰するのも大事だ。安奈はキャップにうなずきかけ、斜面を登り始めた。シゲさん、マキと続き……キャップは、最後に宮井が来るのを待ち構えていたようだった。

振り向くと、予想通り、キャップは宮井を摑まえて何か話し始めていた。深い木立の中にいるせいで、二人の話し声は聞こえない。気にはなったが、確かめる術《すべ》もない。やはり自分にとってはレースが大事だ。安奈は意識をレースに戻そうと努めた。キャップのコンディションは最悪だろう。そして最後のステージは自分の得意なバイク。ここはリードして、チームを引っ張らなくては。

警察官の仕事の九割は、報告書を作成することだと言われている。機動隊はあくまで現場の仕事が中心だが、和倉も外勤警察官時代に報告書作成には慣れていた。報告書を書くことに慣れると、簡潔に報告する術も身につくことになる――和倉は今、その能力に感謝した。

「家族が人質にされた?」宮井の眉が寄る。

「ああ。もちろん、向こうが一方的に言ってきたことだから、本当かどうかは分からない。ただ、昨夜電話を借りて家に連絡してみたら、誰も出ないんだ」

「どこかに出かけているということは……」

「俺に黙ってそういうことはしない」

「実家で急にトラブルがあった可能性もあるだろう」

宮井は何としても、この件を事件にしたくないようだった。しかし和倉としては、最悪の事態を想定して動きたい。

「一つ、頼めないか？　俺を――家族を助けてくれ」和倉は頭を下げた。

「それはいいけど、俺に何ができる？　俺は警察官じゃないんだぞ」

「警視庁に連絡してくれ。今、お前にはチャンネルがあるだろう。衛星携帯電話を使えるんだから」

「ああ、棄権したからな」宮井が皮肉っぽく言った。「……分かった。しかるべきところに連絡する。人質を見つけて救出するんだな？」

「ああ」

「どこにいるか、心当たりは？」

「まず、俺の家を調べてもらうしかない。それ以外の場所……連中がアジトを持っていたら、分かりようがないんだが……できたら、ゴールまでには何とか救出したい」

「二時間ちょっとしかないぞ」宮井が腕時計を見下ろして顔をしかめる。

「二時間あれば、警視庁なら何とかしてくれる」

「自己評価が高過ぎるな」宮井が肩をすくめる。「……まあ、それは俺がどうこう言う問題じゃないか。とにかく連絡してみるよ。しかし、他に手がかりはないのか？」

和倉は一瞬躊躇《ためら》った。先ほどふと頭に浮かんだ考え。口に出すのは簡単だが、そうすると一人の人間を貶《おとし》めることになる。そんなことをする権利が自分にあるのか――ある。何より、家族を危機的状況から救い出すのが大事なのだから。

結局、宮井に教えた。

「そいつが犯人なのか？」

「分からない。ただの勘だけど、うちの家の事情をよく知っているようだし、俺がこのレースに参加することも分かっていた。そういう人間は何人もいないんだ」

「分かった」宮井がバックパックから衛星携帯電話を取り出した。「緊急時だから、使っても主催者も文句は言わないだろう。俺が話しておくから、お前、先に行けよ」

「申し訳ない」和倉は頭を下げた。

「ああー、面倒臭いお礼なら勘弁してくれ」宮井が苦笑した。「終わったら生ビール奢り。それでいいな？」

「ああ」緊張感のない台詞《せりふ》に、和倉もつい苦笑してしまった。

「行けよ。一刻を争うぞ」

「すまない」

和倉は一礼して、急斜面を登り始めた。すぐに、宮井から声がかかる。木の幹に摑まって振り返ると、宮井は穏やかな笑みを浮かべていた。

「後は任せろ」

背中を預けられる相手がいることの幸運を、和倉は実感していた。

あの名前を出したのが正解だったのかどうか……和倉は登りながらまだ迷っていた。警察は、この名前には喜んで食いつくだろう。攻撃しやすい――本人にすればされやすい立場の人間なのだ。だが、これが外れていたらどうなるか。時間の無駄になるし、無用に人を傷つける結果にもなる。

しかし、名前を出して以来、和倉の頭の中では疑念が膨らむ一方だった。和倉は刑事ではない。捜査をする立場ではないから、実際に何があったかは知りようもないのだが、それでも材料を結びつけて推理することはできる。それに、自分もまったく関係ないわけではないのだ。あの男がいなくなった後で、当該の捜査部署から散々事情を聴かれた。こちらを容疑者扱いするような態度にはむっとしたが、今になって考えれば、あの事情聴取は自分に様々な情報をもたらしてくれた。

宮井にはもう少しはっきり話しておくべきだったかもしれないが、全ての情報を伝えるには時間が足りない。情報を受けた人間が、全ての要素を把握して推理してくれるのを祈るしかなかった。

俺は宮井に任せた。彼が連絡を入れる警視庁の仲間たちを信じた。

だから今は、自分がやれることをやるしかない。

ようやく斜面を登り終え、すぐに重盛の誘導でパンチングを終えた。重盛は安奈から事情を聞いたようで、一瞬だけ和倉に厳しい視線を向けてきたものの、それは非難の目つきではなかった。むしろ同情……そして「どうして隠していたのか」という怒りの現れだ。シゲさんにはきっちり謝らないといけないだろうな、と思ったが、それも後——全て終わってからだ。

事態は急速に動き始めていた。チームPは全員がパンチングを終え、あらかじめこのポイントに運ばれていた、自分たちのバイクのスタート準備を始めた。そのタイミングで主催者側のワンボックスカーがやってくる。消防庁チームの負傷者を収容しにきたのだろう。救急車を呼ぶほどではないということか。他のチームの話ではあるが、和倉は少しだけほっとした。怪我人を見るのも、怪我の状況を知るのも辛いことだ。

ワンボックスカーには、消防庁チームの他のメンバーも乗りこんだ。一人遅れて斜面から上がって来た宮井が、和倉にうなずきかける。万事問題なし、という感じ。表情は硬かったが、自信に満ち溢れてもいる。が、その顔が突然、一気に険しくなった。

「おい、遊んでる間に追いつかれたぞ」

中の瀬戸大橋の向こうに視線をやると、スカイブルーのウエアで揃えたチームが、縦一列になって走って来るのが見えた。あれはどこのチームだったか……覚えていないが、まずいことになった。シーカヤックまでのアドバンテージが失われたのだ。ここまで来て、勝ちは絶対に譲りたくない。そして家族も助けたい。

「星名！」

声を張り上げる。既にサドルに跨《また》がっていた安奈が、緊張した面持ちのままうなずいた。

「準備は？」

「オーケイです！」

安奈も怒鳴り返す。牧山も重盛も準備完了。最終ステージ、そしてゴール——全ては一時間半後に終わる。終わって欲しい。

一刻も早く、妻と娘を抱き締めたい。

安奈が先頭に立ってスタートした。バイクのステージではいつもの光景。和倉も、いつものように最後尾につくことにした。全員を見守るため、そしてバイクが少し苦手な自分としては、引っ張ってもらう必要があるからだ。

雄叫《おたけ》びをあげたい気分だった。自分に気合いを入れ、チームを後ろから蹴飛ばすための雄叫びを。

だが今は、それで余計な息継ぎもしたくない。ひたすら前を向き、顔を上げてペダルを漕ぎ続ける——自分に求められているのはそれだけなのだ。


無事に回収したのか？

画面を見ているだけでは何も分からない。だが、一時姿を消していた和倉が、バイクで最終ステージをスタートさせたのは間違いない。消えていた時間を考えると、回収を終えたとしか考えられなかった。

「大丈夫なんですかね」高崎が不安気に訊ねる。

「後は信じるしかないな」バッグを漁《あさ》って、耳に掛ける携帯用のヘッドセットを取り出し、高崎に渡した。

「これは？」

「ヘッドセットだ。使ったことないのか?」

「ないですね」

「トランシーバーみたいなものだ。ハンズフリーで通話ができるから、現場ではこれを使え。何かあったらこちらから指示する」

「こんなもの使っていて、怪しまれませんか?」

「普通に音楽を聴いているように見えるよ」

「そうは見えないと思いますけどねえ」

高崎の言うこと一つ一つが気になる。こいつは……ろくに仕事もできないくせに、文句ばかり言っている。いつか——できるだけ早いタイミングで痛い目に遭わせてやる、と決めた。

だが、今はそんなことを考えていてはいけない。無事にブツを回収し、東京へ運ぶ——ミッションは完遂《かんすい》しなければならないのだ。

「ちょっとテストをしよう。携帯を貸してくれ。ヘッドセットを接続する」

準備はすぐに整い高崎がヘッドセットを頭にセットする。ちょうど片方だけイヤフォンをつけたような感じになった。電話本体は、ワイシャツのポケットに落としこむ。いかにも変な格好だが、この程度だったら混乱したゴール地点では見咎《みとが》められないだろう。

外へ出て、自分もヘッドセットをセットする。車から少し離れて、通話テストを始めた。

「聞こえるか？」

「大丈夫です」囁《ささや》くような高崎の声は、明瞭に耳に飛びこんできた。

「もっと小さい声で大丈夫だ」

「これぐらいですか？」

ほとんどつぶやき声。それでも高崎の声ははっきりと聞こえる。

「よし、大丈夫だ」

車に戻り、ヘッドセットを外す。ほんの少し装着していただけなのに、外すとほっとした。単に煩《わずら》わしいだけではなく、これを使わねばならない状況に追いこまれたことが心配なのだ。この計画は、くるくると変わる。あてずっぽう、ぶっつけ本番で始めた計画だから、穴もあるだろうし、状況によってどんどん変わっていくのだ。変化には対応できるはずだと信じていたが、本当に上手くいくかどうかは分からない——そう、終わるまではまったく安心できない。

タブレットでもう一度、最終チェックポイントの様子を確認する。和倉たちは既にバイクを走らせ始めて、現場を離れてしまった。チームPが手間取っている間に追いついたスカイブルーのユニフォームのチームも、チェックポイントを見つけ出して、最後のステージに向かって準備を進めている。チームPにはトップでゴールしてもらって、一刻も早くブツを回収したいが、彼らには無用に体力を消耗したハンディがある。回収作業もそう簡単ではなかったはずだ。現場がどうなっていたかは、結局自分たちは知る由《よし》もなかったのだから……様子を見た限りでは怪我などはなかったようだが、実際のところは分からない。

スマートフォンを取り出し、〝彼〟に連絡を入れた。今度は呼び出し音が鳴らないうちに電話に出る。〝彼〟自身、相当焦り、追いこまれているようだった。

「見た。回収には成功したのか？」

「それは分からない。ただ、手ぶらで戻って来るとは思えないな」

「心配なことがある……チームPの他の連中も、事情を知ったんじゃないか？　連中は一緒に行動していただろう」

確かに。和倉が誘ったとは思えないが、他のメンバーも斜面に消えていた。その間、事情を喋った――喋らされた可能性もある。あの連中のチームワークは抜群だから、隠し事はしない方針が徹底されているかもしれないし。

全員が事情を知ったらどうなるか――何もないだろうと自分に言い聞かせ、同時に〝彼〟にも説明した。

「奴らは、外部と連絡を取る手段を持っていない。だから、余計な心配は無用だ」

「そうか……」〝彼〟は必ずしも納得している様子ではなかったものの、議論を長引かせることの無意味さも分かっている様子だった。基本的に、無駄な会話で時間を潰すことを嫌う人間である。

「とにかく、今は待つしかない。こちらは確実に準備をしているから、心配無用だ」

「ああ」

「人質の方は？」

「特に報告は受けていない」

「そろそろ解放の準備をするんだ。いつまでも引っ張っておくと、手がかりを与えてしまうかもしれない」

「ああ」

「人質の安全は絶対に確保しろ。おかしなところから失敗したくない」

「少し神経質過ぎないか？」

それはあなたも一緒でしょう、と皮肉に思った。こちらからの連絡を待つために、スマートフォンを握り締めていたはずなのに。しかし、〝彼〟の細やかな神経は目の前の危機にしか向いていない。自分はもっと先——ブツを回収した先のことまで考えている。無事に東京まで戻ること、そしてこのブツを処理すること。

「人質については、心配するな。一人で全部抱えこむと、目が行き届かない部分が出てくる」

「では、人質については任せる……無事なんだろうな？」

「報告は受けていない」

嫌な言い方だ。まるで、何があっても自分は関与しないとでも言うような。責任者なのだから、きちんと細部まで見届けるのは当然ではないか。ましてや人質の存在は、この計画の中で最も重要な「肝」である。

「もうあまり時間はないが……とにかく、人質の安全は確保しろ」

「命令するつもりか？」〝彼〟の声が急に低くなる。

「単なる確認だ」敢えて平然と答えた。〝彼〟に対しては、弱みは見せない方がいい。反発する必要はないが、何を言われても平然としているのが一番だ。少なくともこれまでは、この対処方法で上手くいっていた。

しかし今回は違った。〝彼〟の怒りと焦りが爆発する。

「最終的に、人質はどうでもいい！　ブツを無事に回収できれば、それでいいんだ。我々はすぐに、警察の手が届かない場所へ脱出する」

黙りこむ。余計な反論は、彼をさらに苛立《いらだ》たせるだろう。その代わりに、ブツの受け渡しについて別の方法を考え始めた。何故連中は物理的な「ブツ」として受け取ろうとしているのだろう。容量百二十八ギガのＳＳＤの中身だけを送る方法ぐらい、いくらでもある。その時間さえ惜しいと思っているのか。

「ゴールを待とう」それだけ言って電話を切る。〝彼〟がすぐにかけ直してくるのではないかと思ったが、スマートフォンは沈黙したままだった。

「何か言ってましたか？」高崎が恐る恐る訊ねた。

「焦ってるよ」素っ気なく答えて、少し脂がついてしまったスマートフォンの画面を指先で拭《ぬぐ》った。「それは当たり前だ。ただ、焦っても何にもならない」

「ですよね」

お前は緊張感がなさ過ぎだ――文句を言ってやろうかと思ったが、言葉を呑みこむ。この男には説教も忠告も不要。そんなことをするのは、時間の無駄に過ぎない。

「とにかく待とう。レース状況を見ながら、作戦開始だ」

残り一時間半。小さな画面の中では、和倉たちが必死にバイクを漕いでいた。予定の一時間半を一分でも短縮しようとでもいうように。

1

このレースで初めての、快適な時間だ。

和倉はきつい前傾姿勢を取り、必死でペダルを漕ぎながらも、風を切る感覚を楽しめていた。これまでをどれだけ苦しんできたか、今になってようやく実感している。もっと早く、仲間たちには話しておいた方がよかったのだろうか。話したからといってどうなるわけでもなかっただろうが、少なくとも気持ちは楽になったはずだ。

いや、楽になるべきではなかった。俺は弱みを握られ、仲間に隠し事をしていた。一人で苦しむべきだったのだ。

すぐ前を行く重盛の背中が迫って来る。シゲさんも体力の限界か？　いや、足の動きは滑らかだし、体全体からエネルギーが溢《あふ》れている感じがする。まだまだやれる――ふいに、重盛が振り返った。バイクを漕いでいる最中には危険な行為だが、どうしてもそうせざるを得ないとでも言うように……重盛が唐突に、右手の親指を立てて見せた。オーケイ、何の問題もない、の合図。

表情は変わらなかったものの、長いつき合いなので、ジェスチャーだけで本音が読める。自分にずっと疑いの目を向けてきた重盛も、ようやく納得したのだろう。後で文句を言われるかもしれないが、今は納得してレースの仕上げにかかっている。だから俺についてこい——とでも言いたげな「親指」だった。

しばらくフラットなコースが続くようだ。平羅橋も、大崎下島をぐるりと囲むように走る県道三五五号線に合流するポイントに入る時も、平坦なままである。

帰りのルートは、大崎下島の北回りと決まっていた。豊島へ渡る豊浜大橋へ至るまでの距離は、北回りの方が圧倒的に短い。ただ、橋に入る時に、かなり急な斜面が立ちはだかるのが難点だ。とはいえ、そこは気合いで乗り越えられるだろう。

三五五号線に出てしばらく走ると、道路はゆるい左カーブになる。右側にはナイター用の照明灯……大きなバックネットもある。島の学校にしてはずいぶん立派なグラウンドだと思ったものの、よく見ると校舎らしき建物はない。そしてバックネットと照明灯の立派さに比べると、グラウンド自体はぼろぼろ……雑草が生い茂っているので、実際に野球をやるには、相当時間をかけて整備しなければならないだろう。

道路は右へ、さらにもう一度左へカーブする。島の道路とあって、直線部分は短いようだ。左側には、「お約束」とも言えるみかん畑が広がっている。家はポツポツ……人の姿はほとんど見かけない。しかし、テニスコートの脇を通りかかった時に、フェンスに「頑張れ！　とびしま24」と横断幕がかかっているのが見えた。選手ではなく大会を応援するのは微妙にずれている。まあ、こういうのもローカルな大会ならではの味だと苦笑しながら、和倉はひたすらペダルを漕ぎ続けた。現在のスピードは時速三十五キロほど。四十キロまで上げることも可能だが、それで一時間走り通すのは難しい。時間内に確実にゴールできるよう、安奈がペースをキープしてくれるだろうが、問題はこちらの体力が最後まで持つかどうかだ。先ほどまでは意識していなかったが、右腕が痛い。たぶん、落下した時の後遺症。ランと違って、バイクでは腕の動きがスピードに影響を与えるわけではないが、それでも痛みが消えないとそこに気を取られてしまう。

上体を立たせ、右肩をぐるりと回してみる。ちゃんと動くから問題はない、と判断した。打撲——どれだけ痛くても打撲に過ぎない。打撲ぐらいは怪我のうちに入らないというのが、機動隊のモットーだ。それはそのまま、チームPの暗黙の了解でもある。

とはいえ、安奈の膝の怪我は気になる。昨日も結構苦労していた。今日はここまで特に問題はなかったが、ひたすら痛みを我慢しているだけかもしれない。

気になることは他にもある。鈍色《にびいろ》の空だ。朝は雲ひとつない好天だったのに、いつの間にか頭上に雲が広がっていた。空気も少し湿った感じがする。一雨くるかもしれない——台風の影響が残っているわけではないだろうが、最近の日本の気候は、自分が子どもの頃とは違う。九月まではまだまだ夏。つまり、ゲリラ豪雨に襲われる可能性もある。

それだけは勘弁してくれよ、と胸の中で祈った。叩きつけるようなゲリラ豪雨とバイクは最悪の組み合わせだ。スピードが出ているが故《ゆえ》に、降り注ぐ雨は銃弾のように体に叩きつけられるし、足元が危なくなる。水の浮いたアスファルトの上をそれなりのスピードで走ると、ブレーキの効きが鈍くなるし、スリップも心配だ。

雨が降り出すまでどれぐらいだろう。それまでに何としてもゴールしないと。和倉はペダルを漕ぐ足にさらに力を入れた。

海――レースが二日目に入り、島を走ることにもすっかり慣れてしまっているのに、海が見えると何となく気持ちが明るくなる。三五五号線の左カーブを抜けた正面が海――しかし、堤防とフェンスのようなものがあるせいで、海が見えたのは一瞬だけだった。直線コースに入ると、海は完全に視界から消えてしまう。フェンスのようなものは、防風林代わりなのだろうか……情緒もへったくれもない。しかしやがてフェンスが途切れ、右側一杯に海が広がる光景に出迎えられた。ほっと一息つき、呼吸が乱れるのは承知で潮の香りを嗅ぐ。普段は都内で海には縁のない生活をしているが故に、やはり海を見ると気持ちがときめくのだった。

それにしてもこのコースは、走りやすいのか走りにくいのか、よく分からない。アップダウンがほとんどないので、ペダルをほぼ同じリズムと重さで漕いでいけるのはプラスのポイントだが、直線が少ないのはマイナスだ。カーブをクリアする度に気を遣わねばならず、なかなか疲れる。

前方右側に、握り飯を置いたような三角形の巨岩が見えてきた。低い堤防が続いている中で、唐突に出現する自然の造形。かつて隧道《ずいどう》だったところを、一部だけを残して普通の道路にしてしまったようでもある。奇妙な三角形は、その名残か……周囲に気をとられたらダメ、と安奈は自分を戒めた。最終ステージは、一気に三十キロほどを走り抜ける。それなりに目を引く光景に出くわすことは分かっていた。そういう魅力を無視して、ひたすら走り続けるのは、少しだけ空しい。でも、自分たちは観光に来ているわけじゃない。

奇岩を過ぎると、道路は直線になり、一気に見通しがよくなった。しばらくは周囲を気にせず走りに専念できたが、すぐに短いトンネルが姿を現す。一瞬で通り抜けられる距離のようだが、それでもトンネルは好きになれない。入る直前、左上にある黒いプレートを見て、トンネルの名前が「野坂《のさか》トンネル」だと知った。知らなくてもいい、余計な情報ではあるが。

トンネルの中はぼろぼろで、照明も頼りにならない。前方に見える小さな光の輪を頼りに、ひたすらペダルを漕ぎ続ける。すぐに抜けられる——と思った瞬間、背後から轟音が追いかけてきた。車——それも相当大きいトラックかダンプカーだと、経験から分かる。不安が過《よぎ》った。トンネルの中で大きい車に追い越されると、空気が激しく乱れ、思わぬ強風に煽《あお》られることがある。

しかし停まるわけにもいかず、安奈は一際《ひときわ》体勢を低くして体に力を入れた。風がくる——しかも長く続く。こちらもそれなりにスピードが出ているから、ほぼ並走するような格好になるのだ。これが「とびしま24」の怖さである。公道を閉鎖しているわけではないので、車に関しては自己責任。もちろん、東京のように車が多いわけではないが、時に怖い目に遭う。

トラックだった。通り過ぎたと思ってほっとした瞬間、最後の風が体に叩きつけてくる。渦を巻くような風で、一瞬体がぐらりと揺れた。ブレーキをかけてその場で停まってしまいたいという欲望と必死に戦う。停まったら負け。ペースを崩さずに走り続けることだけが大事なのだ。

——踏ん張った。

慌てて背後を振り向く。他のメンバーも無事についてきている——違う。すぐ後ろに迫っているのは、スカイブルーのウエアだった。ここまでまったくノーマークだったチーム。どこだろう……分からないが、決して安心はできない。一度前を向き、急いでもう一度振り向いた。スカイブルーのウエアの選手は一人だけ。その後ろに、マキが見えた。マキもだらしない……きちんとブロックして、前へ行かせないぐらいの手は使ってもいいのに。

最終的には、チーム全員がゴールした時のタイムで順位が決まる。一人だけ抜け出して頭《トップ》でゴールに入っても、実際の順位はその時点で決まるわけではない……それにしても、トップを取られたら気分が悪い。

安奈はペースを上げた。自分の中にある「時速三十五キロ」の壁。そこを超えると、急に風の抵抗が強くなり、空気の壁にぶつかる感じになる。あるいは、濃厚なゼリーを切り裂きながら進んで行くようなイメージ。他のメンバーに比べて「前方投影面積」が小さいから空気の抵抗は受けにくいものの、やはり限界はある。だけど今は、少しでもスピードを上げないと。後ろから迫り来る相手の心をへし折り、絶対に追いつけないと諦めさせる——基本的にはシンプルなスピード勝負のアドベンチャーレースにも、こういう神経戦はあるのだ。

神経戦において、自分が強いか弱いかはよく分からなかったが。

「さあ、ここで兵庫アスリートクラブのゼッケン1……浜田《はまだ》選手が集団から抜け出しました。現在トップを走るチームPの星名選手に迫る勢いです。二つのチームが混戦模様。東京消防庁チームがリタイアを決めた今、レースはこの二チームのマッチアップになっています」

アナウンサーの甲高い声が耳に痛い。所詮、地方局のネット配信だからこんなものだろうが……だいたい、こういう風にレースが動いている状況なら、実況中継など不要なのだ。ICチップの読み取りで、通過時間はほぼリアルタイムで分かるのだから、アナウンスは邪魔になる。

音声を消し、画面に意識を集中する。速い。かなりのスピードだ。先頭をいく星名は、バイクを一番の得意種目にしている。ここにきて本領発揮という感じで、しっかりトップをキープしていた。しかし兵庫アスリートクラブの浜田とかいう選手は、確実に距離を詰めてくる。これはいずれ抜かれるな、と判断した。最後のバイクは一気に三十キロを走り抜ける。一度抜かれたら抜き返すのは難しいかもしれない。後の問題は、他のメンバーの動きだ。果たして他のメンバーはどういう順位で入ってくるか。

「気になりますか？」高崎が訊《たず》ねる。

「いや」

「集中してるじゃないですか。さっきから一言も喋ってませんよ」

「喋ることがないからだ」

実際にはレースに集中している。もはや、勝ち負けなどはどうでもいい。無事にブツが回収されていれば、誰が優勝しようが自分には関係ないのだ。ゴールの混乱の中でブツを受け取れれば、こちらの作戦は完了。

しかしやはり、レースの内容は気になる。チームPの連中にはトップを守ってゴールして欲しかった。あの連中には力がある。一番でゴールすれば、その混乱の中で、無事にやり取りを終えられるだろう。勝てる。「とびしま24」の参加チームの力を考えれば、競い合える相手は消防庁のチームだけだ。彼らが脱落した今、ぶっちぎりで勝てるはずだったのに、状況はそう上手く転がっていない。それを引き起こしたのは自分なのだが……。

申し訳ない、という気持ちが唐突に湧き上がってきた。こんな形で勝負の妨害をするのは、不本意以外の何物でもない。もちろん、大きな目的のためにはアドベンチャーレースなどどうでもいいと考えるべきだが、割り切れなさは残る。

「そろそろ、準備した方がいいですかね」高崎がドアに手をかけた。

「クソ暑いのを我慢できれば、現場に行ってもいい」

車の温度計は、もう三十度を示している。しかも悪いことに、急激に雲が広がり始めていた。今や、青空はまったく見えない。

「一雨きそうだな」

言うと、高崎が窓をおろし、左腕を外へ差し出した。しばらく同じポーズを保ってから腕を引っこめ、「そうですね」と同意した。

「湿ってるか」

「ゴールまで持つかどうかですね」高崎が淡々とした口調で言った。

「そうか……行こう」ドアに手をかける。ここでずっと座って、タブレットの画面を凝視し続けていてもいいのだが、最後の行動をぎりぎりで、というのは避けたい。やはり余裕を持って、ゴールを迎えたいのだ。

外へ降り立った高崎がヘッドセットを頭にセットしようとしたので、慌てて止める。

「お前、その格好のままで行くつもりか？　現場ならともかく、他の場所でそんなものをしていると目立つ」

「ああ、そうですね」高崎がヘッドセットを折り畳んでスーツのポケットに入れた。

何でこいつは、こんなことも分からないのだろう。そもそも〝彼〟は、この男をどこからスカウトしてきたのか。素性を詮索《せんさく》したことはないが、ろくでもない人間なのは間違いない。生来の犯罪者というわけではないだろうが、クソみたいな人生を送ってきた末に、たまたま〝彼〟に拾われた――そんなところだろう。逆にいえば、〝彼〟の能力にも疑問を抱かざるを得ない。この程度の人間しか引っかけられないとは。

計画全体が、危うい基盤の上に立っている。まさに砂上の楼閣だ。そう考えると不安がいや増すばかりだったが、そこで悩んでも仕方がない。今は前へ進むしかないのだ。

「じゃあ、行きますよ」

「ヘッドセットは、連中がゴールする直前にセットしろ」

「ゴールするかどうか、どうして分かります?」

思わず溜息をついてから、高崎の顔を睨《にら》みつけてしまった。強烈な視線を送ったつもりが、まったく動じない。鈍いのか図々しいのか……両方かもしれない。

「ゴール地点の広公園に、馬鹿でかいモニターが設置してある。下見の時に見えただろう」

「そんなの、ありましたっけ?」

「あった」言い合いをしても高崎はまったく動じないと分かっていたが、言わずにはいられない。「ちゃんと目を開けて観察してくれ。あんなでかい物が目に入らないんじゃ、どうかしてる」

「いちいち気にしてませんからねえ」高崎が耳を穿《ほじ》った。「じゃあ、そのモニターで、生中継で確認できるんですね」

「それでいいですね」

「ああ」

「現場で観てますよ。で、何かやばい状況になったら報告、と。それでいいですね」

「それと、最終局面――ブツを受け取る時には、ヘッドセットは外しておけ。そいつを奪われでもしたら、厄介なことになるからな」

「そんな乱暴なこと、しますかね？」高崎が首を傾《かし》げる。「余計なことをしたらやばいって、向こうだって分かってるでしょう」

「相手は警察官だ。舐《な》めない方がいい」

「はいはい」高崎が肩を上下させた。「ま、何もないでしょう。楽な仕事《ミッション》ですよ」

「馬鹿言うな」思わず一歩詰め寄り、高崎の胸ぐらを摑《つか》んだ。「これはぎりぎりの作戦なんだぞ。歯車の動きが一つ狂っただけで、全部崩壊する。お前も、ただブツを受け取るだけじゃないんだ。そう簡単に――素直に渡してもらえるとは思わない方がいい」

「そんなに大変なら……」高崎が手首を摑んで引き剝《は》がした。「自分で行けばいいじゃないですか」

「それはできない」

「何でですか？　誰が行っても同じでしょう」

「お前に説明する必要はない」高崎から一歩離れた。この男には、自分のことを何一つ知られたくないのだ。

このプロジェクトが終わったら、こいつらとの関係は完全に切る。それでいい。いや、むしろそうしなければならない。

本当に殺して、死体は海へでも捨ててしまおうか。口封じのためにも。

クソ、雨だ。

予想よりも早い天気の崩れに、和倉は一気に気分が暗くなった。雨が降るにしてももう少し後、ゴール間近ではないかと思っていたのに。ゴールまではまだ二十キロ以上もある。雨に打たれ、濡れた体のままペダルを漕ぎ続けることを考えるだけでうんざりだった。

雨が目に入る。これも厄介だ……取り敢えず、額に跳ね上げていたサングラスをかける。これで雨粒が目に飛びこむ恐れはなくなったが、いずれはサングラスが雨で濡れて視界が悪くなる。どう考えても、雨は悪条件だ。

もう一つ気になるのが、先ほど自分を追い抜いていったスカイブルーのウエアの選手。頭を捻《ひね》って記憶をひっくり返し、ようやく出てきた名前がＨＡＣ――兵庫アスリートクラブだった。特にノーマークだったのだが、こんなに速い選手がいただろうか。彼一人が抜きん出て速いだけなのか、他のメンバーは作戦上、後から追い上げて来るつもりなのか。いずれにせよ、このまま素直に勝たせてはくれない気がした。

重盛の背中が迫って来る――和倉のスピードが上がったわけではなく、重盛が少しスピードを緩《ゆる》めたのだとすぐに分かった。何か話があるのだろう。和倉は少しだけ足の回転を速め、重盛の横に並んだ。

「星名がずいぶん先に行っちまったぞ」重盛が低い声で言った。

確かに……ここから見た限り、彼女の背中はほとんど点のようになってしまっている。本来守るべきスピードの枠をはみ出し、かなり無理しているのは間違いない。

「煽られたんでしょうね。あいつ、すぐむきになるから」

「パンクしないかな」重盛は本気で心配しているようだった。「膝も、大丈夫かどうか分からないんだぞ」

「勝つためにどうすればいいかは分かってるでしょう」和倉は適当に話を合わせた。どうすればいいのか……分からない。自分が分かっていないのに、彼女は分かっているのだろうか。

「まあ、まだ先は長い」重盛が自分に言い聞かせるようにつぶやいた。「HACの連中が先にパンクするかもしれないし」

和倉は思わず後ろを振り向いた。後続の姿は見えない。HACの一人だけが飛び出し、後のメンバーはついてこられない状況なのか。それなら、別に問題はない。一人だけ先にゴールに飛びこんでも、優勝できるわけではないのだから。

問題は、安奈の膝が持つかどうか。それと、彼女が冷静な判断力を持ち続けているかどうかだ。たとえ抜かれても、問題はない。一人が負けても総合優勝はできる——それが分かっていれば、膝に無理な負担をかけることなく、レースを終えられるだろう。

「とにかく、星名に遅れないようについていくだけです」和倉は静かに言った。自転車周辺の様々な音――タイヤがアスファルトを嚙むノイズ、風や雨の音――に邪魔されそうになるが、自分の声は重盛に届いたはずだと信じる。

「それよりお前、水臭くないか」重盛が非難するように言った。

「ああ……その通りです。すみません」和倉は素直に謝った。謝らざるを得なかった。隠しておいたことが正解だったかどうかは未だに分からない。

「相談してくれれば、何とでもなったのに。そもそも、レースは棄権でよかったんだ」

「棄権したら、ブツを回収できなかったですよ。そうなったら、家族が……」

「ああ」重盛の声がかすれる。「そのブツ、結局何なんだ?」

「中身は分かりません。SSDだから、何らかのデータだと思いますけどね。画像か、映像か」

「スパイだな」重盛が断じた。「呉に自衛隊の基地があるだろう。そこを水中から盗撮したとしか考えられない」

和倉は黙りこんだ。水中にどれほどの秘密があるかは分からない。ただ、自衛隊の中でも、潜水艦に関する情報はトップシークレットだと聞いたことがあった。水中ドローンなら、密かに接近して撮影することも可能かもしれない。潜水艦の方でも、すぐに気づきそうなものではあるが……和倉は「誰がやったか」について自分の推理を話した。

「まさか」ぽつりとつぶやき、重盛が顔を伏せる。すぐに顔を上げると、「それはないだろう」と言い切った。ただし、言葉に力はない。

「根拠はないです」和倉は認めた。「ただ、あの前後の噂を考えると……」

「あの噂は本当だったと思うのか?」

「検証してませんから、何とも言えませんね。あの時はこっちも容疑者扱いされて、気分が悪かったし」

「まったくだ……内輪の人間に調べられるほど気分が悪いことはないな」

「ええ」

「クソ」重盛が吐き捨てる。「叫びたい気分だよ」

「今叫んでも、誰も変に思いませんよ。気合いを入れただけだと思うでしょう」

重盛がすっと背筋を伸ばす。本当に叫ぶつもりだろうか……和倉は一瞬身構えたものの、重盛は結局、バイクに伏せるようないつもの姿勢に戻ってしまった。ちらりと和倉を見て、「やめておくよ。疲れるから」とぽつりと言った。

叫びたいのはこっちも同じだ。しかし疲れたくないのも重盛と同じ……和倉は様々な不安や疑問を全て呑みこんだ。

正面に豊浜大橋が見えてきた。ここまではほぼフラットなコースで、同じペースで走れてきた。しかしここからは、橋に乗るために急な上り坂に挑まなければならない。

「シゲさん、ここは気合い入れていきましょう」

「おう」重盛が軽快な口調で応じた。「先へ行くぞ。ケツを押してくれ!」

物理的に後押しするわけではないが、気持ちは分かる。最後尾から仲間たちを押し上げる——和倉がいつもやっていることだ。

県道三五五号線を左に折れ、上り坂に入る。天地がひっくり返るほどの急坂ではないものの、フラットな道路に慣れた体にとってはきつい。和倉は思わず腰を浮かした。数メートル先を行く重盛も同じ。牧山の背中も見えてきた。上り坂に差しかかり、急にスピードが落ちてきたようだ。先ほどの落下の悪影響がなければいいのだが……今も怪我の痛みに耐えているとしたら、この先は長過ぎる。

「マキ！　行けるか！」

和倉は声を張り上げた。牧山が右手をさっと挙げて見せる。拳をぎゅっと握り……大丈夫だ、と確信する。奴の気持ちは折れていない。

先行している安奈たちの背中は見えない。どれだけ遅れているか不安になったが、いずれ追いつけるだろう。もしかしたら、豊浜大橋に出た時にでも。あの橋はひたすら真っ直ぐで見通しがいい。だが今日は雨。煙ってきて、視界は悪い。

先のことを考えても仕方がない。行くしかない。勝って、家族を助けるのだ。

体が冷える……安奈は先ほどから、微妙な不快感を覚えていた。体はずっと動いているのに、雨で濡れているせいで手足が冷え始めている。こういうのは故障の原因になる……それでも、余計なことを考えないように、と自分に言い聞かせた。邪念が入りこんだら、動きに影響が出る。

それにしても——背後にぴたりとついたスカイブルーの選手は、なかなか仕かけてこない。そう何度も振り返る余裕はないから確かめられないが、一杯一杯なのか、それともさらに先での逆転を狙っているのか、読めなかった。先の長いレースだけに、作戦が立てにくい。そして追われる立場の方が、どうにもやりにくい。行先を邪魔できるわけもなく、向こうが仕かけてきたらひたすら力勝負で逃げる——一対一のスピード勝負になったら、勝てる自信はない。バイクは得意種目だが、それは「女性として」のレベルだ。持久力はともかく、絶対的な筋肉量が違うのだから、最高スピードでは勝てるはずもない。

振り返った。この五分で二回目か、三回目か。五メートルほど後方に位置した相手の表情は、サングラスをかけているせいではっきりとは窺《うかが》えない。しかし、口がわずかに開いているのが見えた。苦しんでいる——それは間違いないようだ。今は豊浜大橋へ至る急坂を上がっているところで、向こうの方が、体重がある分苦しいはず。軽い自分の方が絶対に有利だ。

そう言い聞かせ、安奈は必死にペダルを漕いだ。

最後の右カーブを曲がり、坂を上がり切る。往路ではここをランで通った。あの時とはスピードがまったく違うが、それでももどかしくて仕方がない。とにかく早くゴールしたかった。キャップの家族が心配だ。

橋に入る。途中までは緩やかな上りが続いているから、力を抜けない。雨が横殴りに襲いかかってきた。この橋は相当高い場所を通るから、風の影響を受けやすい。半ばまで来ると、一際強い風が正面から吹きつけ、一気にスピードが落ちた。いくら足に力を入れても前に進まない……まるで壁にぶつかったような気分だ。

頑張れ、頑張れ。自分を鼓舞する。何故だか涙が溢れてきた。こんなに頑張っているのに、ゴールは一向に近くならない。ここで抜かれたら、きっと気持ちが折れる。

スピードが落ちる——バランスが崩れるのを覚悟して、安奈はまた後ろを振り向いた。五メートルあった差は、いつの間にか十メートルほどに開いていた。やはり向こうは、上り坂で一気に体力を消耗したのだろう。加えてこの向かい風——体の大きい男性選手の方が、当然前方投影面積は大きいわけで、風の影響をもろに受ける。よし、もっと小さくなろう。安奈は体の芯に力をこめ、ぐっと背中を丸めた。いいフォームではないものの、これで風の抵抗を減らせるはずだ。

孤独。

元々、橋の上で応援している人は昨日からほとんどいなかったのだが、今日は雨、しかも風が強いせいもあって、通る車もほとんどない。まるで世界中で自分一人きりになってしまったような気分だった。

そんなことはない。

後ろにはキャップたちがいる。そのうち必ず追い上げて来るはずだ。四人同時に——

それは物理的に難しくとも、一位から四位までしっかり独占したい。

橋の中央付近を越えると、緩い下り坂になり、急にペダルが軽くなった。前方には豊島の緑も見えてくる。安奈はすっと左に寄った。次の豊島大橋へ至るには、島の北側を行くのと南側を行くのと二通りのルートがある。距離はほぼ同じ。しかしチームPは、南回りのルートを取ることをあらかじめ決めていた。バイクは、ランとは比べ物にならないスピードを出せるが、全力のパフォーマンスのためには、道路状況も大事なのだ。豊浜大橋を降りたところは住宅地になっているのだが、南回りのルートを取った方が、早く住宅地を抜け出せる。何しろ住宅地は道が狭く、ろくにスピードを出せないから、一刻も早く抜け出すのが当面の課題だ。

橋を脱出する。左に曲がると、その先は急な下り坂だ。安奈はさらに姿勢を低くしつつ、ペダルを漕ぎ続けてスピードを上げた。この段階で、たぶん時速四十キロほど。車だったら安全なスピードだが、むき出しの状態で走る自転車では、四十キロはかなりのスピードだ。転んだらアウト。雨で道路状況も悪いから慎重にならざるを得ないのだが、この下り坂でスピードを上げるのは、これまでさんざん上り坂で苦労してきた自分に対するご褒美のようなものだ。

雨はますます激しく、体に痛みを感じるほどになった。特にむき出しの腕、足、それにサングラスで防御されない顔の部分。怪我することはないだろうが、赤くなっているかもしれない。

構うものか。

このスピードをキープして、一気に差を広げてやる。だからキャップたちも——遅れないでついてきて。


高崎をゴール地点に送り出した後、当初の予定を変更してオークアリーナの表にあるコンビニエンスストアの駐車場に車を乗り入れた。ここなら、現場までは全力で走って五分ほど。何かあってもすぐに対処できる。ショッピングセンターの駐車場は出る時に手間取りそうだったのだ。

ついでに、軽く昼食を食べておくことにした。食欲はないが、次にいつ食べられるか分からないので、仕方がない。味気ないサンドウィッチを頰張り、ミネラルウォーターで流しこむ。まったく、こんな食事は食事ではない。人質はちゃんと食べているだろうかと心配になった。用意しておいたものを温めて食べさせるだけなのだが……ガサツな連中には無理な指示だったかもしれない。人質に嫌な思いはさせたくないのだが、そういう気持ちは連中には伝わらないだろう。

助手席に放り出してあったヘッドセットの赤いランプが灯った。高崎が通話を要請している……まだゴールまでには時間があるのに、あの男は何をしているんだ？　慌ててヘッドセットを装着すると、高崎の声が耳に飛びこんでくる。

「何だ」意識して、できるだけ不愛想な声で答える。

「いや、念のためテストです」

「テストの必要はない。目立つことはするな」

「今は目立たない場所にいますよ」高崎が抗議する。「裏手の方は静かなもんです」

「いいから。何かトラブルが起きない限り、連絡してくるな」

相手の返事を待たずに通話を終えた。まったく、少しの時間も耐えられないのか。情けない。自分が立てた計画には自信があったが、不確定要素が多過ぎる。高崎のせいで失敗したら、どう責任を取るつもりだろう。そもそも高崎が、失敗したことを理解できるかどうかも疑問だが。

馬鹿を相手にすると疲れる。二度とこんなことはしない。次にやる時は仲間を精選して、つまらぬことで頭を悩ませるのはやめにしたい。

スマートフォンが鳴る。〝彼〟だった。ずいぶん連絡が頻繁《ひんぱん》だ……焦《あせ》っているのだろう。焦りは失敗につながるし、リーダーは仮に焦っていてもその姿を部下に見せてはいけない。部下は常にリーダーを見ているから、リーダーの気持ちは自然に、下の人間にも伝染してしまうものだ。

「事情が変わった」

「何だ？」

「ブツを東京へ運ぶ前に、データだけ抽出して送ってくれ」

「時間がかかるぞ」ＳＳＤに入っているデータはかなりの容量だ。

「それは分かっている。向こうは、時間を節約したいようだ」

思わず舌打ちしてしまう。大容量のファイルを送るとなると、よほどの高速回線でないと厳しい。セキュリティに問題がある公衆無線ＬＡＮやホテルを使いたくはないが、時間を優先するなら仕方ないだろう。暗号化して、セキュリティ対策を施すしかない。

「何とかしてくれるか？」〝彼〟が下手に出て言った。

「……分かった」

実際のところ、ブツではなくデータでのやり取りの方が、安全と言えば安全だ。ＳＳＤを持ったまま東京まで移動するのは、相当のストレスになるだろう。

「時間は……午後三時までに何とかなるか？」

「それは保証できない」慌てて言い訳する。「送信するための場所を確保して、データ容量を確認してバックアップ——ＳＳＤを受け取るのはどんなに早くても午後零時前だから、それから三時間で送信を終えるのは、物理的に難しい」

「分かった。時間に関しては、俺の方で何とか向こうを説得する。お前は、データを送る手立てを考えてくれ」

〝彼〟が電話を切った。ややこしい話になってしまった……ビジネスセンターのような場所が一番いいのだが、果たしてそんなものがあるかどうか。移動の時間がもったいないので、できるだけこの近くで処理したい。結局、呉市内のホテルを使うことにして予約を入れ、チェックインの時間を少し早めてもらうことにした。

これで何とか――セキュリティや回線速度の点では心配だが、現段階では最善の策だ。

あとは、高崎に念押ししておかないと。ヘッドセットを装着し、電話をかける。呼び出しに気づいたかどうか……反応はない。ポケットに突っこんだまま、気づかないのだろう。ゴール地点は相当騒がしくなっているはずで、呼び出し音や振動にも気づかないのかもしれない。注意力散漫なんだ、と心の中で悪態をつきながら、車のドアを押し開ける。雨が吹きこみ、ズボンを濡らした。鬱陶《うっとう》しい雨……先行きの不透明さを象徴するような雨だった。

オークアリーナに近づくと、低いベースの音が聞こえて――響いてくる。ゴールまではまだ間があるのに、会場ではがんがん音楽を流して盛り上げようとしているのだ。

それにしても、混乱の極みだ。

ゴール地点の広公園に足を踏み入れた瞬間、むっとした熱気と興奮に身を包まれる。いったいここに何人ぐらいの人が集まっているのか……しかも傘をさしている人が多いので、鬱陶しくて仕方がなかった。こちらは傘無し、雨に濡れるに任せているのに。時々傘が体に当たり、その度にどうしてもむっとした表情を浮かべてしまう。これでは駄目だ。とにかく目立たないようにしないと。変な印象を残したら、後々トラブルの元になる。

しかし、この人ごみの中から高崎を見つけ出せるだろうか。引き渡し場所である滑り台のところまでどうにか足を運び、周囲を見回すと……いた。スーツ姿はやはり目立つ。

高崎は傘を肩に引っかけるように持ち、スマートフォンをいじっていた。手に持っているのに電話に出ないとはどういうことか。

後ろから近づいて肩を叩くと、高崎がびくりと身を震わせる。

「状況が変わった」

「何ですか?」

「時間がない」

簡単に事情を説明する。呉市内のホテルでデータを処理しなければならないこと、タイムリミットは三時であること。

「やばいですね」高崎の顔が曇《くも》る。「ここから呉の市街地までは、結構時間がかかりますよ」

「それは分かっている」高崎の言い方にも一々腹がたつ。「一つのミスもなく、スムーズに運べば、問題にはならないはずだ。多少の遅れは許してもらえるように、交渉中だ」

「じゃあ、大丈夫ですかね」

「大丈夫になるように、何とかするんだ」

「ですねえ」

こいつはまだ状況が理解できていないのでは、と苛立《いらだ》ちが募る。しかし、衆人環視の状況では説教もできない。とにかく、何も起きないことを祈るだけだ。

「俺はすぐ近くにいる。それから、携帯に気をつけておけ。今も、出なかっただろう」

「あ、気がつきませんでした」

「気を抜くな」

短く警告して、広公園を離れた。どうしても不安は残るが、ここで愚図愚図していても何の解決にもならない。高崎を信じるしかない——この世で一番難しいことだと分かってはいたが。


きた——仕かけてきた。安奈は、相手の息遣いをすぐ横で感じた。蒲刈大橋へ向かう、長く急な上り坂。安奈は唐突に、下半身に痺《しび》れるような疲れを感じた。ここまで、限界ぎりぎりのスピードで頑張ってきたのは間違いない。ここにきてとうとうエネルギー切れか……呼吸も荒くなり、バイクが左右にぶれるのを意識する。ぴしりと体幹が決まっていれば、絶対に車体が揺れることはないのに。

安奈はちらりと横を見た。向こうは余裕がある感じだ……これまで貯めてきたエネルギーを、ここへ来て全て解放したのだろうか。ゴールまではまだ相当距離があるのだが、ここが勝負どころと踏んだのかもしれない。

みかんを描いた観光案内の看板——これは往路でも見ただろうか。その先で上り坂は一段落し、前方に蒲刈大橋がちらりと見えた。そこで抜かれる。一気に——という感じではなく、向こうも苦しそうだったが、車体一つ分前に出ると、強引に割りこんできた。

タイヤが接触するぎりぎり。ルール違反でもマナー違反でもないが、安奈はむっとした。そこまで厳しく競《せ》らなくてもいいのに。

そこで安奈は、向こうも必死なのだと悟った。一刻も早く前を押さえて、安奈にプレッシャーをかけたい——だからこそ、無理な動きで左へ寄ったのだ。登りが終わったのに、まだ体が上下するような動きをしているのも、余裕がない証拠だ。

だったらまだ、こちらにも勝ち目はある。我慢してついて行って、逆転できるチャンスを狙おう。できるだけ、ゴールの近くぎりぎりがいい。抜かれて精神的にダメージを受け、回復できないようなポイントがあるはずだ。

安奈は頭の中で呉市の地図を広げた。島を渡る間は、まだ早い。「本土」に戻った後に仕かけたいが、どこまで我慢すべきか。ゴールの広公園方面へ向かう国道一八五号線は比較的広い直線道路で、バイクも走りやすい。条件はどちらも同じ——いや、安奈が有利になれる状況はないだろう。相手をしっかり観察していこう、と決めた。背中を見ているだけで、体調や精神状態も何となく分かるものだ。もちろん、「疲れた演技」で相手を欺《あざむ》くこともあるが、このレースではそこまでの余裕もないはずだ。それは自分も同じ——今は演技で相手を引っかけようとする気にもなれない。

相手は前を押さえたものの、リードを広げない——広げられないのか？　安奈も、百パーセントの状態ではないのに、楽々ついていけた。ということは、向こうもぎりぎりの戦いを強《し》いられているに違いない。今はとにかく、離されないことだけを意識しよう。

先を行く人間は、後ろを走る人間の気配を敏感に感じ取るものだ。追い立てられていると意識すれば、気持ちに余裕がなくなるし、それは体にも影響する。

ふいに、今度は背後に気配を感じた。振り向くとロスになる――しかし気になって、振り向いてしまった。

マキだ。平然とした表情で追い上げてくる。唇が歪《ゆが》むのが見えた。笑っている――余裕の笑いかどうかは分からないが、それでも安奈は少しだけ安心した。この最終ステージは自分が引っ張る。しかし、どうしても先頭でゴールしたいという強い気持ちがあるわけではないのだ。チーム全体で勝てばいい。何だったら、余裕のありそうなマキに、最後の最後でロングスパートしてもらっても構わないのだ。

何か見落としたような気がして、リスク承知でもう一度振り向く。

マキだけではなかった。キャップもシゲさんもいる。二人はマキの後方十メートルほどのところを並走していた。とんでもないスピードが出ているはずなのに、まるでツーリングでもしているような余裕たっぷりの雰囲気だ。

「何で余裕あるの？」ついつぶやいてしまう。自分はぎりぎりの戦いを強いられているのに。

でも大丈夫。一人じゃない。

仲間が後ろから背中を押してくれる。

クソったれの雨が……和倉は胸の中で思わず悪態をついた。一向に上がる気配はなく、全身が既にずぶ濡れだ。ウエアは汗を早く蒸発させる素材をつかったものだが、雨で濡れることまでは想定していないだろう。しかも雨は体を貫くようで、絶え間ない痛みにも悩まされている。

ついに安芸灘大橋を渡り切る。これで本土に戻れば、いよいよラストスパートだ。先頭を抑えているHACの選手には、疲労の色が濃い。それに対してチームPは、安奈を先頭に縦一列、きっちりと同じペースを保っている。どこか——ゴール直前で抜き去ってチームPが一位から四位まで独占できる、と踏んだ。後は時間との戦いになるだろう。

和倉は少しだけスピードを上げて重盛の横に並んだ。

「シゲさん、大丈夫ですか?」

重盛が軽く右手を挙げて見せる。軽快な仕草だったが、横顔に笑みは一切ない。やはり、相当追い詰められているのだ。

ここで少し休める。橋を渡り切ると、道路はずっと緩い下り坂になるのだ。ペダルを漕ぐ足の力を少しだけ抜き、体力温存。この先で左折すれば、国道一八五号線。電柱に設置された小さな案内板に、「仁方《にがた》駅まで3キロ」の表示があった。ということは、ゴール近くの広駅までは、あと五キロほどというところだろうか。このスピードをキープできれば、十分ほどで楽々走り切れる。

国道一八五号線は片側一車線だが、道幅が広く走りやすい。ただし、普通の国道なので交通量も多く、車道の左端をずっとキープしていくしかない。この状況だと、国道を走っているうちは、右側から追い抜きをかけるのは不可能だ。広駅近くで右折してオークアリーナへ向かう時に、インから勝負をしかけるのが一番安全だろうか。

雨は依然として激しい。右側を走るJR呉線の線路を電車が走って追い抜いて行く。バス停のところに応援の人が何人か固まって、旗を振っていた。雨の中、申し訳ない……と思いながら、和倉は下を向いた。拍手と歓声――それが車の通り過ぎる音に混じり、訳が分からない状況になった。

「どこで仕かける？」重盛がふいに訊ねた。

「もっと先ですね」

「いや、早めに勝負をかけたいな……もう少し先に、自転車レーンがあるだろう」

「ああ……でも、それでも狭いですよ」和倉は頭の中で地図を広げた。「広駅の手前に家電量販店とスーパーがあるの、覚えてますか？」

「こっちから見て右側だろう？」

「ええ。その辺りから、片側二車線になります。広いですから、そこで勝負しましょう」

「了解」

重盛が一気にスピードを上げ、牧山の横に並んだ。牧山はいきなり話しかけられてびっくりした様子だったが、それでもすぐにうなずき、ペダルの回転数を上げる。すぐに安奈に追いつき——牧山はまだ余裕たっぷりのようだった——体が触れそうなほど近くまで接近して、一言話し、すぐに離れた。大声で叫べばいくらでも指示できるだろうが、そうすると先頭を行くＨＡＣの選手にも聞こえてしまう。事前にこちらの作戦を教えてやる必要はない。

再び、安奈、牧山、重盛、そして和倉と一列の縦隊になる。和倉はちらりと後ろを振り向いた。他のチームの選手は見えない。これから追いつかれるとも思えなかった。

勝負は数キロ先——そう考えると、少しだけリラックスできた。と同時に、背中のバックパックが気になる。ＳＳＤは余ったビニール袋でしっかり包んでおいたが、雨の影響を受けていないだろうか。ＳＳＤは耐衝撃性では優秀だが、水に弱いのは他の電子機器と同様だ。一度停まって確認したいところだが、そのタイムロスは致命的になるかもしれない。後ろから迫って来る選手が見えないとはいえ、どれぐらい差が開いているかは分からないのだ。

ここは賭けだ。

アドベンチャーレース自体が、ギャンブルの連続のようなものである。何しろ、事前に決めたことがそのまま通用するケースはほとんどないのだ。計画は状況によって頻繁に変更せざるを得ず、すぐに新しい計画を立て直さなければならない。

こういうことにはまるのは、公務員生活の反動だ、と和倉には分かっていた。日々同じ生活を繰り返す——繰り返さないと警察官の仕事はできない——のに飽き飽きして、非日常を求めてレースに没入する。

今回は特に、非日常の極みだ。家族が人質に取られ、自分はある意味犯罪に加担してしまった……もちろん仕方ない事情があったとはいえ、警察官としての良心はボロボロだ。無事にトップでゴールしても、家族が解放されても、警察官としては責任を取らなくてはならないのではないだろうか。

警察官生活も、アドベンチャーレースも、これで終わりかもしれない。最後に残るのは家族だ。

それでもいい。家族さえいれば、これからの人生、何の問題もない。


来る。

広公園からは離れているつもりでいたが、どうしても離れられなかった。高崎をサポートする必要もあったし、レースの結果自体も気になる……本当はレースどころではないのだが、どうしても結果を見届けたい。ゴールシーンを目に焼きつけたい。

自分がそうしていたかもしれない人生。

広公園を埋め尽くす群衆の背中が、ゴールを視界から隠してしまう。タブレット端末でも中継は見られるものの、雨に濡らすわけにはいかない。結局頼りになるのは、生中継の映像を映し出す大型モニターだけだ。それも他の観客の背中越しで、見切れているのだが。

それでも、順位は分かった。

まさに、和倉たちがゴール間近まできて仕かけるところだった。広駅近く、国道一八五号線が片側二車線になったところ。まず、女性――星名安奈が一気に前に出て、HACの選手の横に並んだ――と思った瞬間には追い抜いて行く。速い――スタミナ十分で、これまで体力を温存していたようだった。続いて若手の牧山。こちらも、爆発したようなスピードの乗りである。さらにベテランの重盛、最後にキャプテンの和倉――チームPのメンバーが、縦一列になってHACの選手を次々と追い抜いて行った。追い抜くと、同時に道路の左端に戻って行く。

HACの選手にとっては、これでレースは終わりだろう。ゴールまでの短い距離で、再逆転はまず不可能だ。意地もあるだろうが、それにも限度がある。取り敢えずチームとして二位キープでいいと、安全策を考えているかもしれない。

夢のない男だ。体力の限界に挑み、ぎりぎりの賭けに挑まないで、アドベンチャーレースに参加する意味などあるのか。

興奮してどうするんだ、と自分に言い聞かせる。自分はレースに参加しているわけではない――レースを捨てた人間だ。一々レース展開に興味を持ち、ゴールの興奮を味わおうとするなど、まったく無意味である。これはあくまで、高崎をフォローするため。

そうだと分かっていた。そうあるべきだとも思っていた。それでも、レースは無性に胸を熱くする。

広駅まではもう少し。そして広駅前の交差点を通り過ぎ、その先で右折すればすぐにゴールの広公園だ。しかしここへきて、チームＰの連中も苦しそうだ。今は、ドローンではなくバイクからの中継映像なので、選手たちの顔がはっきりと見える。このままの順番でゴールに飛びこんで来るのだろうか。そして肝心のＳＳＤは無事に回収できたのか。何も情報がないまま、待つだけの時間――あと数分だろうが、それが大変な長さに感じられた。

「さあ、間もなくゴールです！」ここで司会をする人間だろうか、マイクで声を響かせる。言葉を切った途端にハウリング。しかしその音が合図になったように、拍手と歓声が一気に盛り上がる。熱気が雨を吹き飛ばしそうだった。

「現在、トップはチームＰの四人！　このまま優勝の勢いです。さあ、皆さん、大きな拍手で迎えて下さい！」

ひときわ大きな拍手。それがいつの間にか、誰もリードしていないのに、速いリズムの手拍子になった。どうも、ＢＧＭで流れているヘヴィメタルの曲のリズムに合わせているようだ。調子が狂う……こういう雰囲気は嫌いだった。選手として、派手な出迎えを受けるのは大歓迎だが、自分が出迎える方に混じってしまったとは。

冗談じゃない。ここは俺がいるべき場所じゃない。

ならばどこなのか……自分の居場所はもはやどこにもないと実感するだけだった。

最後の交差点は、一時的に通行止めになっていた。警察官のリードで右折——その先、すぐ左側にオークアリーナが見えている。実際のゴールは、アリーナの手前の広公園だ。

安奈は後ろを振り向き、スピードを少しだけ緩めた。もうＨＡＣの選手は豆粒のように小さくなっている。一気に四人に追い抜かれ、心が折れたのだろう。抜かれる心配がなければ、四人同着でゴールしたい。

安奈の視線に気づいたのか、マキが一気にスピードを上げてきた。次いでシゲさん、キャップ。四人で横一線になって、最後の直線を走り抜ける。雨にもかかわらず、ゴール近くには応援の人たちが溢れていて、歓声が耳をつんざくほどになった。高揚感——何とも言えない満足感。いろいろあったけど、勝った。もう勝利は完全に手中にある。

キャップにとっては、本当の勝負はこれからかもしれないけど。

キャップの気持ちを考えると、胸が張り裂けそうだった。仕事よりも家族を大事にするのがキャップという男である。家族の安否を心配しながらのこの二日間は、地獄だったに違いない。

だからといって、百パーセントの同情はできないけど。

水臭い。最初に打ち明けて欲しかった。皆で知恵を絞れば、何とか解決できたかもしれないのに。最悪、棄権でもよかったのだ。シゲさんのラストレース、それに「とびしま24」の第一回という特別な意味はあったのだが、そんなことはどうでもいいではないか。人の命より大事なものは何もない。

こうなってしまったのは、自分の責任でもあると思った。

昨日、スタート前の段階で、自分はキャップの異常に気づいていた。あの時、もっと厳しく突っこんでいれば、キャップも打ち明けてくれたかもしれない。斎島にいた時もそうだった。甘かった……レースのことばかりに意識が向いていて、キャップを心配する心の余裕がなかった。

でも、後悔しても仕方がない。

自分たちの勝負はここからだ。ゴールした後、キャップの家族を助ける——そのために何ができるかを考えたが、とても考えはまとまらない。ゴールまではもう数十メートルしかないのだから。

今は、無事にゴールすることだけを考えよう。キャップの家族の問題はその後。

安奈はハンドルから手を離して上体を立てた。久しぶりに背中が真っ直ぐになり、それで自分がどれだけ緊張していたかを改めて意識する。前方では、誘導灯を振る大会スタッフが道を塞いでいる。左へ……四人は揃って、歩道を越えた。その先には、ゴールが仮設の「門」で用意されており、テープも張られている。

四人が完全に横一線というわけではない。結局、最初にテープを切ったのは安奈だった。ブレーキをかけ、ゆっくりと停止。バイクから降りる。

終わった——一瞬の安堵。しかし戦いはまだ終わっていなかった。キャップがバイクから降りると、すぐに駆け出す。バイクがその場で倒れ、がちゃりと大きな音を立てた。

普段のキャップは、こんな乱暴なことはしない。ギアは大事にする男なのだ。でも、今日ばかりは仕方がない。

スタッフが駆け寄って声をかけたが、キャップは無視して、公園の奥へ向かった。ブツの受け渡し場所はどこなのだろう……これからゴールの手続きを終えねばならないのに、キャップがそれを無視しているのも気になった。最終的にゴールのパンチングを終えないと、記録が残らないのだ。

しかしキャップは、まだ冷静さを残していた。ゴールのすぐ先にあるパンチングのマシンに駆け寄ると、瞬時にチェックを終える。スタッフがバスタオルを肩にかけようとしたが、それを無視して全力疾走。その先には――巨大な滑り台が見えた。


ゴールはした……ほとんど無意識のうちにパンチングも終えた。これで優勝は確定。ただ、本当の戦いはこれからだ。

和倉は呼吸を整えながら、公園の奥――滑り台の方へ駆け出した。

「キャップ！」安奈が声をかけてきた。振り向くと、彼女が駆け寄って来るところだったが、思い切り首を横に振ってやる。来るな――ここから先は俺一人の勝負だ。君たちに迷惑はかけられない。

しかし安奈は、すぐに追いついてしまった。過酷なレースを終えたばかりとしては、信じられないスピード。しかし彼女がダメージを受け、ぎりぎりの状態だということはすぐに分かった。全身ずぶ濡れ。特に短い髪は頭蓋にへばりつき、頭の形がはっきり分かるほどだった。髪からは雨粒が雫になって垂れ、顔に透明な筋を作る。

「一緒に行きます」

「駄目だ、俺一人で行く」

「危険ですよ。何があるか分かりません」

「その通りだ」和倉は認めた。「だから、君を巻きこむわけにはいかない」

「とっくに巻きこまれてるじゃないですか」

小声で——歓声にかき消されそうだった——抗議する安奈の顔は真剣そのものだった。振り切るのは難しい。だいたい、ここであれこれやり合っている暇もないだろう。

「スーツの男を探せ」和倉は短く指示した。

「スーツ?」

「そういう話になっている。こんな場所でスーツを着ているのは、大会役員ぐらいだろう。目立つはずだ」

——と思っていた。しかし雨が予想を変えてしまう。傘の花が派手に開いた結果、人の顔が見えにくくなっているのだ。しかも傘をかき分けるように前へ進まなければならないので、時間がかかってしょうがない。さらに、無駄に盛り上がる観客が邪魔になる。祝福のつもりなのだろうが、間をすり抜けようとする度に、和倉の体をペタペタと触ってくるのだ。俺は勝って引き上げる力士じゃない——鬱陶しいことこの上なかったが、伸びてくる手を乱暴に払いのけるわけにもいかない。ひたすら頭を低くして、滑り台の方へ向かった。

滑り台は、公園の入り口に近い方にあった。しかし観客に埋めつくされているので、近づくことさえ困難である。しかも和倉は、自分で考えていたよりも消耗していて、一歩一歩を踏み出す度に、体のあちこちに痛みが走った。知らぬ間に足を引きずってしまう。

「すみません！　すみません！　空けて下さい！」

声を張り上げたのはマキだった。見ると、いつの間にか自分の左脇に来て、左手を大きく広げている。右側には安奈。二人に両脇を守られるようにして、和倉は確実に前進を始めた。

「シゲさんは？」マキに訊ねる。

「主催者に話をしにいきました。この後のセレモニーのこととか……」

「すっぽかすことになるかもしれないな」

「それはまずいでしょう」マキが顔をしかめる。「やることはきちんとやらないと、かえって怪しまれますよ」

「分かってる……ターゲットを見つけたら、二人は離れてくれ。仲間と一緒だと分かると、また面倒なことになるかもしれない」

「……分かりました」

ようやく滑り台へ辿り着く。その時、雨が小降りになっているのに気づいた。頭を振って、髪に貼りついた雨滴を落とす。タオルが欲しいところだ……先ほどスタッフが差し出してくれたバスタオルは受け取っておくべきだったと後悔する。バックパックには小さなタオルが入っているが、それを取り出している暇もない。

——と不快感を嚙み殺していたら、右からタオルが差し出された。安奈。

「使って下さい」

「大丈夫だ」人のタオルを汚すわけにもいかない。

「濡れたままだと風邪を引きますよ」

「君も同じだろう」

「私はすぐにバスタオルをもらいますから」

それはそうだ……結局和倉はタオルを受け取った。いかにも女性のものらしい、石鹸のいい香り。顔を拭《ぬぐ》い、髪を乱暴に拭く。それだけでだいぶ、気分が楽になった。

「そろそろ散開してくれ」

二人が無言で離れる。一人になった和倉は、バックパックを前に回して開けた。SSDは——無事だった。ビニール袋を開いてみると、濡れてもいない。もう一度ビニール袋でくるみ直し、バックパックに落としこんだ。さて、後は相手を探すのみ。「高市《たかいち》」という名前と「スーツ」というキーワードはあるが、顔が分からないからいま一つ自信がない。いや、向こうでこちらを見つけるはずだと、自分を安心させようとした。和倉の顔はネットで確認できる。大会の公式ホームページで、参加選手は顔写真つきで紹介されているのだ。警察官である身としては、なるべく顔は出したくなかったのだが……上司の機動隊長に相談したら「ウェルカム」の返事があった。機動隊の体力アピール、鍛えていると世間に示すためにも、顔写真ぐらい載せておけ。それも都民の安全を守るためだ。

そうでなくても、予《あらかじ》め顔を知られていた可能性もある。それなら状況は最悪だ。想像が外れて欲しい、と心から願う。だが……その想像が当たっていれば、多くのことに説明がつく。

「和倉さん！　オークアリーナに戻って下さい！」

声をかけられ、思わず振り向く。大会スタッフだろう、黄色いウィンドブレーカーを着た年配の男が、心配そうな表情を浮かべて近寄って来るところだった。

「ちょっとだけ待って下さい」事情を話すわけにもいかず、和倉は話を誤魔化《ごまか》した。

「すぐに済みますから」

「この後の進行があるんです」

「すぐに済みます！」

和倉は繰り返した。スタッフは納得した様子ではなかったが……安奈がすぐにスタッフに近づいて行って、耳元で何事か囁《ささや》いた。その隙を狙って、和倉は人ごみの中に姿を紛《まぎ》れこませた。

あいつか？

Tシャツやポロシャツ姿の人ばかりがいる観客の中で、たった一人スーツ姿の男がいる。年の頃、三十歳ぐらいだろうか。長身だが、スーツが合っていない――スーツに「着られている」感じがする。普段は、スーツを着るような仕事はしていないのだろう。いかにも適当な……犯罪者という感じではないが、まっとうな人間とも思えない。

和倉は真っ直ぐ、男に近づいた。向こうはまだ気づいていない。探してもいないとはどういうことだ……二日間、自分を待ち続けていたのではないのか。

声をかける前に、和倉はまず周囲を見回した。ゴール地点だから、テレビ中継のカメラが自分を追っている可能性もある。大丈夫……今のところ、カメラは見当たらなかった。安奈は大会スタッフを遠ざけるのに必死になっているようで、姿は見当たらない。左側――十メートルほど離れた場所に牧山がいる。観客にペタペタと触られたり、握手を求められてそれに応じたりしているのだが、視線はずっと和倉に向いたままだった。意識はこちらにある。これで重盛がいると心強いのだが、ゴールしてからは一度も彼の姿を見ていない。

クソ、さっさと済ませないと。家族の命がかかっているのだ。それは分かっているのに、足が動かない。どうする？　取り敢えず声をかけようかと思ったが、その直前、〝高市〟がこちらに気づいた。急に顔を引き締め、一歩を踏み出す。手に持っていたスマートフォンを、背広のポケットに落としこんだ。

「和倉さんですね」男の声は低く、どこか頼りなかった。

「ああ。あんた、〝高市〟か？」

「そうです。ブツは？」

「ここにある」和倉は前で抱えていたバックパックを顔の高さに掲げた。

「じゃあ、いただきますよ」〝高市〟が右手を前に差し出した。

「その前に、家族の安全を確認させてくれ」

「それは、こっちの役目じゃないんで」

「ふざけるな！　そんないい加減なことじゃ困る」和倉はバックパックをきつく抱き締めた。「家族の安全が確認できないなら、渡せない」

「別にいいですけどね」〝高市〟がしらけた調子で肩をすくめる。「どうしますか？」

クソ、ここにきて駆け引きはできないのか……この男はまったく信用できないと思ったが、かといってSSDを渡さずに引き上げることもできない。

和倉はバックパックを開き、中からビニール袋に包んだSSDを取り出した。袋から出さずにそのまま手渡す。

「無事だったみたいだな」〝高市〟の表情がわずかに緩む。

「それは分からない――何なんだ、それは」

「そちらが知る必要はない」〝高市〟は急に素っ気なくなった。

このまま帰すしかないのか……この男は、ただの「運搬役《うんぱんやく》」である可能性が高いが、情報の宝庫だろう。捕まえて締め上げれば、家族の居場所や共犯の名前も喋るはずだ。しかし、この男がここから消えなければ、共犯者は必ず怪しむ。そうしたら家族の身が危なくなる。

「和倉！」

滑り台の向こうから、宮井の声が響く。いつの間にか、重盛が彼の横に立っていた。宮井が突然、両腕を上げ、頭の上で大きな丸を作る。ついで重盛が両手でメガフォンを作り、「確保！」と叫ぶ。

そういうことなら話は違ってくる。

和倉は、踵《きびす》を返そうとした〝高市〟に襲いかかった。脇腹にタックルをかまし、そのまま押し倒す。〝高市〟が悲鳴を上げ、何とか逃げようともがいたが、和倉は両膝を〝高市〟の体に乗せて全体重をかけ、完全に制圧していた。すぐに牧山が飛んでくる。

「マキ、確保だ！」

「もうしてるじゃないですか」

呆れたように言いながら、牧山が〝高市〟の腕を引っ張って強引に立たせる。和倉は、この男をぶちのめしてやりたいという欲望と戦いながら胸ぐらを摑み、顔を思い切り近づけた。

「水島はどこにいる！」

0

クソ、あの間抜け野郎が……。

水島は踵を返し、広公園から脱出するために駆け出した。

計画は最後の最後で失敗した。肝心のＳＳＤの受け取りに失敗し、高崎は取り押さえられてしまった。奴はすぐに、知っていることを全て吐いてしまうだろう。俺がどういう人間か、詳しくは知らないはずだが、身元に繋がる手がかりはいくらでも持っている。

今は、逃げるしかない。

報酬の一億円を手に入れる機会は失われたが、海外へ逃亡する手段まで奪われたわけではない。とにかく東京へ戻り、計画を前倒ししてタイへ渡る。それで何とか、警察の手を逃れられるはずだ。警察が、海外へ逃亡した犯人の追跡を苦手にしていることは、経験上分かっている。

とにかく逃げる。そのことだけ考えて、頭の中は真っ白だった。車までたどり着けば何とかなるだろう。もちろん、レンタカーが手配される恐れはあるが、駅まで行ければいいのだ。電車に乗ってしまえば、自分はあっという間に匿名の人間になる。

本当に？

和倉が簡単に諦めるとは思えなかった。広島県警を煙《けむ》に巻くのは難しくないだろうが、和倉は……家族の安全を確認できたら、間違いなく俺を追ってくるだろう。

しかし和倉は、どうして高崎を確保した？　いや、どうやって家族の安全を確信した？

すぐにピンときた。消防庁のチームだ――あいつらは途中で脱落したものの、その直前に和倉たちと一緒になっている。警視庁と消防庁、普段から競い合うチーム同士で面識もあるから、和倉が消防庁のチームに事情を話したのではないか？　棄権した時点で、消防庁のチームは衛星携帯電話を使えるようになったから、それで東京の警察と連絡を取ったのかもしれない。

この計画は、完璧ではなかったと思う。急遽《きゅうきょ》組み立てたから、穴は少なくなかったはずだ。俺としたことが……と後悔したが、今さら後悔しても仕方がない。

今はとにかく逃げるのみ。

徐々に網が狭まってくる感じがしたが、何とか逃げ出せるだろう。自分一人なら何とでもなる。今回失敗したのは、自分の周りに阿呆ばかりが集まってしまったからだ。事を起こす時には、人選が何より大事になる。

走る。久しぶりに……呼吸が苦しくなったし、ランニング用の服ではないので走りにくいことこの上ない。だが、普通の人間は追いつかないだろう、という自信はあった。

問題は和倉だ。あいつが追いかけてきたら、今の自分の足では逃げきれない。

とにかく、一刻も早く車に戻ることだ。それ以外に、生き延びる道はない。

水島は広公園の中にいる。

五秒と持たずに〝高市〟が自供したので、和倉はすぐに立ち上がり、周囲を見回した。見えるのは傘ばかり……確かに水島は広公園にいるかもしれない。だが間違いなく、逃走手段を確保しているはずだ。おそらく、近くに車を停めている。

和倉は〝高市〟の胸ぐらを摑《つか》んで強引に引っ張り上げた。その顔には、はっきりと恐怖の色が浮かんでいる。牧山がすぐ脇に立ち、さらにプレッシャーをかけた。

「車はどこにある」

「たぶん……コンビニ」

「どこのコンビニだ！」和倉は〝高市〟をグラグラと揺さぶった。

「ここのすぐ表に……ショッピングセンターの近く……」

和倉は手を離した。〝高市〟が膝から崩れ落ちる。

「マキ、こいつを地元の警察に引き渡せ」

「キャップはどうするんですか」

「水島を追う」

「ご家族は……」牧山の顔が曇った。

「無事なんだ。無事なんだから、後でいい。今は水島を捕まえないと」

言い残して走り出す。牧山が大声で「キャップ！」と呼びかけるのが聞こえたが、無視する。それはもちろん、家族は心配だ。一刻も早く会って無事を確認したい。しかし東京ははるか遠く……どんなに急いでも、会うのは数時間後、今夜になるだろう。今はとにかく、水島を捕まえたかった。自分なりの落とし前をつけないと。一発ぶん殴って、どういうつもりでこんなことをしたのか、吐かせたい。

「水島……」小声でつぶやく。周囲には、ざわめきが広がりつつあった。何かがおかしいと、観客も気づき始めているのだろう。他のチームもこれからゴールインし、表彰式が始まるはずなのに、トップでゴールしたチームPの選手が、また走り始めている。

簡単には説明できない事情があるんだ。

和倉は公園の中を全速力で走り抜けた。細い道路。その脇に団地が立ち並んでいる。ここの表側にショッピングセンターがあるのを、出発前に見ていた。

団地の前を通り抜けると、ずっと向こうにショッピングセンターのピンク色の看板が見えてくる。コンビニはあの近く……記憶をひっくり返してみたが、本当にあったかどうか、定かではなかった。すぐに、ショッピングセンターが建つ交差点に出る。コンビニはどこだ……左右を見回す。右手のかなり遠くに、コンビニエンスストアの看板が見えた。

その手前に水島。

ジーンズにスニーカー、赤いスウィングトップという軽装だが、ランニング向けの格好ではない。かなりのスピードで走っているとはいえ、すぐに追いつけるだろう。

声をかけたい——怒鳴りつけてやりたいと思ったが、それはできない。気づかれずに近づき、身柄を確保するのだ。

水島のスピードは上がってこない。あの格好では、限界があるだろう。それも自分には好都合だ。何しろ和倉も、体力の限界が近づいているのを意識している。二日間、ぎりぎりの中で戦い抜いた後なのだ。それでも水島に負けるわけがない。負けるわけにはいかない。

衰えたな、水島。

チームPを抜けたのは体力的な問題からではなく、その非行のせいだが、警視庁を辞めてからまともにトレーニングをしていなかったのは間違いない。フォームが乱れている。昔は軽快な——跳ねるようなリズムだったのだが、今日はそれが一切なかった。間もなくがっくりとスピードが落ち、最後は歩き出すだろう。もちろん、コンビニエンスストアまで先に行かれたらアウトだ。いくら何でも、車には勝てない。

ふと、嫌な予感が膨らむ。車に乗って逃げるのならともかく、コンビニエンスストアに籠城でもされたらどうしよう。当然店員も客もいるはずで、そういう人たちに迷惑はかけられない。車に乗る——店に入るまでが勝負だ、と和倉は自分に言い聞かせた。

その瞬間、水島が振り向く。すぐに前を向いたが、ハッと気づいたようにまた後ろを見た。

俺だよ、水島。

水島が一段とスピードを上げた。しかし、逃げ切れるほどではない。和倉は疲れ切った体に鞭打って、ぐんぐん距離を詰めた。怒りが疲れを上回る。

「水島！」叫んだ。叫ぶと呼吸が乱れるのは分かっていたが、呼びかけざるを得ない。お前はもう逃げられない。悪の道に足を踏み入れた人間が、まんまと逃げ切れるはずもないのだ。

「水島！」

二度目の叫びが、水島の背中を押したように加速させる。


「……はい、はい。大丈夫です。ご面倒おかけしまして」

シゲさんが何度も虚空に向かって頭を下げる。滑稽な光景だったが、安奈はまったく笑えなかった。シゲさんが話している相手は、警視庁捜査一課の係長。キャップの自宅近くの所轄署員が突入し——荒っぽいことはまったくなかったという——キャップの奥さんと娘さんを解放してから、本部の捜査一課も本格的な調査に入ったのだった。シゲさんも詳しい事情はほとんど知らず、何とか頭を下げて情報を取ろうとしている。

通話を終えたシゲさんが、ほっとした表情を浮かべて安奈に近づいて来た。大会の運営委員も。キャップがいなくなってしまったので、代わりにチームPの代表としてシゲさんに話を聞こうとしているのだ。何しろこれから表彰式で、チーム全員が揃っていないと格好がつかない。

「ちょっと、もうちょっと待って下さい」シゲさんが運営委員に向かって両手を合わせ、何度も頭を下げた。

「大丈夫なんですか？　何が起こっているんですか？」

「それは我々も分からないんですよ」シゲさんが誤魔化《ごまか》した。嘘。とんでもない犯罪が、大会の裏で進行していたとは言えない。大混乱になるのは目に見えている。「とにかく、もうちょっと待って下さい。表彰式までには全員揃いますから」

「本当に大丈夫なんですか？」運営委員が疑わし気に念押しした。

「もちろんです。時間遵守《じゅんしゅ》は警察官の基本ですから」

素敵な笑顔を見せて、シゲさんがまた頭を下げた。運営委員が背中を向けたところで頭を上げ、安奈に向かって渋い表情を向ける。小さくうなずくと、そのまま控室になっているオークアリーナへ向かった。人の多い広公園の中では話はできないということだろう。安奈もすぐ後に続く。

ほぼ二十四時間ぶりに戻ったオークアリーナ。ここで最初にキャップの異変に気づいたのだと思い出し、暗い気分になる。シゲさんは安奈を廊下の片隅に連れて行き、体を近づけて小声で話し始めた。

「キャップの家族を監禁していた人間は、所轄が踏みこんだ時には、まったく無抵抗だったそうだ」

「身元は？」

「今、確認している。どうも、この事件の背後には相当のワルがいたようだ」

「何が狙いだったんですか？」

「捜査一課じゃなくて、外事二課が担当するような案件らしい」

それでピンときた。外事二課は、主にアジア圏の事件を担当する。主な監視ターゲットは中国や北朝鮮。

「スパイ事件なんですか？」安奈は声をひそめた。

「どうやらそういう構図らしい……まだはっきりしたことは分からないが、キャップの自宅で家族を監視していた人間の供述によると、ボスは村田勝《むらたまさる》という人間のようだ」

「何者ですか？」安奈には聞き覚えのない名前だった。

「元々、中国でビジネスをやっていた人間らしい。しかしここ数年、向こうの軍部や公安と常態的に接触しているという噂が立って、外事二課がマークしていたんだ」

「その村田という人間が、今回の一件を仕組んだんですか？」

「どうやらそういうことらしいな。実はこいつは、我々とも多少因縁のある男なんだ」

「どういうことですか？」安奈は眉をひそめた。

シゲさんはその質問には答えず、廊下に直《じか》に腰を下ろした。さすがにスタミナ切れ……両足を投げ出し、後ろに両手をついて背中を反らす。安奈は、近くにいたスタッフに頼みこんで、スポーツドリンクを二本貰ってきた。シゲさんの横に腰を下ろし、キャップを捻り取ってペットボトルを傾ける。体に一気に染みこむ……エネルギーが少しだけ回復した。

シゲさんはちびちびと飲みながら、盛んに目を瞬《またた》かせている。突然、大欠伸《おおあくび》をした。

「眠くてかなわんな」

「昨夜、寝てないんですか?」訊ねながら、安奈も唐突に眠気を感じた。確かにあまり寝ていない……夜中にキャップを追いかけたり、その後疑念に襲われたりで、深い眠りは一度も訪れなかった。

「寝たのか起きてたのか分からねえよ。キャップのことが気になってな」

「本当に、もっと早く突っこんでおくべきでしたね」

「終わっちまったことはしょうがない」シゲさんがペットボトルを廊下に置き、両手で顔を擦った。急に体を両手で抱いて、身を震わせる。

「寒いですか?」

「冷房がきつ過ぎるんだよ」

「ああ……そうですね」

いくらドライ機能が優れたウエアでも、そうすぐには乾かない。冷房は強烈に効いており、このままだと風邪をひきそうだ。着替えたいところだが、そんな時間はないだろう。

「結局、どういう筋書きだったんですか?」

「まだ何も分かってない」シゲさんが顔をしかめる。「何しろ、現場で一人逮捕しただけだ。もう一人、こっちで押さえた人間もいるが、そいつは東京へ移送してちゃんと調べないと、役に立たないだろうな。広島県警にすれば、とんだ迷惑だよ」

「迷いこんだ虫みたいですよね」

シゲさんが声を上げて笑う。もう一度スポーツドリンクを飲み、口元を手の甲で拭《ぬぐ》った。

「虫は虫だけど、こいつらは相当でかい虫だぞ。東京でパクられた男の供述だと、村田は、呉の海上自衛隊基地から、潜水艦の情報を盗み出そうとしたらしい」

「あそこに潜水艦、いるんですか?」

「ああ。自衛隊の装備のことは俺もよく知らないけど……ただ、潜水艦に関しては、表にはなかなか情報が出てこないらしいんだよな。連中は、そいつを探るために水中ドローンを使ったらしい」

「それが、キャップが探し当てたものなんですか?」

「おそらく」シゲさんがうなずく。「大会直前に、台風が通過したじゃないか。それでたぶん、ドローンが故障して流されたんだろう。漂着したまま、回収の方法がなくなった」

「確かにあんなところ、簡単に近づけませんよね」ようやく全てに合点がいった。「しかもレースの警戒で警察官や海保や警備の人があちこちにいるから、変な行動をするとすぐに怪しまれるでしょう」

「しかし、絶対に回収しなければならない。どういうデータを収集してきたかは分からないが、記録してあるSSDを回収するだけだから、水中ドローンさえ見つければ何とかなる。何も、クソ重いドローン自体を持ち帰る必要はないわけだから」

「ですね」安奈は話を合わせた。「場所が特定できていたのは、GPSか何かを使っていたからですよね？」

「だろうな」

「キャップなら、あんな場所でも下りて行って回収できる——それを見込んで、キャップを動かすために、ご家族を巻きこんだ」

推理を話しているうちに、怒りがこみ上げてきた。勝手な理屈だ、仲間の家族を危険な目に遭わせる連中……絶対に許せない。

「和倉のことだから、家族を人質に取られたら、絶対に言うことを聞くよ。あいつにとっては奥さんが誰よりも大事だし、娘さんを溺愛している。そういう事情をよく知っている水島がこの件に絡んでいなければ、計画はここまで上手くいかなかったはずだ」

「水島さんって、前にチームPにいた人ですよね」

「そう」シゲさんが渋い表情を作る。「今だから言うけど、悪い連中とつき合いができて、実質的に馘《くび》になったんだ。その悪い連中というのが、まさに村田だったんだよ。最初はモグリのポーカーで知り合ったらしいが、気が合ったんだろうな。水島は村田から小遣いを貰ったりしたんだが、ポーカーで負けた借金の額が次第に膨らんだ。とにかく、外事二課がマークしていた人間と接触していたことが問題になって……しかも水島は、供述を拒否した。その頃にはたぶん、もっと深刻な金の関係が生じていたんだと思う。返しきれないほどの借金とか……その辺りが、今回の事件の動機になったかもしれないな。とにかく、突っこまれると困るような問題が生まれたに違いないんだ。だから実質的に切られた——俺たちにも監督責任があるな」

「私生活まで、いちいち監視していられないでしょう？　水島さんは、警察官の立場で接触したわけじゃないですよね？」

「それはそうだけど、責任は感じる」シゲさんが両手で思い切り顔を擦った。「とにかく、今回の事件では、キャップの知り合いの水島が尖兵役になったんだ。キャップの家や家族構成も知っていたし、奴が計画を立てたんじゃないか？　それでキャップの家に押し入り、奥さんと娘さんを監禁した」

「ひどい話です」安奈は声が震えるのを感じた。「ご家族は今、どうしてるんですか」

「無事だけど、念のために病院に搬送されたそうだ」

「シゲさん、奥さんとは話してないんですか？」

「話してない」

「私、ちょっとやってみます」安奈は立ち上がった。「直接様子を聞ければ、キャップを安心させられるでしょう？」

「そうだな……ちょっと工夫してみてくれ」

「分かりました。それより、キャップはどうしちゃったんですか？」

公園にいた〝高市〟という男を確保したところまでは確認している。しかしその後、唐突に姿を消してしまったのだ。

「ああ、いたいた」マキの声が聞こえてきた。上半身裸のまま、こちらに近づいて来る。

「マキ、和倉はどうしたんだ」シゲさんが訊《たず》ねる。

「それが、水島を追いかけて……」

「マジか」疲れ切っているはずなのに、シゲさんが弾かれたように立ち上がった。「一人で？」

「ええ」

「まずいぞ。水島は自棄《やけ》になっているかもしれない。県警の連中は何をしてるんだ」

「説明してる暇もなかったんですよ」

「冗談じゃない。キャップ一人に任せておけないぞ。水島は何か武器を持っているかもしれないし」シゲさんが安奈とマキの顔を順番に見た。「マキ、俺たちは和倉を追いかけよう。星名は、県警の人間を摑まえて事情を説明してくれ。警視庁からも正式に連絡は入っていると思うが、念のためだ」

「分かりました。その後で、キャップのご家族と連絡を取ってみます」

「よし」シゲさんが両手を叩き合わせる。「気合いを入れ直せ。レースはまだ終わってないぞ。水島をしっかり捕まえてこそ、完全優勝だからな」

クソ、足が動かない……数年前の自分だったら、こんなことはなかった。一日に五十キロ、六十キロ走ることも珍しくなかったし、そういう時でも最後まで軽々と足を運ぶことができた。

今は数百メートル走っただけで息が上がり、足ががくがく言っている。もちろん、和倉に追いかけられているプレッシャーのせいもあるのだが……振り返りたい。しかしそうすると、コンマ何秒かロスしてしまうことは、経験から分かっている。今はとにかく前を向き、しっかり腕を振ることを意識しろ。腕を振れば、体は前に引っ張られる。

こういう服装でなければ……ジーンズは、力仕事には適しているが、走るには最悪だ。早くも汗をかいて、それが生地に染みこみ、肌に貼りつく。それだけならまだしも、ジーンズ自体が重みを増したようで、とにかく走りにくくて仕方がない。

「クソ」思わず悪態が口をついて出る。言っても何にもならないことは分かっているのだが……。

振り返る。和倉は五十メートルほど後ろ。二日間にわたるレースを終えたばかりなのに、まだスタミナたっぷりの様子で、スピードでは明らかにこちらを上回っている。もう少し……もう少しで、車を停めたコンビニエンスストアにつく。水島はジーンズのポケットに指先を突っこみ、車のキーを取り出した。車に乗ってしまえば、後は何とでもなる。逃げられるところまで逃げて、別の交通機関に乗り換える。金が手に入らないのは痛いが、今はとにかく逃げることだ。それから巻き返せばいい。

俺の人生はまだ終わっていない。

残り百メートル。水島は自分を叱咤《しった》してスピードを上げた。呼吸が苦しく、顎《あご》が上がっているのが分かる。ランニングフォームとしては最低だが、とにかく走り切るしかない。十メートル引き離したままゴールできれば、何とか車に乗りこめるはずだ。そうすればもう、和倉には手が出せない。

水島にとって唯一幸いなのは、和倉以外に自分を追いかけて来る人間がいないことだった。広島県警の連中まで絡《から》んできたら、とても逃げ切れまい。和倉一人が相手なら、絶対に何とかなる。

コンビニエンスストアの看板が大きくなってきた。駐車場は店の奥の方……ついに店の前まで到達した。店から出て来た二人組とぶつかりそうになり、慌てて身を翻《ひるがえ》す。これまでとは違う動きに、両足の筋肉が不自然に緊張し、ピリピリと鋭い痛みが走る。足をぐっと伸ばしてやりたいという欲望に襲われたが、立ち止まっている暇はない。

よし、車は無事だ。もう振り返るな。とにかく一刻も早くロックを解除して運転席に飛びこむ——それでこの危機を脱することができるのだ。

駐車場に駆けこむ。車は十メートル先。焦《あせ》るな、焦るな……リモコンキーを使ってドアロックを解除する。後は車に乗りこめば……。

「水島！」

和倉の声が背中から迫る。予想していたよりも近い。既に十メートルほど後ろに迫っている感じだった。水島は車のドアに手をかけようとした――その瞬間、キーを取り落としてしまう。クソ、何なんだ！　頭に血が昇る。早くキーを拾って、と考えたが、見当たらない。どうやら、車の下に入りこんでしまったようだ。

駄目だ。計画は全て白紙撤回だ。

「水島！　諦《あきら》めろ！」

冗談じゃない。俺は最後まで絶対に諦めない。レースは終わるまで諦めたらいけないということを教えたのは、和倉本人ではないか。

水島は身を翻し、再び走り始めようとした――その瞬間、和倉の手が伸び、肩をかすめる。慌てて体をよじり、その手から逃れた。

逃走劇第二幕、スタート。

俺に勝ち目はない。しかし最後まで諦めない。和倉さんよ、俺はあんたの教え子でもあるんだ。あんたから教わったことを、今からきちんと見せてやるよ。

クソ、捕まえ損ねた。和倉は心の中で悪態をつきながら、追跡を続行した。水島は、国道三七五号線をひたすら走り続ける。方向は北……この先には何があるのだろう。下見をした時も、コースと関係ないこちらの方は、きちんと見ていない。右手の方は山。しかし道路の両側には住宅街が広がっている。このまま逃げ続けても、いつまでも持たない。

和倉は、暗い喜びを感じ始めていた。水島は走る恰好をしていないし、しばらくトレーニングから遠ざかっているはずだから、いずれへばるだろう。自分はスタミナにこそ不安はあるものの、まだまだ追跡できる。水島は、いずれ追いつかれる恐怖を抱きながら走るしかないのだ。奴が諦めた時——心が折れた瞬間の顔を見ることを想像すると、楽しくてならない。

しかし水島は、いつの間にか体勢を立て直していた。走りにくい服装のはずなのに、フォームがきちんとしている。まるで過去の彼が舞い降りてきたようだ。跳ねるような勢いを感じさせるフォームは、まさに全盛期のそれである。スピードも蘇っていた。この調子で走られたら、いつ追いつくか……和倉は唐突に、下半身から力が抜けるのを感じた。さすがに、二日間のレースのダメージは大きい。今になって、厳しい状況に追いこまれた。

水島は、突然右に折れて細い道に入った。今度は正面に山が見えてくる。途中、道路はさらに細くなって、車一台が辛《かろ》うじて通れるほどの幅になった。向こうから車がやってきてスピードを落とす。水島は身をよじるようにして、車と家のブロック塀の間の細い空間に入りこみ、駆け抜けて行った。和倉も続いたが、バックパックのせいでスムーズに進めず差が開いてしまう。

正面に見える山が大きくなってくる。水島の奴、まさか山に逃げこむつもりか？　それほど大きい山ではないだろうが、山狩りにでもなったら大事《おおごと》だ。広島県警に迷惑をかけたくないという気持ちは強い。

いや、それより何より、どうしても自分で決着をつけなくてはならないのだ。奴は自分の家族を傷つけた。そのお返しは、自分の手でしなければならないのだ。

和倉は腕の振りを大きくした。意識して歩幅を大きくする。普段のピッチ走法からストライド走法へ——途中で走り方を変えると筋肉に余計な負荷がかかるのだが、逆にそうすることで緊張が解《ほぐ》れる場合もある。疲れてはいる。だが幸い今のところは、痙攣《けいれん》などは心配せずに済みそうだった。

差が縮まらない。今は素人と言っていい水島に追いつけないのは、情けない限りだ。水島はフォームだけでなく昔のペースをすっかり取り戻している。そう、水島はかつて、牧山と同じように、スピードに優れた選手だった。決してタフではないが、あのスピードはチームPにとって大きな戦力だった。

奴が、おかしな連中とのつき合いを始めなければ……最初はギャンブルだったという。パチンコ、スロット——そういうのは警察官の暇潰しの定番で、誰でもやることだ。だが水島は、そこでたまたま悪い人間と知り合ってしまった。外事二課がマークしていた男で、すぐに「不適切な関係」が問題視されるようになったのだ。

同じ機動隊、そしてチームPの仲間だったとはいえ、水島の存在はあっという間に「タブー」になってしまった。和倉は、まさか水島は、犯罪に手を染めているようなことはないだろう、と楽観視していた。そうであって欲しいと願ってもいた。事情を聴いて、何もないと自分が納得できれば、警察を辞めた後もチームPの一員として戦力になってもらえばいい。

しかし、重盛の判断は厳しかった。和倉より年長の重盛は独自に何か情報を摑んでいたようで、「水島のことは諦めろ」とあっさりと宣告したのだった。懲戒免職になった男がチームに残れば、絶対にマイナスになる。そう言われ、和倉は努めて水島の存在を忘れた。

それが、こんな形で俺の前に現れるとは。

お前の人生がどう堕《お》ちていったかは、後で聞いてやる。何だったら相談に乗ってやってもいい。

だがその前に、とにかくお前をボコボコにしてやる。

水島は一向にスピードを緩《ゆる》めなかった。細い道路はほどなく、緩い上り坂になる。まさか、本当にこのまま山の中に逃げこむ気なのか？　自殺行為にしか思えないが、水島は慎重かつ計画性の高い男だったと思い出す。レースでもコース読みは正確で、何度も助けられたものである。頭の回転が速い水島のことだから、非常時の逃亡手段を確保しているかもしれない。いや、それはないか……水島がこの計画をいつから立てていたかは分からないが、それほど時間があったとは思えない。ばたばたと話を進める中で、幾重ものバックアップを張り巡らせることなど不可能だ。

ここまでなんだよ、水島。心の中で嘲《あざけ》ったが、不安は消えない。とにかく、水島のスピードが落ちないのが謎だった。あるいは密かにトレーニングを続けていて、ここで本領を発揮するつもりなのだろうか。

手押し車に摑まるようにして、老婆が向こうからやって来る。和倉は思わず、「警察に電話して下さい！」と叫んだ。老婆がびくりと身を震わせ、怪訝《けげん》そうな目つきで和倉を見る。いきなりこんなことを言われても、混乱するだけか……牧山が上手く広島県警につないでくれたはずなのに、警察官の姿が一切見当たらないので心配になる一方なのだ。

状況が複雑で混乱しているのは分かる。しかし、混乱した状況こそ、警察の出番ではないか。秩序をもたらし、人々を安心させる——今はとにかく、俺を安心させて欲しい、と和倉は心から願った。

「奥さんですか？　星名です」

「星名さん？」和倉の妻が泣きそうな声を出した。「主人は……」

「大丈夫です。事情は全部分かっています」

「話せますか？」

「今……」どこまで明かしていいのだろうと思いながら、安奈は言い淀んだ。犯人を追跡している——警察官としては当然の仕事とも言えるが、今はそんな状況ではない。しかし、適当な嘘を思いつかなかった。「犯人を追っているんです。水島さん——水島。奥さんもご存じですよね」

「何度か家に遊びに来たこともあります」

「そんな人が……」安奈は絶句した。そういう人間関係を利用した犯罪。これ以上卑怯なことはない。「いきなり訪ねて来たんですか？」

「そうです。私も油断していて、男が二人、家に押し入って来たんです」

「怪我はないんですか？」

「ないです。大丈夫です」

気丈な台詞《せりふ》を聞いて、安奈はようやく心から安心した。この件は一刻も早く、キャップに伝えたい。

「変な感じで……」和倉の妻が言い淀む。

「どういうことですか？」

「水島さん、料理が得意なんですよ」

「はい？」話の筋が見えず、安奈は思わず甲高い声で「どういうことですか」と聞き返してしまった。

「昔から料理が得意なんですけど、今回も下ごしらえした材料を持ちこんで……私たちに食べさせました」

「まさか……何なんですか、それ」

「分かりません。傷つけるつもりはない、ということだったかもしれませんけど、全然食べられませんでした」

「当たり前ですよね」安奈はうなずいた。「食べられるわけがありません」

「今朝、見張り役が交代して……怖かったですけど……」

「何もなかったんですね？」安奈は念押しした。

「ええ」

犯人グループが「紳士的」とは言わないが、無用な暴力を振るわない方針だったのは間違いないようだ。とにかくこのことを、一刻も早くキャップに教えてあげたい。

「水島は何か言ってましたか？　何でこんなことをするか、とか……」

「『目的のためだ』とは言ってました」

「不安でしたね。相手の狙いが分からないままっていうのは、本当に大変だったと思います」

「連絡も取れなくて」和倉の妻の声が湿った。同性とはいえ、こういう状況ではどうにも慰めにくい。電話でできることには限りがあるのだ。

「とにかく、キャップをすぐに摑まえて、そちらに連絡してもらいます」

「お願いします」

「いろいろ大変だと思いますけど……キャップはきちんと東京へお連れしますから」

「……すみません」

電話を切る。冷房がきつくて寒いのに、掌《てのひら》が汗で濡れていた。広島県警の人たちともう少し話をしないと……安奈は制服警官を探して、オークアリーナから外へ出た。いつの間にか雨は上がっており、雨上がりに特有のむっとした空気に全身を包まれた。不快な湿り気だが、エアコンの寒さにやられるよりはましだ。

制服の警官がいた。階級章を見ると警部補だと分かる。おそらく、所轄の地域課か警備の係長。現場責任者ということだろうが、捜査の話になると筋違いだ。もちろん安奈自身も刑事ではないから、必要最低限のことしか喋れないが。

自己紹介すると、相手は地元署の警備係長、尾沢《おざわ》と名乗った。優勝チームのメンバーが突然話しかけてきたことに困惑した様子だったが、先ほどの〝高市〟という人間の捕り物劇について話すと合点が行ったようだった——いや、かえって混乱した様子だった。

「身柄は所轄に持っていったが、容疑がないぞ。いつまでも留め置けない」

「監禁、脅迫、殺人未遂、何でもつけられますよ」安奈は指を折った。すぐに声を潜めて続ける。「ついでに言えば、スパイ事件かもしれません」

「スパイ?」尾沢が眉を釣り上げる。「穏やかじゃないな。署の方で詳しく話を聞かせてもらえるか?」

「その時間がないんです」安奈は腕時計を見下ろした。「もう一人の犯人が逃亡中なんです。今、うちのキャップ——警視庁機動隊の和倉が追っています」

「連絡は取れるか?」

「いえ……無理です」安奈は首を横に振った。「携帯も無線も持っていませんから」

「それじゃ、捜しようがない」尾沢は苛立《いらだ》ちを隠さなかった。

「何とかしてもらえませんか？　こういう時は大量動員で捜すしかないでしょう」

「この辺は道路が細かく入り組んでいて面倒なんだ。相手は車じゃないのか？」

「車は持っているという話ですが、乗ったかどうかは分かりません。近くのコンビニエンスストアの駐車場に停めてあるそうです」

「分かった。そこが最初の手がかりだな」尾沢は安奈に背を向け、無線に向かって話し始めた。すぐに通話を終えると振り返り、「そいつを捕まえないと、話にならないのかな？」と訊ねる。

「おそらく。主犯は東京にいると思いますが、この現場を仕切っていたのはその男のようです」元警視庁の警官、ということは明かさずに置いた。身内の恥を晒《さら》すようで何とも情けない。

「今、手が空いている人間全員を動員した。日曜なんで、署の方にも人が少ないんだが……場合によっては、機動隊の応援をもらうから」

「ありがとうございます」安奈は膝にくっつきそうな勢いで頭を下げた。

「警視庁さんに恥をかかせるわけにはいかないからな」

顔を上げると、尾沢はニヤニヤしていた。警察官同士の絆ということか。二度と会うことはないかもしれないが、同じ制服を着る者同士、助け合う。それに何より、今回は目の前に犯罪があるのだ。

「どういうことか、事情を聞かせてくれないか」

「申し訳ありません……私も捜索に加わろうと思うんですが」

「全員が出払ってたら、話がまとまらなくなる。あんたのところの、他のメンバーは？」

「もう捜索に出ています」

「だったらあんたは、ここに残って司令塔になった方がいい。うちと上手く連携するためにも、動かない人間が一人いた方がいいぞ」

「……分かりました」安奈はうなずいた。自分は元々、こういうことは専門ではない。しかし連絡を受けたり、それをつないで新たな作戦を立てたりするぐらいはできるだろう。

気を取り直して、簡単に事情を説明する。尾沢はすぐに渋い表情になった。

「呉の海自というのは、いかにもありそうな話だ」説明が一段落すると、尾沢がすぐにうなずく。「あそこには、第一潜水隊群があって、最新鋭の潜水艦が配備されている。中国が興味を持つのは当然だよ」

「海洋覇権を狙っているからですか？」

「そういうことだ。向こうにすれば、日本の潜水艦は脅威らしいからね……それは知り合いの自衛官から聞いた話だけど。とにかく、海中からドローンで接近してデータを収集するのは、悪くない手だと思う。その後の回収作戦については……もしも、東京消防庁のチームが棄権していなければ、上手くいったかもしれないな」

安奈は思わず唾を飲んだ。ぎりぎりのところで、こちらに幸運が転がりこんできたとも言える。消防庁のチームが棄権したことで衛星携帯電話が使えるようになり、警視庁と連絡が取れたのだから。

「まあ、正義の味方は最後には必ず勝つ、ということだよ」尾沢がニヤリと笑った。「そして警察は常に正義の味方だからな」

尾沢の楽観主義は、安奈には伝染しなかった。普段からこういう仕事をしていればともかく、自分は基本的に地域畑の人間なのだ。正直言って、ビビっている。上手くいく可能性が低いのではと考えると、心臓が停まりそうだった。

今さらながら、この上りはきつい……今回のレースではもっと激しい上り坂も経験していたが、エネルギーを使い果たした状態では、どうしてもスピードが乗らない。水島に次第に引き離され、和倉は絶望的な気分になってきた。

目の前に緑が迫ってくる。それほど深い山ではないだろうが、あの中に入りこまれたら、自分一人では絶対に捜し出せない。牧山がうまく県警の連中に話をつないでくれたはずだ、応援は絶対来ると信じ、和倉はなおも必死に体を動かし続けた。

顔を上げろ。呼吸を整えろ。自分に言い聞かせ、和倉はひとまず水島の存在を頭から追い出した。まずは自分の走りを取り戻すこと。一定のペースを保てれば、必ず水島には追いつける。

一度深く吸い、二度短く吐く、いつもの呼吸法。腕を大きく振ることで、体を前に引っ張る。ストライド走法はやめ、小刻みに歩を刻むピッチ走法に切り替えた。自分本来の走りを取り戻すと、呼吸は安定し、スピードも蘇ってくる。水島の背中が少しだけ大きくなった。よし……向こうだって疲れている。しかも走りにくい服装。必ず追いつける。

それにしても奇妙な状況だ。まるでレースそのものではないか。特にチェックポイントを探している時のようだ。住宅地に入りこみ、走りにくい細い道をひたすら走る。ほどなく、家がなくなると分かった。目の前には、鬱蒼《うっそう》とした森が広がっている。どこまで入って行けるか分からないが、見失うわけにはいかない。和倉は走りが乱れるのも覚悟しながら、一気にスピードを上げた。吸いこむ空気に酸素が少ないような気がする。視界に靄《もや》がかかり、胸が苦しくなってきた。危ない、危ない……酸欠状態が近い。しかしまだ、スピードを緩めるわけにはいかない。

和倉は一気に距離を詰めた。左側に「砂防指定地」の標識がある。この辺に小さな川があるようで、「土石流危険渓流」の文字もあった。こんなところを川が流れているのか？　ふいに不安になった。雨は上がっているが、先ほどまではかなりの土砂降りだったのだ。鉄砲水が出て、二人とも流される様を想像するとぞっとする。

水島を死なせるわけにはいかないのだ。奴の口から事件の真相を聞かない限り、家族は無事だったとしても俺の気持ちは収まらない。

待ってろよ。必ず追いつく。

クソ、この先どうする……水島は完全に追い詰められたのを意識した。目の前にはまだ道路が続いているが、この先で道路が途切れ、本格的に山の中に入っていくのは間違いない。心配なのは、先ほどまで降っていた雨だ。あれで山の中は地面が滑りやすくなっているはずだ。それほど高い山ではないが、入りこんだらまず、足元の心配をしなければならない。条件は和倉も同じだが、自分は悪路に弱いと水島は認識していた。

右手に石壁。それが途切れたところに小さな階段があるが、右上を見上げると、単なる畑である。階段は、畑へ上がるためだけの存在に過ぎず、逃げ道にはならない。結局そのまま、山の中に入って行くしかないようだ。大丈夫、と自分に言い聞かせる。悪路が苦手とは言っても、レースでは何度もこういう条件の悪い山道を走ってきたのだ。コース取りでは和倉より自分が得意だった。あの感覚を思い出せばいい。必ず逃げ切れる。

階段の脇を通り過ぎると、とうとう舗装路が途切れた。落ち葉が分厚くつもり、木立の中に分け入ると、急に視界が暗くなる。

スニーカーは、アスファルトの道路を踏みしめて走るには適しているが、こういう山道は想定していない。雨を含んで濡れた落ち葉のせいで、最初の一歩で滑った。何とか持ちこたえたものの、足が微妙に沈む感覚が不快で、一気にスピードが落ちる。傾斜は大したことがないのだが、まるで砂浜を走っているようなものだった。そういうトレーニングをしたこともあるが、これはトレーニングではない。

命を賭けた戦いだ。

和倉の息遣いが聞こえた気がした。いったいどこまで迫って来た？　恐怖に駆られ、つい後ろを見たくなる。だが、それ以上に時間のロスが怖かった。振り返りたい気持ちを何とか押し潰《つぶ》し、とにかく前を向いて走ることだけを意識した。和倉の気配を読み取るのが難しい。自分が落ち葉を踏む音が気になり、集中力が削がれるのだ。クソ、和倉はもう、手を伸ばせば届くぐらいの距離にまで迫っているのではないか？

俺は何をやってるんだ――必死で走っているのに、心の中に疑念が入りこむ。

スピードが落ちた。水島の背中がぐんぐん近づいてくる。

和倉は一気に足の回転を速めた。水島が昔から、悪路に弱いのは分かっている。アスファルトの上では抜群のスピードを発揮するのに、山に入ると急に弱くなるのだ。トレイルランが、水島にとって課題だった。しかしその課題は果たせないまま、間もなく俺の手に落ちようとしている。

「諦めろ、水島！」和倉の叫びが木々の間に木霊《こだま》する。

水島は振り返ろうとせず、必死に走り続けた。必死さが背中に滲《にじ》み出ている。枯れ葉に邪魔され、足がしっかり上がっていない。あれではエネルギーをロスするだけだろう。和倉はしっかり足を上げることを意識した。砂浜と同じだ。足を引きずると枯れ葉の抵抗がひどくなる。今のあいつは、砂浜で足を取られながら走っているようなものだろう。

手を伸ばす。赤いスウィングトップの襟を掴み損ねた。しかし手が触れたので、水島がバランスを崩し、倒れかける。ただ、和倉も勢いがつき過ぎて、転びそうになった。互いに、姿勢を立て直すのに必死になる。一足先に、水島がまた走り始めた。距離は二メートル……詰められる。これぐらいの距離なら、一息で追いつけるはずだ。

しかし水島は、最後の力を振り絞った。それまでのぐだぐだした走りが嘘のようにスピードが上がり、和倉を引き離し始める。クソ、こんなところで置いて行かれてたまるか。

人一人がようやく走れる狭さの獣道《けものみち》。横にはみ出した木の枝に顔を打たれ、和倉は一瞬スピードを落とした。危ない……危うく目を直撃されるところだった。その間に、水島のリードが五メートルに広がる。

「水島！　止まれ！」

声をかけたが、それでかえって水島は距離が開いたことを悟ったようだ。両手を大きく振り、大股で滑りやすい斜面を駆け上がって行く。冗談じゃない。ここまで追い詰めておいて、逃げられてたまるか。

和倉は最後の力を絞り出して、必死に追い上げた。斜度が急過ぎ、滑りやすいこともあって、もはや普通に走っている感じではない。まるで階段を上っているような……手をついてしまいそうなほどだ。

諦めるか？　ここで自分が追いつかなくとも、水島は逃げられないだろう。山狩りになって広島県警に迷惑をかけるかもしれないが、いずれは捕まえられる。

いや、駄目だ。絶対に俺が捕まえる。

「水島！」何度目かの呼びかけは、水島の動きを鈍らせるためではなく、自分に気合いを入れるためだった。

水島がいきなり、左手の木立に飛びこむ。あの野郎……獣道も無視して、完全に山の中に入りこむつもりか。何か考えがあってのこととは思えない。何もわざわざ、苦手な悪路に足を踏み入れなくてもいいのに。

自棄になったのだ。あいつもそれだけ焦っている。忘れたのか？　レースの基本中の基本は、絶対にペースを崩さないこと。次から次へと、予想していない難所が現れるのがアドベンチャーレースの難しさでもあり面白さでもあるのだが、それを乗り切るためには、できる限り自分のペースを崩さないのが大事なのだ。焦りや怒りは禁物。それを忘れたら、お前は絶対に負ける。

俺に勝てるわけがない。

連絡がないまま、ただ待つだけの時間……表彰式も近づいており、このままキャップたちが戻らないと厄介なことになりそうだ。しかし自分でできることもなく、安奈はただ待つしかなかった。体を冷やさないように、ウィンドブレーカーだけは着てきたのだが、それはそれで蒸し暑い。さっさとシャワーを浴びて乾いた服に着替えたい、と真剣に願った。しかし、必死で水島を追いかけている人たちがいる。自分だけ快適な環境に身を置くわけにはいかない。

尾沢がすっと近づいて来る。表情は険しい。捜索が上手くいっていないのは一目瞭然だった。

「どうですか？」

「広吉松《ひろよしまつ》の付近で目撃情報があった。二人だ。たぶん、おたくの仲間が、水島を追いかけてるんじゃないかな」

「それは……」

戸惑う安奈の目の前で、尾沢が地図を広げた。指差す先を確認すると、広公園の北の方で、一・五キロほどしか離れていない。真っ直ぐこちらに逃げたとは考えられないから、住宅街の中で追いかけっこをするように走り、この辺りに入りこんだのだろう。

「山に入ろうとしているのかもしれない」

「山ですか？」

「吉松山というのがあるんだ」尾沢が指先を東の方へ滑らせる。確かに、ここから見ても低い山があるのが分かる。しかし低いとはいえ、山は山である。あそこに入りこんだら、大規模な山狩りが必要になるだろう。

「深い山ですか」

「そうでもない。標高は三百メートルもないはずだ。昔の砲台の跡が残っているよ」

「登山するような山なんですか？」

「登山というほどじゃない」尾沢が苦笑する。「軽い山歩き、だな」

そういうルートは、レースで何度も走っている。体力的な問題はともかく、キャップなら苦にしないだろう。ずっとレースから離れているはずの水島はどうなのか。キャップが追いつき、簡単に捕捉する様を想像したが、人間は追いこまれると何をするか分からない。キャップの身の上がひたすら心配だった。レース実況用のＧＰＳは自分がつけていた。キャップがつけていたら、正確な位置が分かるのに……。

「そちらに人を集中させたんですか？」

「ああ。できる限りで」尾沢がうなずく。「ただ、山全体をカバーすることはできない。本格的に山狩りするなら、もっと人数が必要だ。どこかに出て来てくれるといいんだが」

安奈は地図を借りて、近くの状況を頭に叩きこんだ。実は、呉市はいくつもの山に囲まれた街であることが分かる。この辺――広地区も同様。市街地は、山と山に挟まれた細い場所に広がっている。吉松山に入りこむと、市街地は西の方。あとは北、東、南、どちらに逃げても、広い山の中を彷徨《さまよ》うことになる。水島が地図やコンパスを持っていなければ、低い山でも遭難してしまう可能性が高い。

それでも構わないと言えば構わない。キャップの家族は無事に救出されたのだし、犯人グループも続々捕まっている。水島は恐らく主犯ではないし、逮捕が多少遅れても、捜査全体に影響はないはずだ。

どうせなら遭難してしまえばいい。悪事を働いた人間には、そういう最期が相応《ふさわ》しいのではないか。

――警察官としては、そんなことは考えてはいけない。どんなに凶悪な犯人でも、ちゃんと逮捕して裁判を受けさせねばならないのだ。安奈自身、死んでしまえばいいという考えと同時に、事件の詳細を知りたいという気持ちを抱き始めた。

何もできない……自分も追いかけるべきだったのではないかと、今さらながらに思った。

クソ、こんなことになるとは。

水島は心の中で悪態をつきながら、木立に分け入った。九月で樹勢は盛ん……雨に濡れた葉が顔を打ち、鬱陶《うっとう》しくて仕方がない。両手を振って払いのけながら、何とか前に進んだ。一つだけ幸運なのは、下りの斜面に入っていること。前を邪魔するものさえなければ、スピードに乗って駆け下りていける。

しかし、この先どこへ出るかは分からないのだ。頭の中で地図を思い浮かべる。自分は北の方へ向かっているはずだ。山すそをかすめる格好で市街地に戻れる。だが、ゴールは見えない。いったい自分はどこへ向かっているのか、逃げ切れるのか、まったく分からなくなっていた。

スピードはまったく乗らない。しかしそれは和倉も同様だろう。自分がリードして走っているとはいえ、邪魔な枝などを切り落としているわけではないのだ。必ずしも、後ろにいる方が走りやすいわけではない。

枝を折って武器に使い、和倉を撃退するか……警察官であった水島は当然、剣道の心得もある。しかし枝を自由に振り回すだけのスペースすらない。無駄だ、無駄。先行きはまったく見えないが、とにかく今は走り続けるしかない。

喉が焼けるようだった。限界を突破しつつある時に特有の苦しさ。足も痛い。今は道なき道——斜面を駆け下りているだけだが、それもまた余計な負荷を与えるのだ。全身ぼろぼろ。いつの間にか、スウィングトップの左袖にかぎ裂きができていた。暑い……鬱蒼とした木立の中にいるので直射日光は射しこまないが、風が吹きこまず、熱気が籠っていた。体を動かすには最悪の環境。水島は走りながらまず右の袖、さらに左の袖から腕を抜いて、スウィングトップを脱ぎ捨てた。大事なものは入っていないはずだ。財布もスマートフォンも、ジーンズのポケットに突っこんである。

わずかに身軽になって、多少は動きやすくなる。その時ふいに、前方に光が射した。

どうやら、森は抜けられそうだ。オープンスペースに出れば、逃げ切れるチャンスは大きくなるだろう。急げ、一刻も早くこの山を抜け出し、明るい日差しの下へ――。

ぐいと後ろへ引っ張られた。クソ、和倉に追いつかれたか？　思い切り体を左右に揺すると、ワイシャツが破れる音がした。しかし何とか自由になる……とはいえ、和倉の息遣いがすぐ後ろに感じられ、水島は完全に追いこまれたのを意識した。

光の中へ。木立から抜け、斜面を駆け下りると、目の前に舗装の荒れた細い道が走っていた。正面はどうやら、砕石場か何からしい。その向こうには住宅地が広がっている。道路は左に向かって下り坂。水島は迷わず、左に折れた。急な右カーブを曲がってスピードを上げ、一気に距離を広げようとする。

視界が広がった瞬間、目の前に二人の男がいるのが分かった。重盛、そして牧山。クソ、どこから出て来た？　山の中をショートカットしてきたのだろうか。

終わった。

水島は足を止め、肩を上下させて呼吸を整えた。逃げ場はない。砕石場に逃げこんでも、身を隠す場所さえないようだった。振り向く。和倉は手を伸ばせば触れられる位置にいた。もう一度前を向くと、重盛と牧山がゆっくりと間を詰めてくる。

「いい加減に、諦めろ」

重盛が低い声で忠告した。牧山は無言。ただ、長身を誇示するように背筋を真っ直ぐ伸ばし、プレッシャーをかけてきた。

「キャップの家族は無事に保護された。お前たちは失敗したんだよ」重盛が呆れたように言った。「大人しく捕まれ。最後ぐらい、覚悟を決めろ」

「……冗談じゃない」

「それはこっちの台詞だ！」牧山が叫ぶ。顔面は蒼白で、握り締めた拳は震えていた。

「何やってるんですか、水島さん！」

「お前みたいな若造には分からないことがたくさんあるんだよ、世の中には」

「すっかり悪党らしい台詞を吐くようになったじゃねえか」重盛の顔が歪んだ。

「何とでも言え」

「何とでも言うよ」重盛が吐き捨てる。「でも、その前にお前の話をちゃんと聴かせてもらう。申し開きのチャンスをやるんだから、ちゃんと喋れよ」

水島は左にフェイントをかけ、右側にいる重盛の脇をすり抜けようとした。重盛の方が、まだ対処しやすい。しかし重盛は、水島の予想を上回るスピードで動き、両手を広げて水島の前に立ちはだかった。

遠くでパトカーのサイレンが聞こえる。クソ、前後、それに遠くでも完全に囲まれた。二重三重の網。もはや逃れる術《すべ》はない。しかし絶望の中で、水島はまだどこかに抜け道があるのではないかと考えた。それを教えてくれたのは、和倉本人だ。「最後まで諦めない」。道なき道を行くアドベンチャーレースでは、本当に立ち往生してしまう時も少なくない。進むか、引き返すか、迂回路を探すか。瞬時に判断して行動に移さないと負ける。その時に、一番避けねばならないのは「諦め」だ。諦めた瞬間に気持ちは折れ、レースも終わる。

「諦めろ、水島」重盛が静かに言った。

「……駄目だ」

「悪党は、諦めぐらいはよくするもんだ」

「俺には……俺には大きな目的がある！」

「お前は、国を売ろうとしたも同然なんだぞ。諦めて自分の罪を認めろ」

「ふざけるな！」

水島は重盛に殴りかかった。破れかぶれではない。重盛が相手なら倒せる、という計算の上でのことだ。しかし重盛は身軽に身をかわし、水島のパンチは空を切った。そこで急に、後ろに引っ張られる。たたらを踏み、バランスが崩れたところで、さらに強く引っ張られた。振り向いた瞬間、目の前に和倉の拳が迫っていた。


キャップはずっと、右手を気にしていた。腫れ上がっていて、相当痛むらしい。表彰台に上がったものの、トロフィー――悪いことにかなり巨大だ――を受け取れるかどうかは分からない。誰かが代わりに受け取らないと、と安奈は心配になった。

「――それでは、優勝したチームＰの皆さんに、トロフィーの贈呈です」

主催者の呉市長が、一抱えもあるトロフィーを、よろけながら持って近づいて来た。

右手を庇《かば》っているキャップに代わって、すかさずシゲさんが前に出て、トロフィーを受け取る。一瞬腕が下がったのは、かなり重いからだろう。すかさずマキが横から手を貸し、二人がかりでトロフィーを高々と掲げた。広公園に残っていた観客の間から、大きな拍手が起きる。キャップの顔色は冴えなかったが、それでも深々と頭を下げるだけの余裕はあった。

続いて表彰状の贈呈。これはキャップが何とか受け取った。最後に巨大な花束。これは安奈が担当したが、抱えると前が見えなくなってしまう。何事にも大袈裟な大会だった、と花束の陰で苦笑した。

表彰式が終わると、大会は完全終了になる。安奈たちはオークアリーナへ戻って着替え、再度集合した。これから四人はバラバラになる。キャップは県警の車に送られて広島駅へ向かい、そこから新幹線で東京へ戻る予定だ。帰りの飛行機のチケットは手配してあったのだが、時間が遅い。新幹線が一番早そうだった。一刻も早く家族に会いたいキャップを引き留める理由はない。

広島県警との調整が必要なので、重盛は残ることになった。恐らく今夜は泊まりこみで、捜査に協力することになっている。安奈とマキだけが、当初の予定通りの飛行機で帰京する。

パトカーに乗りこもうとしたキャップが、一瞬躊躇《ためら》う。一度開けたドアを閉めると、見送ろうとしていた安奈たちのところへ戻って来た。

「キャップ、急がないと」安奈は急《せ》かした。パトカーは緊急走行してくれるだろうが、一刻も早く広島駅まで行きたいだろう。

「ああ」相槌《あいづち》を打ったキャップが口をつぐむ。

「何だよ、言いたいことがあるなら早く言えよ」シゲさんが急かした。

「いや……申し訳なかった」キャップがさっと頭を下げる。

「キャップ、やめて下さい」マキが慌てて言った。「無事に解決したんだから、いいじゃないですか」

「こんなことにならないうちに解決する手もあったはずだ。俺のわがままで迷惑をかけた」

「まあ、いいじゃないか」シゲさんが慰める。「とにかく勝ったんだし」

「しかし……」キャップは納得していなかった。

「ああ、分かった、分かった」シゲさんが面倒臭そうに顔の前で手を振る。「じゃあ、俺の引退記念パーティの費用は全部お前持ち。それでいいな？」

ようやくキャップの表情が緩んだ。素早くうなずくとパトカーに乗りこむ。安奈たちが揃って一礼すると、それが合図になったようにパトカーは発進した。安奈はほっと息を漏らし、ゆっくりと背筋を伸ばした。これまでのレースでは経験したことのない緊張感。水島逮捕に関して、自分は何かしたわけではないが、それでも仲間たちの緊張がびりびりと伝わってきたせいか、普段よりも疲れがひどい。明日から普通に仕事なのだと考えると、うんざりした。二、三日温泉にでも行って、ゆっくり体を休めたい。

「ひどい話でしたねえ」パトカーが見えなくなると、マキが嘆息を漏らした。「ぎりぎりだったじゃないですか。消防庁のチームが脱落しなければ、キャップのご家族はまだ人質になっていたかもしれない」

「いや、そこまで追い詰められた状況じゃなかったと思うぞ。犯人グループも、家族まで傷つけるつもりはなかったはずだ。水島の野郎、わざわざ料理まで作ってやったそうだから」

「奥さんもそう仰《おっしゃ》ってましたけど、変じゃないですか」安奈は正直な疑問を口にした。「人質に、自分の料理を食べさせるなんて、あり得ない……」

「水島は、料理の腕がプロ級なんだ。以前は、レースの打ち上げもあいつの仕切りでバーベキューっていうことが多かった。まあ、今考えてみると、いろいろ長所の多い人間ではあったよ。ただ、残念ながらダークサイドに堕ちた」

「本当は何があったんですか」安奈は声をひそめて訊ねた。

「そこは俺たちも分からないけど……これから明らかになるだろう。村田とどういう風に関係ができてこんなことになったかは分からないが、いずれにせよ行き着くところまで行ってしまった感じだな」

「反逆罪みたいなものですよね」マキがポツリと言った。

「軍事機密を盗み出そうとする連中に手を貸すのは、最悪の犯罪だよな」シゲさんも同意する。

「最近は、そういう機密もハッキングで、と聞きますけど」安奈は訊ねた。

「ハッキングで盗めるものは、コンピューターの中にあるものだけだろう？　リアルな物に関する情報を集めるには、実際に接近しないと無理だ」

「そうか……」安奈はうなずいた。

「軍事情報の収集は、国としては当然やるべきことかもしれない。だけど、金で転んで他の国に手を貸すのは、許されないだろう。実際にどういう容疑を適用するかは難しいところだが」

「シゲさん、ご家族に連絡は？　今日、こっちに泊まりになるんでしょう？」安奈は話題を変えた。

「ああ、さっき電話で話したから、気にしないでくれ。それより向こうで、和倉を上手くフォローしてやってくれよ」

「戻ったらすぐに、病院に行ってみます」安奈はうなずいた。「ご家族は、今夜は入院することになったそうですから」

「そうしてやってくれ」シゲさんが安奈の肩を軽く叩いた。「チームは、レースが終わっても助け合わないとな」

東京着が七時過ぎ。新幹線で、飛行機より早く東京へつけることは分かっているが、それでも苛立つ。これから四時間も新幹線に乗っていることを考えると、うんざりした。まったく、何でこんなレースに参加してしまったのか。今週レースに参加しなければ、家族が危ない目に遭うこともなかったのに。

広島駅のホームへ上がったところで、ようやく家族と連絡が取れた。病院にいるという妻の声を聞いた途端に、涙が溢《あふ》れそうになる。同時に気が抜け、異常に腹が減っていることに気づいた。結局、行動食で朝飯を済ませてから、何も口にしていない。せっかく広島に来たのだから、広島風お好み焼きといきたいところだが、今の自分の体調では、あの量をこなしきれないだろう。レースプラス数キロの距離が、体に経験したことのないダメージを刻んだ。もちろん、精神的な問題もある。あれだけ緊張し、怒りに体を侵食された経験はなかった。今はおかゆかうどん……軽いものでないと無事に胃に落ち着いてくれそうにない。

「今回は、本当に悪かった」和倉はまず謝罪した。「レースに出るべきじゃなかった。家にいた方がよかったよ」

「でもそれは、たまたまだから」妻の声は意外に落ち着いていた。

「本当に大丈夫なのか?」平然と話す妻に違和感を覚えながら、和倉は訊ねた。

「今のところは……でも、これからは分からないわ」

恐怖は後からやってくることがある。今は気丈に振る舞っていても、後から恐怖が襲って来て、後遺症のように体と心を痛めつける。そこは自分がフォローしていくしかない。そのためには仕事もレースも犠牲にしよう、と和倉は決めた。

「水島さん、いったいどうしてこんなことをしたの？」

「詳しい事情はまだ分からないんだ。ただ、警察を辞めてから完全に転落した、ということだろうな。一度堕ちると、歯止めが利かなくなるから」

「そうね……紳士的ではあったけど、昔とは全然違っていたわ」

「あいつは、俺の教えを守らなかった」

「警察官として？」

「警察官としても、人としても」あるいはアドベンチャーレースの選手としても。

「これからどうなるのかしら」

「できるだけ長く刑務所にぶちこんでおくように、俺も努力するよ」奴は既に痛い目に遭っているのだが。鼻骨骨折だけでは済まないだろう。おかげでこっちも、多分右手の指が折れた。

「どこで失敗するのか……人間は分からないわよね」

「あいつは、どこかで諦めたんだ。最後まで諦めないのが俺たちのレースなのに。結局あいつは、俺の教えをまったく身につけていなかったんだ」

「人生もレースだから……」

「そうだ。とにかく、あいつがこんな風になったのも、俺の責任かもしれない。もっときちんと、根性を叩きこんでやればよかったよ」

「あなたのせいじゃないわ」

妻の気遣いが嬉しい。気遣わなければならないのはこちらなのだが。

電話を切ると、ちょうど新幹線がホームに滑りこんでくるところだった。東京まで四時間。体はくたくただが、絶対に眠れないだろう。気分は暗いままで、家族の状態も心配だった。

自由席でシートを確保し、浅く腰かけて前方に足を投げ出す。眠れないのは分かっていて、一応目を閉じようとしたが、その瞬間、メールの着信があった。ワイシャツのポケットからスマートフォンを引っ張り出すと、重盛からだった。

万事順調。心配しないで家族のことだけ考えろ。

そう、重盛の言う通りだ。今の俺は、妻と娘のことだけを考えていればいい。二人に元気な顔を見せること、強く抱きしめてやること——他に何がいる?

謝辞

アドベンチャーレースの国内第一人者で、プロチーム「Team EAST WIND」を率いる田中正人氏にお話をうかがい、示唆を受けました。感謝申し上げます。

解　説

林田順子

もう何年も前のことになるが、スポーツ雑誌の取材で、ある芸能人ランナーの方が言った言葉をいまだに覚えている。

「フルマラソンを完走するというのは、ありふれた奇跡なんですよ」。

何年経っても初心者ランナーのような私でも、この言葉には深く納得した。42・195㎞を走りきる。それは走ったことがない人にとっては、とてつもないことのように思えるけれど、一度でもレースを走ってみれば、決して限られた人だけのものではないことがわかる。

絶対に完走をする――。マラソンだけでなく、トライアスロン、山道を走るトレイルランや、本書のようななんでもありのアドベンチャーレースまで、長距離のタイムを競うレースにおいては、その気持ちと戦略が、体力よりも大事になることが多々ある。

トップアスリートから市民愛好家まで、走りのレベルは違っていても、スタートラインに立ったときの気持ちに、大きな差異はないものだ。「今日は何が起こるんだろう」という期待や高揚感、そして「無事にゴールまで辿り着けるのだろうか」というかすかな不安。スタート地点に並ぶ全員がこんな気持ちを抱えていると言っても過言ではないだろう。

なぜなら、何度走っても、やっぱり長いのだ。トップアスリートですら「走っていて、やっぱり長いなって感じることはあります」と言うぐらいだ。その長い道のりのなかで、季節外れの気温や、風雨、コースのアップダウンや微妙な傾斜など、さまざまな要素が選手を悩ませる。以前参加した大会では、春先にもかかわらず、ゲリラ豪雨と雷、雹に見舞われて、散々な目に遭った。

加えてレースには、「関門」と呼ばれるポイントがあり、それぞれに制限時間が設けられている。ここに時間内にたどり着けなければ、失格。今までの努力が水の泡だ。だからレベルを問わず、多くの出走者は、レース前に自分なりの戦略を立てる。レースの入りはどれぐらいのペースで走るか、中間地点でどれだけ体力を温存しておくべきか、どこでスパートをかけるのか。自分の実力を客観視して、最適なレースプランを組み立てる必要がある。

レースが始まれば、出走者は1㎞ごとのタイムをチェックして、関門までの残り時間やゴールの予想タイムを計算する。ペースは適切か、体に違和感がないかを確認したりと、意外と忙しいのだ。都市型マラソンともなると、トイレはどこも大行列。タイムロスを最小限に留めるため、行列の長さと尿意を天秤にかけ、今並ぶか、次まで我慢するか、と逡巡する。走らない人からすれば、選手でもないのに、と思うかもしれないが、こっちはなぜか極めて真剣なのである。

これが本書のような、チーム戦のアドベンチャーレースともなれば、レースプランは尚更重要となる。アドベンチャーレースでは、舗装されていない場所や海、川などを進むことも多く、細かくコースが定められていることはない。チェックポイントが描かれた地図（世界のレースの中にはロールプレイングゲームのマップのような驚くほど簡略なものもある）を精査し、メンバーそれぞれのスキルや体力を考慮しながら、最適なルートを導き出す。

この戦略通りに冷静にレースを進められた者たちが「ありふれた奇跡」を手にすることができるのだ。

別の芸能人ランナーは「速く走りたい気持ちをいかに抑えるかが重要なんです。実際、序盤で自分を抜いた選手が30kmを過ぎるとあちこちで倒れていて。逆に80歳ぐらいのおじいちゃんで、すごくゆっくりに見えるのに、最後まで抜けないこともレースではよくあります」とマラソンの攻略法を語ってくれた。

そう、長距離競技に求められるのは、若さでも体力でも勢いでもない。経験と戦略、そして自制心なのだ。

では本書の主人公で、チームPのキャプテンを務める和倉賢治はどうだったか。家族を人質にとられ、気が急く自分の判断力に迷いをもちながら、それでも強引にチームを導いていく。唯一の女性メンバーである安奈は速すぎるペースに不安を抱き、他のメンバーもレースが進むにつれ、いつもと違う疲労を感じていく。ハードなコースを選ぶキャプテンへの不審とレースへの不安は、大会に出たことがある人なら、まるで自分の体力と精神力を削られているような感覚に陥るはずだ。完走できるのか、どこまで限界値に近づけるのか。それを見届けるために、こちらまで時間に追われるようにページを進めていく。

そんなぎりぎりの展開の中で、人心地つけるのが、レースの舞台である「とびしま海道」だ。実在するこのルートは、瀬戸内海に浮かぶ七つの島を八つの橋で繋いでいる（八つ目の橋は未完成）。世界的に有名なのは、とびしま海道の東側にある「しまなみ海道」だろう。世界で唯一自転車で海峡が渡れることから、世界中からサイクリストが訪れる、聖地と呼ばれるルートである。それに比べると、とびしま海道は知名度には劣るものの、地元の人からは「裏しまなみ海道」と呼ばれていて、より長閑なこちらの雰囲気を好むサイクリストもいるようだ。

残念ながら、とびしま海道を走ったことはないのだが、しまなみ海道は取材で一度走ったことがある。当時は、ロードバイクも、ロングライドも初体験だったが、その素晴らしい時間は今でも忘れられない。ノスタルジックな古い街並み、田園地帯で鼻腔をくすぐる柑橘の香り、きつさを忘れさせてくれる海岸線の海風、橋までの急な登り坂を越えると見える絶景、スピードを上げて攻略する橋から島への下り坂……本書に出てくる光景は、しまなみ海道の風景を鮮やかに思い出させてくれる。細部はもちろん違うだろうが、きっと同じような空気が流れているのだろう。

この本の読者には、どちらかの海道にぜひ一度足を運んで、ロングライドに挑戦してもらいたい。どちらの自転車ルートにも、路側帯と並行してブルーのラインがひかれているので、地図がなくても迷う心配はない。車も人も、驚くほどサイクリストフレンドリーだし、ママチャリに乗った壮年のツーリストも意外と多かったので、初心者でも十分楽しめるはずだ（ただし、ママチャリであのコースを回るのは、辛すぎるのでおすすめしない。むしろあの急坂をママチャリで登れる体力があることに、驚いたぐらいだ）。

物語に登場するアドベンチャーレースは架空の大会だが、この二つのルートでは、トレイルランやマラソンなど、さまざまな大会が催されていて、そちらにエントリーするのも楽しいだろう。実際にルートを体感し、それから改めてこの本を読み返すと、レースの模様がまた違った光景に見えてくるはずだ。

ここからは余談だが、物語のレースは、チーム最年長メンバーの重盛の引退レースでもあった。優勝で華々しく送り出したい。そんなメンバーの思いをよそに、物語は終焉へと向かっていく。けれども、ランナーならきっと思うはずだ。重盛はまたレースに戻ってくるはずだと。

大会に出ると、レースを完走した喜びも束の間、すぐに頭に浮かぶのは、その日のレース展開だ。あそこで休憩したのは正解だったか、入りのペースは遅すぎたのではないか……ボロボロの体を引きずりながら、今もう一度スタートラインに立つことができたら、もっとうまく走れるのにと、つい思ってしまう。それがランナーの性なのだ。

だから、これだけの選手がこんなレースで引退するなんて、考えられない。何にも邪魔されずに純粋にレースを楽しんで、自分の競技人生を終える。それこそが、レースを愛する多くの人の夢なのだ。いつかそんな物語をもうひとつ生み出してくれるのではと、つい期待をしてしまうのも仕方ないだろう。

（編集者・ライター）

初出　オール讀物二〇一六年四月号〜十二月号
単行本　二〇一七年八月　文藝春秋刊

文春文庫

ランニング・ワイルド

定価はカバーに
表示してあります

2020年7月10日　第1刷

著　者　堂《どう》場《ば》瞬一《しゅんいち》
発行者　花田朋子
発行所　株式会社　文藝春秋

東京都千代田区紀尾井町3-23　〒102-8008
TEL　03・3265・1211㈹
文藝春秋ホームページ　http://www.bunshun.co.jp

落丁、乱丁本は、お手数ですが小社製作部宛お送り下さい。送料小社負担でお取替致します。

印刷製本・凸版印刷

Printed in Japan
ISBN978-4-16-791522-3